AF218879

Sandra Rehle

Herbstversprechen

auf

Gracewood Hall

In Gedenken an Carla Kunte

Das Buch

Liz Sommer kann es selber kaum glauben, in wenigen Wochen heiratet sie ihren absoluten Traummann Maxwell Thompson auf dem malerischen Herrenhaus der Familie Bedford, „Gracewood Hall".
Und während die Bedfords diesen Tag unvergesslich machen wollen, haben Max ehemalige Schwiegereltern ganz andere Pläne...

Die Autorin

 Die Liebe zu Büchern zieht sich wie ein roter Faden durch das Leben von Sandra Rehle. Daher war es ganz natürlich, dass sie alles über Bücher und Geschichten lernen wollte. Nach vielen Jahren als Verlagskauffrau und Historikerin schreibt sie nun eigene Geschichten.
„Herbstversprechen auf Gracewood Hall" ist der fünfte Band ihrer „Gracewood Hall" Reihe. Alle Teile können unabhängig voneinander gelesen werden.
Sie lebt und liebt mit ihrem Mann und ihren zwei Kindern im schönen Hamburg.

Sandra Rehle

Herbstversprechen

auf

Gracewood Hall

**Bibliographische Information der Deutschen
Nationalbibliothek:**
Die Deutsche Nationalbibliothek verzeichnet diese Publikation in
der Deutschen Nationalbibliographie; detaillierte bibliographische
Daten sind im Internet unter dnb.dnb.de abrufbar.

© 2021 Sandra Rehle, Minsbekweg 17, 22399 Hamburg
info@sandrarehle.de
Herstellung und Verlag: BoD - Books on Demand, Norderstedt
Covergestaltung: Sandra Rehle, Hamburg
Covermotiv: © Shutterstock.de
ISBN: 9783753441481

Familie Bedford und ihre Freunde,

die in „Herbstversprechen auf Gracewood Hall" eine Rolle spielen

Richard Bedford, Oberhaupt der Familie
Vivien Bedford, seine Frau, erfolgreiche Künstlerin
Nigel Bedford, ältester Sohn mit roten Haaren und einem eigenwilligen Kleidungsstil
Arthur Hayes, Nigels große Liebe
Nora Parker, geborene Bedford, die Tochter, begnadete Sängerin,
Timothy (Tim) **Parker**, ihr Ehemann, arbeitet im Londoner Finanzwesen
Nicholas (Nick) **Bedford**, das jüngste „Kind", leidenschaftlicher Fotograf mit viel Charme
Maxwell Thompson, Nigels Schulfreund aus Internatszeiten, Ziehsohn der Bedfords
Liz Sommer, lebhafte Bloggerin aus Deutschland, wirbelt Max Leben gehörig durcheinander
Milla Sjögren, weltreisende Yogalehrerin mit einem Plan
Bree Sullivan, weltreisende Friseurin ohne Plan
Mrs. Mildred Cuthbert, Haushälterin
Mr. Walter Cuthbert, ihr Mann und Forstwirt
Annie Taylor, arbeitet aushilfsweise auf Gracewood Hall
die Kinder
Claire Parker, Tochter von Nora und Timothy
Henry Parker, Sohn von Nora und Timothy
Lilly Thompson, Tochter von Maxwell und Diana

Ein vollständiges Personenverzeichnis findest du auf meiner Homepage http://www.sandrarehle.de

Freitag
Kapitel 1

„Wenn ich noch eine weiße Taube sehe, schreie ich", rief Liz und ließ ihren Kopf auf den Schreibtisch sinken.

„Okay, dann keine weißen Tauben. Ich schreibe Nigel gleich eine Mail", schallte es über den Flur.

„Ich weiß, du hast dich *so* darauf gefreut, aber was sein muss, muss sein!" Liz richtete sich auf, als rüste sie sich zum Kampf. „Und wo wir gerade dabei sind, keine Schwäne und auch keine goldenen Ringe, Glocken oder pummlige Brautpaare!"

„Oh nein! Nicht auch noch das pummlige Brautpaar!"

Sie drehte sich um und da stand er. Die dunklen Haare noch verstrubbelt von der Nacht, lehnte er lässig am Türrahmen und ihr Herz ging auf.

„Schon wieder eine Werbemail von einem Hochzeitsausstatter?", fragte Max mitfühlend. Er arbeitete heute ausnahmsweise von Zuhause aus und hatte nur Bluejeans und eines seiner vielen grauen T-Shirts an.

„Eine? Seit ich verkündet habe, dass wir heiraten werden, platzt mein Postfach aus allen Nähten! Dabei habe ich schon mehrfach betont, dass ich alles beisammen habe und keine Dekoartikel oder so mehr brauche. Aber manche Firmen sind da wirklich... beratungsresistent." Liz grinste schief. „Du hast keine Ahnung, was für scheußliche Sachen es gibt! Da könnte einem glatt die Lust aufs Heiraten vergehen. Ich bin so froh, dass ich vor unserer Hochzeit noch die der Websters auf Gracewood erleben konnte!"

„Ich sage jetzt nicht, dass du unsere Hochzeit vielleicht erst im Nachhinein hättest verkünden sollen." Max trat auf sie zu und lächelte.

„Nein, ich höre auch gar nichts!", antwortete sie und erwiderte sein Lächeln. Sie hatten schon mehrfach darüber gesprochen, wie viele private Infos sie auf ihrem Blog teilen wollte, schließlich war sie nun nicht mehr allein. Aber den passenden Weg hatten sie noch nicht gefunden.

Er nahm ihre Hände, zog sie schwungvoll auf die Füße und legte seine Arme um sie. „Ich frage dich nur..." Er senkte seine Stimme und in ihr begann alles zu vibrieren.

„Ja?", hauchte sie. Sie konnte es immer noch nicht fassen, dass sie in ein paar Wochen mit ihm verheiratet wäre. Hätte ihr das jemand vor einem Jahr erzählt, sie hätte ihn ausgelacht.

Max hob sie langsam hoch und begann kleine Küsse hinter ihrem Ohr zu verteilen. Er konnte einfach nicht genug von ihr bekommen. Ihr wohliger Seufzer verriet ihm, dass es ihr ähnlich ging.

„...ob du auch einen Espresso möchtest", beendete er den Satz, obwohl er längst etwas anderes im Sinn hatte.

Liz prustete los. „Wie könnte ich bei einem so verlockenden Angebot nein sagen?"

***

„Hallo?" Nora rieb sich die Augen. War sie etwa eingeschlafen? Verdammt! Seit dem Sommer passierte ihr das immer wieder. Ihr Tages- und Nachtrhythmus war völlig durcheinander.

„Habe ich dich etwa geweckt?" Nigels Stimme tönte durch den Hörer und sie zuckte zurück. „Es ist elf Uhr! Vormittags!"

„Hallo Bruderherz", murmelte sie und gähnte.

„Du hast tatsächlich geschlafen!", hielt er ihr entrüstet vor. „Musst du nicht arbeiten?"

„Heute ist mein freier Tag und bevor du jetzt wieder so tust, als wärst du Mum: Die Kinder waren pünktlich in der Schule und im Kindergarten und Tim auf der Arbeit und dort sind sie alle noch."

„Vielen Dank für die Information, auch wenn es mich gar nichts angeht", gab er konsterniert zurück.

Nora verdrehte die Augen. Manchmal klang ihr Bruder wie ein altes Klatschweib. Sie atmete tief ein und stand auf. Sie würde sich einen Kaffee machen und dann nach der Wäsche sehen.

„Wie kann ich dir helfen?", fragte sie, während sie den Kühlschrank öffnete und die Milch herausholte.

„Es geht um Liz Jungesellinnenabschied. Ich dachte, ich komme nach London und wir ziehen durch die Clubs." Nigels Stimme hatte sofort einen anderen Klang angenommen. Sie sah ihn förmlich vor sich, wie er vor lauter Aufregung rote Wangen bekam.

„Meinst du nicht, ein Wellnessausflug würde ihr viel besser gefallen?", warf sie ein und schaltete die Kaffeemaschine an. Sie sah sich um. Hatten sie irgendwo noch ein Stück Schokolade, das die Kinder noch nicht gefunden und vernichtet hatten?

„Nicht jeder von uns ist den ganzen Sommer mit einer Rockband auf Tour gewesen und hat sich ausgetobt", schoss Nigel zurück.

„Es waren nur drei Wochen und ich..."

„Siehst du, sag ich doch, den ganzen Sommer!", unterbrach er sie. „Wir leben in Mitteleuropa, hast du das vergessen?"

„Und ich habe mich nicht *ausgetobt*!", sprach sie weiter. Es reichte schon, dass Tim sie mit seiner Eifersucht wahnsinnig machte, da musste Nigel nicht auch noch in die gleiche Kerbe schlagen. „Abgesehen davon, organisiert nicht normalerweise die Brautjungfer den Jungesellinnenabschied?", fuhr sie fort und öffnete dabei sämtliche Küchenschränke.

„Hat die sich denn bei dir gemeldet? Was klapperst du denn da?", beschwerte Nigel sich.

„Erstens, nein, Lena hat sich noch nicht bei mir gemeldet und zweitens suche ich Schokolade!" Allmählich knurrte sie mit den Zähnen. Wie verfressen war ihre Familie denn?!

„Hast du schon in deiner Sockenschublade nachgesehen?", versuchte Nigel den Prozess zu beschleunigen.

„Wie bitte?" Ruckartig richtete Nora sich auf und erschrak. Beinahe hätte sie sich die Schranktür in den Schädel gerammt. Mit einem tiefen Atemzug schloss sie sämtliche Türen wieder.

„Als wir letztens bei euch waren, hast du die Pralinen, die dir Mum und Dad aus Paris mitgebracht haben, in deiner Sockenschublade versteckt", erläuterte er hilfsbereit.

„Stimmt!" Sie erinnerte sich und lief mit ihren langen Beinen zügig ins Schlafzimmer. Eigentlich sollte sie keine Schokolade essen, es machte die Müdigkeit nicht wirklich besser und außerdem hatte sie ein fabelhaftes Kleid im Schrank hängen, das sie gern zur Hochzeit von Max und Liz anziehen wollte. Vielleicht sollte sie doch wieder mehr Sport machen.

„Und? Hast du sie gefunden?", erkundigte er sich.

„So schnell bin ich auch wieder nicht", gab sie zurück, aber Nigel, der nach ihrer deutlich kleineren Mutter kam, schnaubte nur.

„*Yes*! Danke, kleiner Bruder!" Ein zufriedenes Lächeln breitete sich auf Noras Gesicht aus, als sie die exquisiten Pralinen in die Küche trug und sofort prüfte, ob die Kaffeemaschine heiß genug war.

„Können wir zum eigentlichen Thema zurückkommen?" Nigel wurde ungeduldig. „Ich habe auch noch andere Sachen zu tun!"

„Nun sei nicht so ein Griesgram. Es kann ja keiner, was dafür, dass du auf Diät bist!", erwiderte Nora und

10

drückte auf das Symbol für einen extra starken Latte Macchiato. Augenblicklich wurde es laut. Sie lief ein paar Schritte in den Flur. „Also, ich glaube nicht, dass Liz einfach nur durch irgendwelche dreckigen Pubs und Schwulenclubs ziehen möchte."

„Ich habe nichts von Schwulenclubs gesagt! Wir können auch gern in Läden für Heten gehen."

Nora musste grinsen. Sie sah regelrecht vor sich, wie er die Hände in die Hüften stemmte und fuhr fort: „Findest du nicht, sie hat etwas Einmaliges verdient?"

„Sicher hat sie das! Und eine Nacht mit mir in den Londoner Clubs ist auf jeden Fall unvergesslich." Nigel grinste. „Wir können auch noch einen Stripper besorgen."

Aber Nora hörte ihm gar nicht richtig zu. Während sie überlegte, fiel ihr Blick auf die Pralinenschachtel. Das war DIE Idee!

***

„Wann war noch mal die Veranstaltung von dem Typen?", erkundigte sich Max, während er die Espressomaschine bediente.

„Meinst du Chris Roberts?" Liz war im Türrahmen stehen geblieben und dehnte ihre Beinrückseiten.

„Ja, was macht der nochmal genau?"

„Persönliche Weiterentwicklung. Das ist das neue Trendthema. Glaub mir, in ein paar Monaten fahren auch in Europa alle darauf ab. Noch ist die Szene hier eher klein." Sie wechselte die Seiten und zog damit Max Aufmerksamkeit auf sich.

„Schatz, fall nicht die Treppe runter", bat Max, als er sah, was sie tat.

„Werde ich nicht, aber wenn es dir damit besser geht..." Sie hüpfte die drei Stufen in den Wohnbereich hinunter.

11

„Eine Braut mit Krücken ist...", wollte er auf ihr Augenrollen antworten, aber sie unterbrach ihn.

„Ach, soll das heißen, mit Krücken bin ich dir nicht schön genug und dann heiratest du mich nicht?" Liz strahlend blaue Augen funkelten.

„Nein. Ich denke nur, dass du ungern mit Krücken zum Altar humpeln möchtest", antwortete er. Er startete die Maschine und lief auf sie zu. „Ich liebe dich unendlich, das weißt du. Ich würde dich auch noch blind, stumm und lahm heiraten."

„Stumm nehme ich dir tatsächlich ab!" Sie schmunzelte.

„Manchmal wünsche ich mir tatsächlich etwas mehr Stille", gab er zu und nahm sie lächelnd in die Arme.

„Tja, schade nur, dass deine Tochter ebenfalls gern redet", erinnerte sie ihn.

„Ja, mit euch zwei habe ich wirklich ein schweres Los gezogen!" Sein Blick strafte seine Worte Lügen. Er senkte den Kopf und sie schloss erwartungsvoll die Augen. Bevor sich ihre Lippen trafen, klingelte sein Smartphone.

Enttäuscht ließ er den Kopf hängen. „Das ist die Arbeit. Sorry, da muss ich ran gehen."

„Ich weiß." Liz lächelte und gab ihm einen schnellen Kuss, bevor sie zur Maschine hinüberging und sie stoppte. „Beeil dich, dann können wir hier weitermachen!" Sie zwinkerte ihm zu und ein dickes Grinsen breitete sich auf seinem Gesicht aus, während er ans Telefon ging.

„Ja!"

„Max, sorry, ich störe dich nur ungern. Aber ich habe Lillys Großeltern in der Leitung", meldete sich seine Assistentin Laura.

„Lillys Großeltern?", wunderte er sich, schließlich hatte seine Mutter seine Handynummer. Aber dann ging ihm ein Licht auf. „Dianas Eltern? Rufen sie etwa aus Hongkong an?"

„Es ist eine Londoner Nummer…"

„Gib sie mir, danke!" Er warf Liz einen fragenden Blick zu, aber auch sie konnte nur mit den Achseln zucken. Schließlich hatte sie Lillys andere Großeltern noch nicht kennengelernt. Sie hatten schon immer in Hongkong gelebt und daran hatte auch Dianas Tod nichts geändert. Max hatte ihr erzählt, dass sie früher öfter in London zu Besuch gewesen waren. Gespannt beobachte sie, wie er den Anruf entgegen nahm.

„Hallo, hier ist Max."

***

„Paris?", wiederholte Nigel überrascht.

„Ja, klar! Das ist perfekt! Kunst, Kultur, tolles Essen. Wir können in Grannys Wohnung schlafen und für Liz Freundin ist es auch nicht so weit!"

„Kunst und Kultur?" Nigel überlegte. Er hatte nichts dagegen, eigentlich mochte er all das sehr gern. „Aber… Das ist doch nichts für einen Jungesellinnenabschied!", wandte er ein.

„Wer sagt, dass man sich dabei immer hemmungslos betrinken muss?!", wollte Nora wissen.

„Aber wo bleibt denn dann der Spaß?"

Nora schnaubte nur. „Hast du vergessen, wie lange wir nach einer durchzechten Nacht mittlerweile leiden?"

„In deinem Alter vielleicht!", konterte er, denn so leicht wollte er nicht aufgeben. Er hatte sich auf einen ausgelassenen Partyabend mit lauter Musik und heißen Typen gefreut!

„Das Schöne am Älterwerden ist ja, dass es uns früher oder später alle trifft", gab sie elegant zurück und Nigel grummelte in seinen nicht vorhandenen Bart.

„Du liebst Paris!", erinnerte Nora ihn.

„Das habe ich nicht bestritten." Er verschränkte die Arme vor der Brust. „Ich hatte mich nur schon so aufs Tanzen gefreut."

„Die Franzosen sollen auch feiern können. Habe ich mir zumindest sagen lassen", antwortete sie.

„Ein Pariser Club?"

„Warum nicht?" Sie zuckte mit den Achseln. „Wir fahren Freitag hier los, wir könnten den Zug nehmen und sind dann schon direkt in der Innenstadt und müssen nicht erst ewig mit dem Shuttle fahren. Komm schon, gib dir einen Ruck! Wir essen bei Pierre und laufen dann durch die Gassen von Montmatre zur Kathedrale Sacre Coeur und sehen uns die Lichter vom Eiffelturm an", lockte sie ihn und bekam dabei selbst unglaubliche Lust dort zu sein. „Samstag können wir erst shoppen und dann im „Grand Palais" essen."

„Macarons von Pierre Hermé und die Eclairs von Christophe Adam!", stieg er auf die Schwärmereien seiner Schwester ein.

„Erinnerst du dich an diesen kleinen Chinesen im Marais?", fragte sie und Nigel lachte.

„Okay, okay! Du kannst aufhören mir Bilder in den Kopf zu setzen. Buch die Zugtickets und ruf diese Lena an."

Nora quietschte vor Freude laut auf und Nigel zuckte zusammen. Das war der größte Nachteil vom Telefonieren mit dem Headset. So schnell hatte man die Kopfhörer nicht aus den Ohren gezogen.

„Ich bin mir sicher, dass Liz ausflippen wird. Schließlich war sie seit Monaten nicht mehr unterwegs. Du weißt, wie sehr sie das Reisen liebt!"

„Ja, ich weiß", bestätigte er und lächelte. Sie würden nach Paris fahren! Er würde sofort recherchieren, ob es seinen Lieblingsclub von damals noch gab. Da waren immer die tollsten Typen von ganz Paris zusammengekommen.

„Alles klar, dann lass uns auflegen. Ich will das alles gleich festmachen. Ich melde mich bei dir! *Salut!*"

„*Salut!*", verabschiedete er sich ebenfalls auf Französisch und schmatzte zwei Küsse ins Telefon, bevor er auflegte.

***

„Und? Was haben sie gewollt? Ich habe nicht alles verstanden!", erkundigte sich Liz angespannt. Sie hatte beobachtet, wie Max sich während des kurzen Telefonats immer versteift hatte. Nun legte er matt das Handy auf den Küchentresen und lehnte sich schwer dagegen.

„Sie sind hier und wollen mich sehen", antwortete er.

„Sie wollen dich sehen? Das verstehe ich nicht. Was ist denn mit Lilly?" Sie zog die Stirn kraus.

„Keine Ahnung. Vielleicht wollen sie erst irgendwas Organisatorisches besprechen. Sie werden etwas länger hier sein, da ist bestimmt noch Zeit für ein Treffen mit ihr."

„Etwas Organisatorisches?", hakte Liz nach. „Wissen sie von unserer Hochzeit?"

„Ja, ich habe Ihnen geschrieben. Ich dachte, sie sollten es wissen", gab er zurück.

Liz nickte mechanisch, wenn sie darüber nachgedacht hätte, hätte sie es vermutlich genauso getan. Aber dadurch, dass Lillys Großeltern in ihrem Leben kaum eine Rolle spielten, hatte sie sie überhaupt nicht auf dem Radar gehabt.

„Ich verstehe trotzdem nicht, warum sie ausgerechnet jetzt kommen. Sie waren weder zu Lillys Geburtstag, noch zu ihrer Einschulung hier", wunderte sie sich laut. „Oder haben sie sowieso hier zu tun?"

„Ich weiß es nicht, Schatz!" Max sah sie an und zuckte mit den Schultern. „Ich wundere mich auch."

„Bleiben Sie bis zur Hochzeit?", wollte sie noch wissen, aber wieder zuckte er mit den Schultern.

„Ich habe keine Ahnung!"

Liz beobachtete ihn, wie er so dastand und ihr Herz ging auf. Gott, sie liebte diesen Mann über alles. Langsam ging sie auf ihn zu, legte die Hände auf seine Brust und suchte seinen Blick.

„Es ist doch egal, warum sie ausgerechnet jetzt hier sind. Wenn sie mehr Anteil an Lillys Leben haben möchten, ist das doch großartig! Vielleicht haben sie einfach Zeit gebraucht... Ein Kind zu verlieren, selbst wenn es schon erwachsen ist, muss furchtbar sein." Sie trat noch einen Schritt näher, nahm sein Gesicht in ihre Hände und lächelte ihn aufmunternd an. „Es wird alles fantastisch werden, du wirst sehen. Und wenn sie bis zur Hochzeit bleiben, würde ich mich freuen, wenn sie mit uns feiern."

Max ließ seine Wange in ihre Hand sinken und sah in ihre unglaublich blauen Augen. „Du bist zu gut für diese Welt." Er zog sie ganz nah zu sich heran und bettete sein Kinn auf ihrem Kopf. Kurz schloss er die Augen. Seine ersten Schwiegereltern waren alles andere als einfach und umgänglich und so hoffte er inständig Liz würde Recht behalten.

„Ich mach mir die Welt, wiedewiedewie sie mir gefällt", sang sie auf Deutsch, während sie sich an ihn schmiegte, aber er verstand sie auch so. Schließlich hatten sie mittlerweile nicht nur alle Astrid Lindgren Bücher im Haus, sondern auch alle Filme gesehen und Lilly liebte die Geschichten nun mindestens genauso wie Liz.

„Das tust du und ich bin so dankbar dafür!" Er drückte sie noch einmal fest an sich und küsste sie auf die Scheitelkrone. „Wollen wir jetzt unseren Kaffee trinken?"

„Auf jeden Fall!" Sie musste lachen.

Er löste sich von ihr und sah sie verwundert an. „Was ist so lustig?"

„Mir ist nur eben eingefallen, was Nigel sagen würde, wenn er jetzt hier wäre."

„Und?"

„Er würde sagen, dass er auf DEN Schreck einen doppelten Karamell Macchiato in Venti mit extra Schlagsahne braucht!" Kaum hatte sie ausgesprochen, lachte auch Max laut auf. Dann sah er sie ernst an, nur das Zucken seiner Mundwinkel verriet ihn.

„Ich nehme alles zurück! Du bist doch nicht nur lieb und gut!"

„Hey, was fällt dir ein?!" Sie boxte ihn leicht gegen den Oberarm. „Ich bin ja wohl die netteste Person der Welt!"

„Ach ja?" Er zog die Augenbrauen hoch. „Nette Personen verprügeln ihre Verlobten aber nicht!"

„Wer wurde verprügelt?" Sie sah sich suchend um und schob ihn beiseite. „Mach Platz, ich muss schnell zu dem Opfer und es verarzten."

„Na warte!" Er schlang seine Arme um ihre Mitte, zog sie zu sich heran, begann ihren Nacken zu küssen und sie gleichzeitig zu kitzeln. Liz wand sich quiekend hin und her und versuchte seinen Küssen zu entkommen.

„Max!", keuchte sie.

„Was denn?", fragte er ganz unschuldig und hielt kurz inne, damit sie wieder Luft holen konnte.

„Der Kaffee wird kalt", erinnerte sie ihn. „Außerdem müssen wir wieder weiter arbeiten."

„Spielverderberin", murrte er und drückte ihr einen letzten Kuss auf, bevor er sie bedauernd losließ.

***

Zufrieden lehnte Nora sich zurück. Es war alles fertig geplant. Jetzt musste nur noch Lena antworten und dann konnte sie alle Tickets buchen, sowie die Reservierungen in den Restaurants festmachen und der Concierge von Grannys Wohnung Bescheid geben. Nora freute sich ungemein, dass der Trip innerhalb von ein paar Stunden organisiert war. Sogar für einen Clubbesuch war Zeit. Sie hatte sich bei ihren Bandmitgliedern, die wirklich überall auf der Welt Leute kannten, erkundigt und eine Liste der fünf momentan angesagtesten Diskotheken bekommen.

Zum wiederholten Mal schaute sie in ihr Emailpostfach. Endlich, da war die Antwort von Lena. Mit einem Doppelklick hatte sie sie geöffnet und begann zu grinsen. Perfekt! Lena hatte Zeit und freute sich sehr. Nora sprang auf und legte ein kleines Tänzchen aufs Parkett, dann fiel ihr Blick auf die Uhr. Mist! Sie wollte doch noch einkaufen und in einer Stunde musste sie Henry vom Kindergarten abholen und Claire kam dann auch von der Schule! Eilig schaltete sie den Rechner aus und hastete los. Ein flinker Blick in den Flurspiegel verriet ihr, dass es doch besser gewesen wäre heute früh die roten Locken zu waschen, aber dafür war es nun wirklich zu spät. Denn eigentlich hatte sie gemütlich bei Whole Foods einkaufen wollen, aber nun würde der Tesco um die Ecke reichen müssen.

Samstag
Kapitel 2

Das schlechte Gewissen nagte an Max, als er Lilly zu Nora brachte. Seine ehemaligen Schwiegereltern hatten ausdrücklich darum gebeten ihn allein zu sehen. Irgendwie fand er es Lilly gegenüber ungerecht, dass sie sie nicht sehen wollten. Er verstand es auch nicht. Wäre das nicht die Gelegenheit gewesen, die Kleine mal wieder zu sehen? Denn auch wenn immer Geschenke von ihnen zu Lillys Geburtstag angekommen waren, so hatten sie doch keine echte Beziehung miteinander. An das Wort Zuneigung wollte er erst gar nicht denken. Aber weil er nicht wusste, wohin das alles führen würde, hatten Liz und er beschlossen, Lilly vorerst nicht einmal zu sagen, dass ihre Großeltern in der Stadt weilten. Mit ihren sechs Jahren war sie auch noch zu jung, um das manchmal merkwürdige Verhalten von Erwachsenen zu verstehen.

Auch Lilly schien in Gedanken zu sein. Sie saß still neben ihm im Bus. Wofür er einerseits dankbar war und andererseits sein schlechtes Gewissen nur noch verstärkte.

„Was meinst du, Süße, soll ich Scones mitbringen, wenn ich mit meinem Termin fertig bin?", fragte er sie und legte den Arm um seine Tochter.

Aber Lilly zuckte nur mit den Schultern. „Ich weiß nicht. Wie lange bleibst du denn weg?"

„Ich weiß es nicht, Süße. Länger als zwei oder drei Stunden sollte ich nicht brauchen. Zu einem frühen Tee bin ich bestimmt wieder da!" Er lächelte sie aufmunternd an und stand auf. Vor ihnen tauchte schon die richtige Haltestelle auf. „Komm, wir müssen aussteigen."

Draußen, an der Straße, nahm er das Gespräch wieder auf. „Also, soll ich Scones mitbringen oder lieber was anderes?"

„Scones sind gut, aber ohne Rosinen. Ich mag keine Rosinen!", antwortete sie.

„Weiß ich doch Schatz!" Max griff ihre kleine Hand und drückte sie. Lilly drückte zurück und sah einfach geradeaus. Seit Liz bei ihnen lebte, war sie nur noch selten so ruhig und in Gedanken versunken. Er unterdrückte ein Seufzen und hoffte, dass seine Tochter nichts Ernsthaftes beschäftigte.

Es war nicht weit bis zu dem Haus, in dem Nora und Tim mit den Kindern wohnten. Sie mussten nur einmal die Hauptstraße hinter sich lassen und in eine der kleineren Nebenstraßen mit den wundervollen Reihenhäusern von Hampstead einbiegen.

„Machen wir ein Wettrennen?", fragte Lilly auf einmal.

„Wenn du willst!" Max hatte kaum geantwortet, da flitzte sie auch schon los. Wie ausgewechselt rannte sie, mit wehenden Zöpfen den Gehweg entlang. Sie war so süß! Max lächelte erleichtert und rief sich Liz Worte ins Gedächtnis. Alles würde großartig werden.

***

„Na alter Mann, schaffst du die drei Stufen schon nicht mehr, hm?!", frotzelte Tim zur Begrüßung, als Max laut atmend und deutlich nach seiner Tochter am Stadthaus der Parkers ankam.

„Vielen Dank für die freundliche Begrüßung! Wir haben ein Wettrennen gemacht", erwiderte Max. „Und nur zur Erinnerung, du bist älter als ich!" Insgeheim musste er Tim allerdings Recht geben, er war schon einmal besser in Form gewesen. Eigentlich hatte er vor der Hochzeit mehr Sport machen wollen, um im Anzug – Liz hatte noch nicht entschieden, ob

Cut oder nicht – eine gute Figur zu machen. Aber irgendwie war in der Firma in letzter Zeit so viel los. Die Gerüchte über weitere Datenschutzbestimmungen in der EU und der drohende Ausstieg aus Selbiger, irritierte die ganze Digitalbranche.

„Gerüchte!", winkte Tim ab. „Nur Gerüchte. Ich bin eindeutig keinen Tag älter als neunundzwanzigeinhalb!" Er warf einen zufriedenen Blick in den Flurspiegel. „Man sieht mir meine Schönheit doch schon von weitem an!"

Bevor Max antworten konnte, ertönte ein lautes Lachen aus der Wohnung. „Davon war er schon überzeugt, als ich ihn gerade kennengelernt habe!" Nora steckte ihren Kopf in den Flur. „Hey Max, kommst du kurz rein?"

„Eine gesunde Selbstliebe ist sehr wichtig!", fuhr Tim dazwischen. „Sagst du doch auch immer!"

„Ganz genau, eine gesunde Selbstliebe", gab Nora grinsend zurück und lief auf die beiden Männer zu. Sie sah ihrem Mann an, dass ihm die schlagfertigen Argumente ausgegangen waren und bedeutete ihm ein *I love you*.

„Ich muss leider gleich weiter, ich will nicht zu spät kommen", antwortete Max endlich. „Aber ich habe Lilly versprochen Scones mitzubringen, dann können wir zusammen Tee trinken."

„Gute Idee!", freute sich Tim. „Für mich bitte welche mit Ingwer!"

„Geht klar!"

„Oh ja, die Kinder essen am liebsten die mit Schokostückchen, wenn du sie bekommst. Ach, und ehe ich es vergesse. Wir werden nächsten Freitag Liz zu ihrem Junggesellinnenabschied abholen. Sie wird das ganze Wochenende nicht da sein."

„Das ganze Wochenende?", erkundigte sich Max verwundert. „Wohin geht es denn?"

„Nach Paris!", antwortete sie schwärmerisch.

„Ihr wollt nach Paris fahren? Das ganze Wochenende?", wiederholte Tim.

„Ja, es ist uns spontan eingefallen und Grannys Wohnung ist auch frei", antwortete Nora.

„Und wann wolltest du mir das sagen? Was wenn wir an diesem Wochenende den JGA für Max feiern wollten!"

„Ich brauche keinen wilden Kneipenabend, ich hatte schon mal einen, falls du dich erinnerst", wandte sich Max an Tim, aber der riss nur die Augen auf. „Wie bitte?"

„Ich muss jetzt los. Wir können nachher noch reden!", beschwichtigte Max und rief dann etwas lauter in den Flur hinein. „Lilly, ich gehe jetzt!"

„*Bye Dad*!", schallte es zurück. Das Kind selbst blieb verschwunden. Max zuckte mit den Schultern, hob die Hand zum Abschied und eilte die Treppen wieder nach unten. Er wollte das Gespräch mit Dianas Eltern so schnell wie möglich hinter sich bringen, obwohl er nicht einmal genau sagen konnte, warum das so war.

***

Tim schloss betont ruhig die Tür, bevor er sich zu seiner Frau umdrehte. „Du hast mir auf meine Frage noch nicht geantwortet."

Nora war schon in Richtung Küche gelaufen und blieb abrupt stehen. Tim war sauer, sehr sogar, dass hörte sie nach fünfzehn gemeinsamen Jahren sofort. Und sie spürte auch, wie Ärger in ihr aufstieg. Sie wollte jetzt nicht streiten, nicht nur weil Lilly zu Besuch war, sondern weil die letzten Wochen auch für sie anstrengend gewesen waren. Sie atmete tief ein, drehte sich zu ihm um und lief auf ihn zu.

„Entschuldige Schatz, ich dachte, ich hätte es dir direkt am Montag erzählt, als Nigel und Liz' Freundin die Pläne gemacht haben." Lächelnd griff sie nach seiner Hand.

„Hast du aber nicht!", erwiderte Tim widerwillig und sah sie verkniffen an. Er war selbst überrascht, wie wütend es ihn machte. „Seit dem Sommer machst du nur noch, was du willst! Und was mit uns ist, ob das gut läuft oder nicht, ist dir total egal", hielt er ihr vor. Er zog seine Hand weg und verschränkte die Arme. Er wollte sie jetzt nicht berühren.

„Wie bitte?!" Sie hatte sich wohl verhört! Nora blinzelte. „Du warst doch damit einverstanden, dass ich mit der Band auf Tour gehe! Und außerdem waren das gerade mal drei Wochen! Ich manage die Kinder und den Haushalt UND meinen Job seit ZEHN Jahren!", zischte sie.

„Genau! Drei Wochen. Ursprünglich sollten es zehn Tage sein."

„Machst du mir jetzt ernsthaft den Vorwurf, die Band und ich seien zu erfolgreich?!" Sie bemühte sich weiterhin leise zu sprechen, in dem langen, hohen Altbauflur hallte es sowieso immer sehr. „Die Tourverlängerung habe ich mit dir abgesprochen."

„Genau, das war aber auch das Letzte gewesen! Auch seitdem du zurück bist, sehen wir dich kaum noch. Entweder bist du auf irgendwelchen Proben oder du bist so müde, dass du noch vor den Kindern schläfst!'"

„Ich..." Sie wusste nicht, was sie sagen sollte. „Was willst du denn von mir? Soll ich das Singen etwa wieder aufgeben, damit ich nicht mehr so müde bin?" Irritiert sah sie ihn an. Er hatte sie immer bei allem unterstützt, genau wie sie ihn. Was war passiert, dass er ihr jetzt Vorhaltungen machte. „Ich verstehe dich nicht."

„Wie denn auch, wenn du nie da bist!", schoss er zurück und sie wich erschrocken einen Schritt nach hinten. So kannte sie ihn gar nicht. Es war maßlos ungerecht. Ja, sie war zweimal pro Woche zur Probe gegangen, statt nur einmal. Aber er hatte hier zuhause alles so gut im Griff gehabt, dass sie gar nicht auf die Idee gekommen war, dass es ein Problem für ihn sein könnte.

Tim sah in ihr erschrockenes Gesicht und schämte sich für seinen Ausbruch. Hätte er es nicht anders formulieren können?! Er war doch wirklich sehr stolz auf sie und auf das, was sie erreicht hatte. Aber es war ihm auch alles etwas viel geworden, vor allem seitdem die Schulferien vorbei waren. Er hatte seine Frau einfach vermisst und jetzt wollte sie schon wieder ein ganzes Wochenende weg.

In ihr arbeitete es. Sie wollte raus und sie war müde und eigentlich hatte sie jetzt ganz gemütlich einen Kaffee mit Tim trinken wollen, während die Kinder schön spielten. Plötzlich kam ihr eine Idee.

***

Als Max das Foyer des Ritz betrat, beschleunigte sich sein Herzschlag immer mehr. Er hatte Peter und Eleonore seit drei Jahren nicht gesehen und nun musste er feststellen, dass er nervös war. Er kam sich irgendwie albern vor. Was sollte schon passieren?! Bewusst richtete er sich ein wenig mehr auf und ging mit selbstbewussten Schritten durch die Lobby. Kaum hatte er die Stufen zum Wintergarten erklommen, sah er sie auch schon. Peter war deutlich ergraut, aber Eleonore sah genauso aus wie damals. Die schwarzen Haare gesund glänzend zu einem Chignon gesteckt, trug sie ihre Uniform aus einem edlen Kostüm in gedeckten Farben. Wenn der plötzliche Tod von Diana Spuren hinterlassen hatte, dann musste sie sie tief in ihrem Innern vergraben haben. Von außen konnte er nichts erkennen. Schon hatte Peter ihn entdeckt und erhob sich. Max ging auf sie zu und versuchte seine

Nervosität unter Kontrolle zu bringen. Wenigstens ein einziges Mal sollte es seiner Schwiegermutter nicht gelingen, ihn aus der Bahn zu werfen.

„Max!", rief Peter und gab ihm die Hand. „Wie schön, dass du es einrichten konntest!"

„Ich freue mich auch, euch zu sehen!", antwortete er mit einem aufrichtigen Lächeln. Mit Peter war er immer gut zurechtgekommen. Zumindest deutlich besser als mit...

„Maxwell", sagte sie und ihr Tonfall ließ keinen Zweifel darüber, was sie davon hielt, dass er zuerst Peter begrüßt hatte.

„Eleonore." Er nickte ihr zu und musste sich zusammenreißen nicht zu erschauern, so kühl fiel ihre Musterung aus. Auch jetzt, aus der Nähe, sah sie genauso aus, wie er sie in Erinnerung hatte. Als wäre alles noch wie früher und Diana wäre nur kurz rausgegangen, weil sie einen Anruf aus dem Krankhaus bekommen hätte. Jetzt bekam er doch eine Gänsehaut.

„Setz dich doch, Max!" Peter wies auf einen Stuhl und nahm ebenfalls wieder Platz. „Erzähl, wie geht es dir? Was machen die Geschäfte?"

Er brauchte einen Moment um sich wieder zu fangen und rückte den Stuhl einmal mehr als nötig zurecht. Der Flashback, so kurz er gewesen war, hatte ihn eiskalt überrascht. „Gut, es läuft gut. Danke. Natürlich hängt der Brexit wie ein Damoklesschwert über uns, aber..."

„Ach ja, es ist ein Drama. Wie sieht denn die aktuelle Regelung...", wollte Peter wissen, aber Eleonore fiel ihm ins Wort.

„Wir sind nicht hier, um über Politik zu sprechen. Ich bin mir sicher, dass Maxwell alles Nötige getan und Strategien entwickelt hat, um seine Firma gut durch diese *Krise* zu bekommen."

Max zuckte kurz zusammen. Er fühlte sich wie ein gescholtener Schuljunge und nicht zum ersten Mal dachte er, dass seine Internatslehrer von Eleonore Kwan noch etwas lernen konnten. Dennoch war er auch erleichtert. Eleonores Bemerkung verschaffte ihm die Möglichkeit, sofort zum Grund für ihren Besuch zu kommen. Er zwang sich zu einem Lächeln. „Weswegen seid ihr denn hier?"

„Wir wollten dich sehen. Dürfen wir das nicht?", fragte sie ebenfalls lächelnd zurück.

„Selbstverständlich. Ihr seid mir immer willkommen, dass wisst ihr und ich freue mich euch so wohlauf zu sehen", erwiderte er.

„Wie geht es Lilly? Du hast geschrieben, sie geht jetzt in die Schule?"

„Lilly ist wohlauf und die Schule macht ihr großen Spaß." Irgendwie hätte er noch mehr erzählen können, aber ihm blieben die Worte im Halse stecken. Er wusste, egal, was er ihr erzählen würde, es würde sie nicht beeindrucken. Nicht, dass es ihm wichtig war, dass seine Tochter beeindruckende Leistungen erbrachte, aber Eleonore und Peter sahen das anders. Er hatte es oft genug bei Diana erlebt.

„Auf welchem Internat hast du sie angemeldet?", wollte Eleonore wissen und beobachtete ihn genau.

„Wir haben noch nicht entschieden, es ist ja auch noch Zeit", gab er zurück, obwohl Liz und er sich einig waren, sie nur aufs Internat zu geben, wenn sie es wirklich wollte. Es gab auch in London hervorragende Schulen. Er wünschte, der Kellner würde endlich auftauchen. Wie konnte das Gespräch schon nach so kurzer Zeit so unangenehm werden.

„Das dachte ich mir schon." Sie nickte sich selbst zu.

„Was soll das heißen?", fragte er nach und registrierte am Rande, dass Peter unruhig auf seinem Stuhl umher rutschte.

„Nichts, nur dass ich sie auf die Warteliste von einigen sehr guten Internaten gesetzt habe", erwiderte sie seelenruhig.

In Max schoss die Wut wie glühende Lava empor, nur mühsam hiel er sich zurück. Um Zeit zu gewinnen, fragte er: „Wie bitte?"

„Seit wann hörst du schlecht?", fragte sie spitz, ließ sich aber trotzdem zu einer Wiederholung ihrer Worte hinreißen. „Ich wusste, dass dir die Bildung deiner Tochter egal ist, deswegen habe ich einige Anrufe getätigt und sie angemeldet."

Max biss sich auf die Lippe und rief sich in Erinnerung, dass sie gar nichts über ihn und Lilly wusste. Nichts. „Dazu hattest du kein Recht!", brachte er mit zusammengebissenen Zähnen hervor.

„Selbstver..."

„Eleonore", schaltete sich Peter ein. „Es ist doch verständlich, dass Max überrascht ist. Schließlich musste er bis jetzt alles, was Lillys Erziehung betraf allein entscheiden."

Max sah ihn skeptisch an. Er war nicht wirklich allein gewesen, die Bedfords hatten ihn die ganze Zeit unterstützt und abgesehen davon fand er, dass er seine Sache bis jetzt sehr gut gemacht hatte. Bevor er etwas erwidern konnte, fuhr Peter allerdings fort.

„Max, wir sind hier, weil wir mit dir reden wollten. Wir machen uns Sorgen um dich und Lilly!" Peter hatte sich vorgebeugt und seine Hand auf Max Arm gelegt. Max starrte auf sie hinunter und wünschte, er würde sie wieder wegnehmen, aber Peter war noch nicht fertig und redete einfach weiter.

„Als du uns geschrieben hast, dass du wieder heiraten willst, haben wir uns sofort in den Flieger gesetzt und sind hergekommen."

„Du hättest uns wirklich früher Bescheid geben können", warf Eleonore vorwurfsvoll ein, aber Peter fuhr unbeirrt fort: „Zu heiraten ist eine ernste Sache, diese Entscheidung trifft man nicht leichtfertig. Max, Junge, nicht jede Frau, die tolle Beine hat, eignet sich zur Ehe." Peter sah ihn an und hoffte auf seine Bestätigung. Max fühlte sich wie in einem falschen Film. Er sah von Peter zu Eleonore. Beide saßen so selbstgerecht vor ihm, als wüssten sie alles und er nichts. Wenn es nicht so furchtbar wäre, hätte er angefangen zu lachen. Sie hatten sich Sorgen um ihn gemacht? Jetzt? Das konnte doch nicht wahr sein?! Und was sollte mit den tollen Beinen heißen?! Hatten sie etwa Liz gegoogelt? Er war so überrascht, dass er nicht wusste, was er sagen sollte, außer: „Ich weiß, dass man eine Ehe nicht leichtfertig eingeht. Haltet ihr mich etwa für so unbedacht?"

„Ach Max, du hast eine schwere Zeit hinter dir, wir alle", antwortete Peter. Seine Hand lag noch immer auf Max Arm. „Wir denken nur, dass du momentan nicht ganz du selbst bist", formulierte er vorsichtig.

„Wie bitte? Ihr denkt, ich bin nicht ganz bei mir?", hakte er nach und schüttelte endlich Peters Hand ab.

„Selbstverständlich bist du verwirrt!", schoss Eleonore heraus. „Wieso kämest du sonst auf die Idee eine Bloggerin zu heiraten und Lilly als Stiefmutter zu präsentieren?! Sie ist ja selbst noch ein halbes Kind!"

Fassungslos starrte er sie an. Tausend Antworten schossen ihm durch den Kopf, die Wut brodelte unruhig in seinem Innern. Es hätte ihn nicht gewundert, wenn der Stuhl unter ihm in Flammen aufgegangen wäre. Beinahe konnte er den Rauch schon riechen. Aber er hielt sie im Zaum. Er kannte seine Schwiegereltern gut genug, um zu wissen, dass ein unkontrollierter Gefühlsausbruch sie nur noch in ihrer Überzeugung bestärken und alles noch schlimmer machen würde.

„Worum geht es hier eigentlich?", fragte er und sah ihr fest in die Augen. Im Innern klopfte er sich selbst auf die Schulter, dass er so ruhig und beherrscht war.

„Wir können nicht zulassen, dass du Lillys Zukunft für dein Vergnügen aufs Spiel setzt", sagte sie ruhig.

Max biss die Zähne zusammen. Wie konnten sie es wagen, Liz als Betthäschen zu bezeichnen, denn nichts anderes hatten sie getan. Beide auf ihre Art. Er wusste immer noch nicht, was er dazu sagen sollte. Ihre Anschuldigungen waren einfach zu ungeheuerlich.

Peter griff wieder seinen Arm und wiederholte eindringlich: „Max, wir machen uns wirklich große Sorgen. Wir wollen doch nur, dass es dir und Lilly gut geht. Du bist für uns wie unser eigener Sohn und Lilly ist unser einziges Enkelkind."

Das war ja wohl die Höhe! „Tatsächlich?!", entgegnete er kalt. Er ließ sie nicht aus den Augen. „Ich würde niemals Lillys Zukunft gefährden. Und wenn ihr in den letzten Jahren euch die Mühe gemacht hättet, eine Beziehung zu ihr aufzubauen, dann wüsstet ihr das."

„Ach Max, darum geht es doch gar nicht", erwiderte sie herablassend und ihm lief ein Schauer über den Rücken. Seine arme Diana, waren ihre Eltern auch zu ihr so gewesen?

„Und worum geht es dann?", hörte er sich fragen, obwohl er sich nicht sicher war, dass er die Antwort wirklich hören wollte.

„Es ist doch wirklich offensichtlich!", antwortete sie und Peter fuhr fort: „Was Eleonore zu sagen versucht", begann er und warf ihm einen entschuldigenden Blick zu. „Wir sorgen uns um die Familientradition. Lilly ist die einzige Kwan, also wird sie die Firma übernehmen. So war es schon immer geplant."

„Selbstverständlich nicht allein", fuhr Eleonore dazwischen. „Sie wird einflussreich heiraten, so kann die Firma im Familienbesitz bleiben und sie wahrt ihre Rolle als Frau und Mitglied der Familie Kwan."

Max hatte das Gefühl im falschen Film zu sein. „Was soll das heißen? Und wenn sie andere Pläne hat? Schließlich ist sie erst sechs! Nicht einmal ich habe eine Ahnung, was sie einmal interessieren wird."

„Deswegen ist es umso wichtiger, dass wir rechtzeitig anfangen sie in die richtige Richtung zu lenken", entgegnete Eleonore und sah aus, als würde ihr seine Begriffsstutzigkeit auf die Nerven gehen.

Entschlossen stand er auf. „Das wird niemals geschehen. Ihr habt es bei Diana nicht geschafft, sie in eure Schablone zu pressen und bei unserer Tochter wird es euch auch nicht gelingen." Er sah beiden fest in die Augen. „Wenn das alles war, was ihr wolltet, rate ich euch, den nächsten Flieger zu nehmen. Hier gibt es für euch nichts zu tun." Nach einem letzten Blick, ging er gemessenen Schrittes aus dem Saal.

***

„Was hältst du von einem Spaziergang?" „Wollen wir rausgehen?" fragten sie gleichzeitig. Nora sah ihren Mann an und nickte. Dann drehte sie sich um und rief die Kinder.

„Claire, Henry, Lilly! Zieht euch an, wir gehen in den Park!"

„Jetzt?", antwortete Claire.

„Ich mach uns einen Kaffee, ja?", bemerkte Tim und lief in die Küche. Er wusste, dass sie sich auf Kaffee gefreut hatte.

Nora nickte ihm zu, bevor sie Claire antwortete.

„Ja, jetzt!" Nora ging zu ihnen ins Kinderzimmer. Sie waren gerade dabei gewesen ein Spiel aufzubauen. „Ihr könnt alles so stehen lassen und nachher weiterspielen, wenn wir wieder kommen."

„Dann ist wieder keine Zeit!", gab Claire resigniert zurück und die anderen nickten.

Nora sah nacheinander allen ins Gesicht. „Ich verspreche es, dass ihr heute genug Zeit haben werdet. Wollte dein Dad nicht Scones mitbringen?", wandte sie sich an Lilly.

„Ja", antwortete sie nur und Claire wollte wissen: „Auch welche mit Schokostückchen?"

„Das werden wir sehen." Nora richtete sich auf und klatschte in die Hände. „Na dann, auf zum Golders Hill!"

„Gehen wir auch zu den Tieren?", fragte Henry mit leuchtenden Augen.

„Bestimmt!"

„Au ja!", rief er, sprang er mit einem Satz auf und rannte in den Flur, um sich anzuziehen. Er liebte die Wildtiere in dem kleinen Park.

„Los, Mädels!" Nora machte eine auffordernde Geste, bevor sie ihrem Sohn hinterherlief.

Lilly und Claire warfen sich einen Blick zu, zuckten die Schultern und folgten, allerdings deutlich langsamer.

***

Sobald er sicher war, dass er außer Sichtweite war, ließ er seine Selbstbeherrschung fahren und beschleunigte seine Schritte. Wäre er jetzt auf Gracewood Hall würde er Holz hacken, aber diese Möglichkeit gab es mitten in der Stadt natürlich nicht. Also lief er entschlossen Richtung Green Park. Er konnte sich jetzt unmöglich in die U-Bahn setzen und gemütlich nach Hampstead zurückfahren. Erst musste er sich beruhigen. Wie gut, dass er Lilly nicht erzählt hatte, mit wem er sich treffen wollte. Jetzt musste er wenigstens nicht erklären, warum sie ihre Großeltern nicht sehen konnte. Zumindest vorläufig nicht. Bei dem Gedanken an die Konsequenzen, die dieses Gespräch womöglich nach sich ziehen würde, schnaufte er frustriert auf. Es war ihm immer wichtig gewesen, dass Lilly sich an ihre Mutter und deren Familie erinnerte. Dass sie einen Bezugspunkt zu ihrer Geschichte hatte und nun entpuppten sich ihre Großeltern als reaktionäre... Ihm fiel nicht einmal ein vernünftiges Wort dafür ein. Gut, sie waren schon immer konservativ gewesen, aber ihre Worte toppten alles, was er sich jemals hätte vorstellen können. Wie konnten sie sagen, sie wollten keine Beziehung zu seiner Tochter?! Lilly war so wunderbar! Klug, warmherzig, empathisch. Er freute sich jeden Tag mit ihr zu sprechen, ihr zuzuhören, einfach bei ihr zu sein. Und es verletzte ihn so sehr, dass ihre eigenen Großeltern so gefühlskalt waren. Niemals hätte er es für möglich halten können, dass er sie einmal vor ihrer eigenen Familie würde beschützen müssen!

***

„Willst du wirklich, dass ich mit dem Singen aufhöre?", wollte Nora wissen und ärgerte sich, dass ihre Stimme so zitterte. Sie standen am Rand des Spielplatzes und sahen den Kindern von Weitem zu.

„Nein, natürlich nicht!" Tim sah sie erschrocken an. „Das habe ich nie gesagt, ich..."

„Soll ich nicht mehr in der Band singen? Nur noch im Chor, so wie vor dem Sommer?", unterbrach sie ihn.

„Nein, ich weiß doch wie glücklich es dich macht." Dieses Mal klang er nicht ganz so überzeugt.

„Was denn dann?" Sie merkte selbst, dass sie wieder ärgerlich wurde. „Meinen Job zu kündigen, ist ja wohl keine Option. Schließlich bringt das Singen nicht annähernd so viel ein!"

„Nein, das geht nicht. Wir brauchen dein Einkommen", bestätigte Tim.

„Außerdem bin ich ja nur für Sophie eingesprungen. Früher oder später wird sie aus ihrer Babypause wieder zurückkommen", fügte Nora hinzu.

„Das weiß ich, Schatz."

„Aber was willst du denn dann von mir?", begehrte sie auf und wurde lauter. „Ich tue, was ich kann, um allem gerecht zu werden. Den Kindern, dem Haushalt, dir, meinem Job, der Band. Ich bin nicht Wonder Woman!"

„Schatz, die Leute", versuchte Tim sie zu beruhigen, aber sie fuhr ihm über den Mund.

„Die sind mir... egal! Die sollen sich um ihre eigenen Probleme kümmern!" Sie warf ein paar böse Blicke um sich, dabei guckte tatsächlich niemand in ihre Richtung.

„Ich weiß, was du alles tust, es ist nur...", druckste er auf einmal rum. Gerade wurde ihm klar, dass er es vermisste mit ihr Zeit zu zweit zu verbringen. Betreten schaute auf den Boden. Es war irgendwie albern, aber er fühlte sich von ihr zurückgewiesen, beinahe abgeschoben.

„Was?", fragte sie ungeduldig.

„Naja, ich habe das Gefühl, ich bin dir nicht mehr wichtig", flüsterte er.

Nora sah ihn verblüfft an. „Wieso denkst du so was? Nur weil ich nicht mehr jeden Abend Zuhause bin?"

„Es ist ja nicht nur das. Selbst wenn du nicht unterwegs bist, bist du müde. Wir machen kaum noch etwas als Familie zusammen und noch viel weniger als Paar." Er sah sie offen und ehrlich an und in ihr schmolz der Widerstand, der sich automatisch in ihr aufgebaut hatte. „Ich vermisse dich und auch wenn es sich jetzt chauvinistisch anhört, ich vermisse es auch, dass du für uns kochst. Ich esse indisch, chinesisch und Pizza sehr gern, aber ich mag auch deine Gerichte."

„Tatsächlich?", zog sie ihn auf. Ihr fiel ein Gespräch ein, dass sie letztes Weihnachten auf Gracewood geführt hatten. „Ich dachte, du würdest lieber von Mrs. Cuthbert bekocht werden?!"

Tim stutzte kurz, dann musste er lachen und nahm sie in den Arm. „Ich habe Mrs. Cuthbert wirklich gern, aber sie ist nicht meine Frau." Er sah sie verliebt an. „Ich vermisse dich wirklich."

„Ich vermisse dich auch und die Ruhe." Sie ließ sich in seine Umarmung fallen. Es tat so gut und war in letzter Zeit viel zu kurz gekommen, wie sie nun merkte. „Aber ich hatte das Gefühl zu verschwinden, hinter all den Haushalts- und Familiendingen. Ich habe nur noch Sachen erledigt, die nie weniger wurden. Und als ich auf der Bühne stand und wieder gesungen habe, konnte ich endlich wieder freier atmen. Als hätte ich die ganze Zeit die Luft angehalten."

„War das wirklich so schlimm?", fragte er und Nora hörte die Betroffenheit in seiner Stimme. Sie trat einen kleinen Schritt zurück, um ihn ansehen zu können. Sie nickte langsam. „Ja, war es." Bevor er etwas erwidern konnte, fuhr sie fort. „Ich liebe dich und die Kinder über die Maßen, das kannst du dir nicht vorstellen. Ich liebe es Mutter zu sein, mich um euch zu kümmern und euch zu verwöhnen, aber ich kann nicht nur Mutter sein."

„Und dein Job reicht dir nicht als Ausgleich? Ich dachte, er macht dir Spaß." Es war vielleicht komisch, dass er das jetzt fragte. Aber wenn sie schon die Gelegenheit zu einem ehrlichen Gespräch hatten, dann wollte er auch alles wissen.

„Früher einmal, aber mittlerweile ist es immer dasselbe. Ich habe das Gefühl, ich könnte die Aufgaben auch nur mit dem Rückenmark erledigen. Mein Gehirn brauche ich gar nicht." Sie schenkte ihm ein schiefes Lächeln.

„Und auf der Bühne bist du mehr gefordert?"

Sie lachte. „Klar, ich schreibe da keine Doktorarbeit, aber ich bin nicht nur die Ersatzsängerin. Sie hören mir auch zu, wenn ich Ideen habe. Wenn ich nicht da bin, fehle ich auch richtig."

„Uns fehlst du auch, wenn du nicht da bist", entgegnete er.

„Ja, schon. Aber hier mache ich nichts, was nicht auch jeder andere tun könnte. Selbst Henry kann schon die Spülmaschine ausräumen, zum Teil jedenfalls." Sie zuckte mit den Schultern. „Es ist nichts Besonderes, nichts Spannendes."

„Und das auf der Bühne Stehen und Singen ist das einzig Spannende, das du suchst?" Unsicher sah er sie an. „Du brauchst also nicht noch mehr Neuerungen?"

„Noch mehr Neuerungen?", wiederholte sie verwirrt.

„Naja, einen neuen Mann, zum Beispiel?"

„Schatz, ich liebe dich. Nur dich! Ich brauche und will keinen anderen Mann", versicherte sie ihm und legte ihre Hand an seine Wange.

„DAD!" Henry kam angelaufen. „Daddy, geht's du mit mir zu den Rehen?"

Tim warf Nora einen Blick zu. Schließlich waren sie noch nicht fertig. Sie hatten noch nicht geklärt, wie es jetzt weiter gehen soll. Sie zuckte lächelnd mit den Schultern und gab ihm einen Kuss.

„Wir reden später weiter", hauchte sie in sein Ohr.

Tim schenkte ihr ein Lächeln, bevor er sich an seinen Sohn wandte, der ihm wie aus dem Gesicht geschnitten war. „Komm schon Sportsfreund, wer zuerst da ist!" Kaum hatte er ausgesprochen, flitzte der Vierjährige los.

Nora sah den beiden hinterher und ihr Herz ging auf. So wie es jetzt war, hatte sie zwar mehr zu tun als jemals zuvor, aber genauso wollte sie es. Sie wollte alles, Familie, Ehe, Job und als Kirsche obendrauf noch die Zeit mit der Band. Und sie würde es genießen, solange sie es hatte. Nora wanderte ein wenig umher und hielt Ausschau nach den Mädels. Ah, da waren sie ja. Sie spielten so schön miteinander, dass sie ihr Smartphone zückte und ein paar Bilder schoss und auch sofort Max schickte mit der Info, dass sie noch eine Weile hier auf dem Spielplatz waren. Auch wenn sie nicht glaubte, dass er so bald wieder zurück sein würde.

***

Er lief und lief und dennoch wollte die Empörung nicht kleiner werden. Liz fehlte ihm. Sie wüsste genau, was zu tun wäre. Sie war immer so glasklar in ihren Entscheidungen. Aber andererseits hatte er Bammel davor, ihr von dem Gespräch zu erzählen. Wenn er diese blöde Email nicht geschrieben hätte, dann säßen Peter und Eleonore noch in Hongkong und nichts von all dem wäre geschehen! Er hatte doch nur versucht, das Richtige zu tun und das hatte er nun davon.

Beim Gedanken daran, auf Nora zu treffen, wenn er Lilly abholte wurde ihm ganz anders. Nora ließ sich bestimmt nicht so leicht abwimmeln. Auch wenn sie nicht seine große Schwester war, benahm sie sich doch oft so. Das hatte man davon, wenn man seine halbe Kindheit im Haus seines besten Freundes verbrachte. Man bekam noch eine Familie geschenkt. Normalerweise war er froh und dankbar, für alles was die Bedfords schon für ihn getan hatten. Aber er war ja nun wirklich kein Zehnjähriger mehr, der nicht wusste wohin er in den Ferien sollte. Und auch kein trauernder Witwer mehr. Wie oft wollte er noch Zuflucht bei ihnen suchen?!

Kapitel 3

„Es war einfach fantastisch! Diese Energie in der Halle! Ich wünschte, du wärst dabei gewesen!" Liz war kaum zur Tür rein, da begann sie schon zu schwärmen. „Ich hatte mir ja schon gedacht, dass es toll sein würde, aber davon hatte ich nun wirklich keine Vorstellung." Endlich waren Schuhe und Jacke an ihrem Platz und sie hüpfte die paar Stufen zum Wohnbereich hinunter. Max saß mit dem Laptop auf dem Sofa und sah ihr lächelnd entgegen. „Also war es schön, ja?" Spontan beschloss er ihr erst einmal nichts von dem Gespräch mit seinen Schwiegereltern zu erzählen. Auch Nora hatte er vertrösten können, auch wenn er wusste, dass sie ihm nicht geglaubt hatte, dass alles okay war.

„Es war unglaublich!" Sie lief zur Spüle, um sich dort die Hände zu waschen. Sie wollte ihm so schnell wie möglich nahe sein und ihm von ihrem tollen Tag berichten. „Ich habe...", setzte sie an und wurde von lautem Magenknurren unterbrochen.

„Hunger!", rief Max und lachte.

„Sieht so aus", bestätigte Liz und lief mit einem Lächeln auf ihn zu. „Was hattet ihr denn? Gibt es Reste?" Sie ließ sich neben ihn aufs Sofa plumpsen und küsste ihn. Eigentlich sollte es ein kurzes Begrüßungsküsschen werden, schließlich hatte sie noch so viel zu erzählen, aber Max griff in ihr Haar und zog sie zu sich heran. Den Laptop hatte er bereits heruntergefahren und beiseite gestellt. Für heute war er fleißig genug gewesen. Jetzt wollte er seiner Sehnsucht nachgeben. War es albern, dass sie ihm gefehlt hatte, auch wenn sie nur Stunden voneinander getrennt gewesen waren. Er vertiefte den Kuss und Liz seufzte. Sie wurde ganz weich in seinen Armen. Alle Anspannung fiel von ihr ab und Max konnte nur noch daran denken, sie ins Schlafzimmer zu tragen.

Spät genug war es dafür. Er überlegte gerade, dass sie es sich auch hier auf der Couch gemütlich machen konnten, da grummelte ihr Magen erneut. Mit leisem Bedauern löste er sich von ihr. Liz würde ohne zu zögern auf Essen verzichten, sie tat es oft genug, weil sie vor lauter Begeisterung die profanen Dinge des Lebens vergaß, aber ihm war es wichtig, dass es ihr gut ging.

„Hi", murmelte sie an seinen Lippen und schenkte ihm ein träges Lächeln.

„Hey!", antwortete er und gab ihr einen Kuss auf die Nasenspitze. „Was willst du essen?"

„Gibt es keine Reste?", fragte sie verwundert. Sie hatte gehofft, etwas Leckeres würde Zuhause auf sie warten.

„Leider nicht, wir haben bei Nora und Tim zu Abend gegessen. Aber ich mach dir was. Also, was möchtest du?" Er stand auf und lief hinüber zur Küchenzeile.

„Ich weiß nicht..." Sie überlegte. „Ich könnte einen ganzen Bären verschlingen!" Sie grinste ihn an und er verstand. Es war seit dem Frühjahr ein Insider, als sie mit Lilly einmal beim Italiener gewesen waren.

„Also Spaghetti Carbonara." Er wandte sich um und holte die Zutaten aus den Schränken.

„Wie war es in Hampstead?", erkundigte sie sich.

„Nett. So wie immer." Max schenkte ihr ein Lächeln und setzte dann das Wasser auf. „Beim Essen hat Lilly die ganze Zeit von ihrem Kleid erzählt und Claire war ganz gespannt. Jetzt will sie auch etwas ganz Besonderes haben."

„Ich freue mich auch schon darauf etwas mit ihr auszusuchen!"

„Und ich bin schon gespannt, ob ihr auch genau das Kleid findet, das ihr vorschwebt. Ihre Vorstellungen werden von Tag zu Tag konkreter...", gab Max zu Bedenken, aber Liz wischte alles beiseite.

„Ach was, wir werden das perfekte Kleid für unser wundervolles Blumenmädchen finden! Du wirst schon sehen!" Sie strahlte ihn an. „Jedenfalls..." Sie holte tief Luft, um endlich weiter von dem Vortrag von Chris erzählen zu können, da klingelte ihr Smartphone. Verdutzt hob sie es hoch.

„Es ist..."

„Nigel", beendete Max den Satz. Sein bester Freund aus Schulzeiten hatte ein Talent dafür, genau dann anzurufen, wenn es einem am wenigsten passte. Aber seit er ihre Hochzeit plante, rief er zu jeder möglichen Tages- und Nachtzeit an. „Man könnte glauben, er würde heiraten, so aufgeregt wie er ist!", fügte er brummend hinzu.

„Lass ihn! Er ist so süß." Liz lachte auf. „Hey Nigel!", rief sie kurz darauf munter ins Telefon und schaltete direkt den Lautsprecher ein.

„Liz, wie schön, du bist noch wach!"

„Pfft!" Max schnaubte im Hintergrund.

„Wie bitte?", fragte Nigel.

„Nichts, alles gut!", antwortete Liz und sah Max auffordernd an. „Max hört auch mit. Schatz, sag hallo!", sagte sie und ignorierte Max' abwehrende Gesten.

Er hatte jetzt wirklich keine Lust auf ein langes Telefonat, lieber würde er die Zeit allein mit Liz genießen, aber er gab sich geschlagen. „Guten Abend Nigel!", betonte er jede Silbe und funkelte Liz an, die nur die Augen verdrehte.

„Hallo Maxwell!", tat es ihm Nigel gleich. Er hatte den genervten Unterton seines besten Freundes sehr wohl vernommen. „Leider habe ich Liz heute den ganzen Tag nicht erreicht, deswegen rufe ich so spät noch an", fügte er hinzu.

„Entschuldigung?! Ich habe gearbeitet! Ich wollte dich morgen zurückrufen oder spätestens Montag."

„Jaja, ich hab gesehen, was du ‚gearbeitet' hast...", versetzte Nigel, aber Liz unterbrach ihn und ignorierte die deutlich hörbaren Anführungszeichen.

„Es war so toll! Ich wünschte, du wärst dabei gewesen!", rief sie und ergänzte schnell: „Ihr Beide!" Sie seufzte auf. Sie konnte gar nicht fassen, wie großartig der heutige Tag gewesen war und morgen ging es genauso weiter! „Chris ist so inspirierend. Ich habe so viele Ideen für den Blog und..."

„Apropos Idee", unterbrach Nigel sie. „Deine Idee mit dem Lagerfeuer werden wir wohl nicht umsetzen können."

„Meine Idee?", wunderte sich Liz, aber Nigel machte einfach weiter.

„Und ich soll dir von Rosemary Davis ausrichten, dass sie deinen Brautstrauß so nicht wird binden können. Überhaupt bekommt sie jetzt kaum noch blaue Hortensien, die Blüten ändern bald ihre Farbe und es geht eher ins lila..."

„NEIN, bloß nicht. Ich hasse lila!", entfuhr es Liz und Max drehte sich erschrocken um. Liz lehnte eigentlich nie etwas so kategorisch ab. Selbst Nigel machte einen überraschten Laut am Telefon.

„Okay, kein Problem!" Im Hintergrund hörte man seinen Stift übers Papier fahren. „Welche Blumen hättest denn dann gern?"

„Gibt es wirklich keine blauen?"

„Wenn es regional und saisonal sein soll, dann nicht."

„Schade, es hätte so gut zum Verlobungsring gepasst." Liz überlegte.

„Ich weiß und zu deinen tollen Augen, aber leider ist da nichts zu machen. Es sei denn du verschiebst..."

„Nein!", unterbrach Max vom anderen Ende des Raumes. „Der Termin muss bleiben. Ich... wir..."

Liz sah ihn an, wie er dort stand, Essen für sie kochte und nach den richtigen Worten suchte. Sie spürte, wie ihr Herz aufging und zu ihm hinüberflog. Sie liebte ihn so sehr. Er war so toll! Er passte einfach perfekt zu ihr und sie zu ihm. Auch wenn ihr das bei ihrer ersten Begegnung auf Gracewood Hall überhaupt nicht klar war. „Nein Nigel, der Termin bleibt. Er ist perfekt." Strahlend lächelte sie Max an. „Wenn wir schon Anfang Oktober heiraten, dann nehmen wir Dahlien. Rot, orange, gelb, pink. Was die Natur hergibt. Sie kann sich richtig austoben!"

Wieder einmal konnte Max es kaum fassen, dass diese wunderbare Frau ihr Leben mit ihm teilen wollte. Er warf den blöden Holzlöffel achtlos auf die Arbeitsplatte und lief mit großen Schritten zu ihr hinüber, zog sie auf die Beine und hob sie hoch, damit sie sich auf gleicher Augenhöhe befanden. „Ich liebe dich unendlich und kann es kaum erwarten, dass du meine Frau bist!", flüsterte er und küsste sie innig. Er beschloss, ihr nicht zu erzählen, was die Kwans von ihr dachten. Es würde sie nur unnötig verletzen und die Kwans würden sowieso bald wieder abreisen.

„Bist du sicher?", fragte Nigel aus dem Gerät, das Liz immer noch in der Hand hielt, ihm aber keine Aufmerksamkeit mehr schenkte.

Stattdessen gab sie sich ganz dem Kuss hin und schlang, wie so oft, ihre Beine um Max.

„Hallo? Liz? Bist du noch dran?", erkundigte er sich nach ein paar Sekunden. „Oh Mann, die unanständigen Sachen könnt ihr machen, wenn ich nicht dabei bin!", stöhnte er schließlich ins Telefon.

Liz prustete leise und rief: „Wir machen gar nichts."

„Ja, ist klar!", antwortete Nigel sarkastisch.

„Noch nicht jedenfalls!", flüsterte Max und biss ihr sanft in die Unterlippe.

„Ist das ein Versprechen?", hakte Liz nach und fuhr mit ihrem Zeigefinger an seinem Hals hinunter und öffnete einen weiteren Knopf seines Hemdes.

„Ich mache alles, was du willst!", antwortete Max heiser und er sah ihre Augen erwartungsvoll aufblitzen. In seinem Schoß pochte es, seitdem sie nach Hause gekommen war. Langsam wurde es immer unerträglicher. Seiner Meinung nach dauerte dieses Telefonat entschieden zu lange.

Bevor sie antworten konnte, rief sich Nigel erneut in Erinnerung. „Hallo? Ich warte! Können wir jetzt weitermachen?"

„Das frage ich mich auch!", gab Max leise zurück und ließ Liz langsam zu Boden gleiten.

„Sicher!", antwortete Liz, dabei zwinkerte sie Max zu. Plötzlich fiel ihr etwas ein. „Was machen meine Spaghetti?"

Max setzte sich augenblicklich in Bewegung. Mist! Er hatte sie doch abgießen wollen!

„Du isst jetzt Spaghetti???", fragte Nigel entsetzt. Wenn er das täte, würde er sich nur noch rollend durch die Gegend bewegen müssen.

„Ich habe den ganzen Tag noch nichts gegessen!", antwortete Liz.

„Du hast den GANZEN TAG noch nichts gegessen?!", wiederholte Nigel. Es war für ihn unbegreiflich, wie man einen ganzen Tag nichts essen konnte. Wie konnte das denn passieren?

„Das ist doch jetzt nicht wichtig!", unterbrach Liz ihn. „Richte also Mrs. Davis aus, dass Dahlien in rot, gelb, orange und pink im Mittelpunkt stehen sollen. Gibt es sonst noch etwas?"

„Ähm...", Nigel raschelte mit irgendwelchen Zetteln. „Hast du die Gästeliste schon fertig? Ich will endlich mit dem Sitzplan anfangen."

„Es stehen noch ein paar Zusagen aus..."

„Schick sie mir trotzdem rüber und bei den ‚Vielleichts' machst du ein Sternchen."

„Okay, mach ich Montag."

„Wie bitte?" Er glaubte sich verhört zu haben.

„Früher schaffe ich es nicht. Morgen ist der zweite Seminartag und Sonntag ist Familientag", erklärte sie.

„Gut, also Montag." Nigel seufzte. „Das war es auch, für heute zumindest."

„Prima!", rief Max. „Das Essen ist auch fertig!"

„Oh, es riecht auch schon so toll!" Liz reckte den Hals, um etwas sehen zu können. „Ich brauche keinen Teller, ich esse direkt aus dem Topf", verkündete sie.

Am Telefon stöhnte Nigel vor Neid auf. Er war seit dem Sommerfest auf Diät. Er hatte sich seit dem Frühjahr ein nicht ganz so kleines Frustbäuchlein angefuttert und schuld daran war nur diese Mindy Miller, die furchtbarste Braut aller Zeiten gewesen. Die sich im Nachhinein, und das war das Schlimmste daran, als gar nicht so furchtbar herausgestellt hatte. Die vielen Trostleckereien hätte er sich sparen können, wenn sie nur von Anfang an so gewesen wäre, wie zum Schluss. Nun saß er da mit dem Bauch und den Schenkeln und musste Sport machen, während andere abends um 23 Uhr Spaghetti aßen. Direkt aus dem Topf! Uahh! Das Leben war manchmal so was von ungerecht! „Ich lege jetzt auf!", verkündete er mit Grabesstimme, aber Liz lachte nur und rief: „Gute Nacht! Schlaf schön!" Auch Max rief noch ein „Bye!" und schon war die Verbindung unterbrochen.

„Das ist so lecker!", sagte sie bestimmt schon zum zehnten Mal. Sie saß am Küchentresen und aß tatsächlich aus dem Topf. Begeistert drehte sie immer wieder Spaghetti auf ihre Gabel. „Ich bin wirklich froh, dass du so emanzipiert bist!", verkündete sie und grinste.

Max stand ihr gegenüber und zog irritiert eine Augenbraue hoch. Er überlegte immer noch, wie er ihr einen Teller unterjubeln konnte. „Wie bitte?"

„Naja, wenn du kochen als unmännlich empfinden würdest, könnte ich dich unmöglich heiraten!", erklärte sie zwischen zwei Bissen.

„Ich weiß schon, wie du dich nachher erkenntlich zeigen kannst", gab er süffisant zurück.

„Ach so!" Sie begann zu grinsen. „Bei dir kann ich mich natürlich auch bedanken."

„Bei wem denn noch?", wunderte er sich und ihr Grinsen wurde immer breiter.

„Dem Schicksal natürlich!"

„Das ist ja gut zu wissen! Bei dem Schicksal willst du dich bedanken, aber bei mir nicht!" Er stemmte gespielt vorwurfsvoll die Hände in die Hüften.

Liz musste ihre ganze Selbstbeherrschung aufwenden, um lässig abzuwinken und nicht laut loszulachen. „Habe ich schon längst!"

Max stutzte, irrte er sich oder schwang da ein ernster Unterton mit? „Was hast du gemacht?", fragte er leise. Alle Albernheiten waren verflogen.

Liz sah ihn an und griff nach seiner Hand. „Es ist schon eine Weile her. Aber ich habe immer nach einer passenden Gelegenheit gesucht, dir davon zu erzählen."

„Du kannst mir immer alles erzählen", antwortete er.

„Das weiß ich doch!" Sie drückte seine Hand und schob den Topf beiseite, als brauche sie Raum. „Ich bin mir bewusst, dass es unglaublich und ein bisschen irre klingt, aber..." Sie suchte nach Worten. Sie sah ihn an, sein Blick lag abwartend auf ihr. Sie sah Liebe, Unbehagen und ein wenig Angst. Es gab kein zurück. Sie hatten sich immer alles erzählt und das sollte für den Rest ihres Lebens auch so bleiben. Also holte sie tief Luft und begann: „Erinnerst du dich, dass ich ein paar Wochen nach unserer Verlobung unbedingt wieder anfangen wollte zu meditieren? Da war in mir so ein innerer Drang, dass ich es kaum ausgehalten habe."

Max nickte. Er erinnerte sich, auch an ihre Unruhe und dass er gehofft hatte, dass sie ihr Jawort nicht bereute.

„Eines Morgens bin ich ziemlich früh aufgewacht und war auch richtig wach. Also bin ich aufgestanden und habe mich hingesetzt und meditiert. Naja, eigentlich habe ich erst ewig nach meinen Kopfhörern gesucht, dann war auch noch das Akku von meinem Handy leer und… egal. Jedenfalls saß ich also da und habe, zum ersten Mal, ohne Anleitung meditiert. Ich habe mich auf meinen Atem konzentriert und überhaupt alles gemacht, wie sonst mit der App und dann…" Sie hielt inne. Wie sollte sie ihm von ihrem Erlebnis erzählen, ohne dass es blöd klang. Oder er sie womöglich für verrückt hielt? Sie schloss kurz die Augen und sammelte sich, bevor sie fortfuhr. Diesmal würde sie sich nicht unterbrechen. „Auf einmal fing mein ganzer Körper an zu kribbeln, aber nicht so dass ich mich hätte kratzen müssen oder so und dann spürte ich auf einmal, dass ich nicht mehr allein war. Ich war total irritiert und dachte Lilly sei aufgewacht oder du. Ich wollte schon die Augen öffnen und nachsehen, da hörte ich eine Stimme. In mir. Also ich hörte sie in meinem Kopf und trotzdem war mir, als säße jemand neben mir. Und die Stimme sagte, dass alles gut sei. Also sie sagte wortwörtlich: ‚Liz, es ist alles gut. Alles ist so, wie es sein soll.' Und ich weiß noch, dass ich mich fragte, was sie denn meinte und da verstärkte sich auf einmal das Kribbeln und dann war da wie ein warmes, helles, weißgoldenes Licht neben mir und das Licht breitete sich aus und hüllte auch mich ein und ich wusste, dass…" Jetzt brach sie doch ab, aber sie wollte, nein, sie musste weiter erzählen. Er hatte ein Recht darauf, es zu erfahren.

Max drückte instinktiv ihre Hand. Er wagte kaum zu atmen. Denn er hoffte und fürchtete gleichzeitig, dass sich seine Ahnung bestätigen würde.

Seine Berührung gab ihr den Mut fortzufahren. Sie schluckte mühsam, denn sie spürte wie Tränen in ihr aufsteigen wollten. „Ich wusste, dass es Diana war. Sie war zu mir gekommen, weil sie mir... uns ihren Segen geben wollte. Sie sagte gar nichts weiter, aber sie war da und hüllte mich mit ihrem Licht ein und zeigte mir ihre Liebe. Für dich und für Lilly... und auch für mich." Jetzt liefen die Tränen doch. „Ich weiß nicht, wie lange das gedauert hat. Aber es war so besonders. Und dann habe ich mich bei ihr bedankt und ihr versprochen, gut auf euch aufzupassen und euch zu lieben und sie sagte nur: ‚Natürlich wirst du das. Alles ist so, wie es sein soll!' Max, ich..." Erst jetzt konnte sie den Blick heben und ihn ansehen. Auch er hatte Tränen in den Augen. Ohne ihre Hand loszulassen lief er um den Tresen herum, beugte sich zu ihr hinab und küsste sie.

„Danke, dass du es mir erzählt hast", flüsterte er und ließ seine Stirn gegen ihre sinken. Auch er hatte natürlich in den letzten Wochen immer wieder an seine verstorbene Frau denken müssen und an ihre gemeinsame Zeit und wie anders alles verlaufen wäre, wenn sie damals nicht diesen Unfall gehabt hätte. Er war wirklich froh, dass Liz ihm von ihrem Erlebnis erzählt hatte. Früher hatte er nicht an solche Dinge geglaubt, aber seit er Liz kannte, hatte er immer wieder erlebt, dass sie mehr wusste als eigentlich möglich war.

„Jederzeit!", antwortete sie ihm ebenso leise. „Keine Geheimnisse mehr, das weißt du doch!"

Wie könnte er das je vergessen. Ein Lächeln stahl sich auf sein Gesicht und er küsste sie noch einmal. „Lass uns ins Bett gehen, Elizabeth!", sagte er leise und nahm sie an die Hand.

Sonntag
Kapitel 4

„Die Idee mit dem Picknick im Park war hervorragend!", sagte Max und streckte sich lang auf der Decke aus. Es war ein wunderschöner Tag, die Sonne gab noch einmal alles. Einige unerschrockene Parkbesucher trugen sogar T-Shirt und kurze Hosen. Wenn sich nicht schon die ersten Blätter verfärben würden, könnte man sich einbilden, der Herbst wäre noch fern.

„Ja, und das Beste daran ist, dass ich nichts vorbereiten musste!" Liz tat es ihm nach und kuschelte sich an ihn. „In Deutschland gibt es nicht annähernd so viele Lokale in denen man gesunde Gerichte kaufen kann, so wie hier. Ich liebe London!"

„Und ich liebe dich!" Er zog sie nah an sich heran und drückte ihr einen Kuss auf die Schläfe.

Liz schmiegte sich noch näher an ihn und seufzte. Sie sollten solche Ausflüge wirklich viel häufiger machen. Dadurch, dass sie beide ihre Arbeit so liebten, merkten sie manchmal nicht, dass es zu viel wurde. Wenn Lilly nicht wäre, würden sie wahrscheinlich noch mehr arbeiten.

„Müssen wir ein schlechtes Gewissen haben, weil wir Lilly den Donovans mitgegeben haben?", fragte sie.

Max schüttelte den Kopf. „Nein, mein Schatz! Im Gegenteil, dass wir zufällig Rosie und ihre Eltern getroffen haben, ist ein großes Glück! Du wirst sehen, Lilly wird einen großartigen Tag mit ihrer besten Freundin verbringen und die Donovans haben dadurch auch Zeit für sich, weil die Mädels schön miteinander spielen." Er grinste. „Außerdem hast du ihnen den Kuchen mitgegeben."

„O Gott, sag nicht, sie denken jetzt, ich hätte sie bestochen!" Erschrocken hob Liz den Kopf und sah ihn an.

„Du bist so süß!" Max lachte und zog sie zu sich, bis sie halb auf ihm lag. „Quatsch! Ellen und Daniel sind in Ordnung. Mach dir keine Sorgen!" Er gab ihr einen Kuss. „Wenn du willst, können wir sie heute Abend auf eine Pizza einladen."

„Eine Pizza von Antonio klingt sehr verlockend." Liz lächelte und stützte ihren Kopf auf ihre Hand. „Wenn du mir jetzt noch ein Schaumbad versprichst, könnte das der perfekteste Sonntag aller Zeiten werden."

„Ach ja?" Er zog die Augenbrauen hoch. „Fehlt da nicht eine Kleinigkeit?"

„Tatsächlich?", fragte sie schmunzelnd. „Was denn?"

Sie hatte kaum zu Ende gesprochen, da hatte er sich schon aufgerichtet und sie lag unter ihm. Sie schenkte ihm ein träges Lächeln. „Ich liebe deinen sportlichen Körper", hauchte sie und strich mit ihrer Rechten an seiner Seite hinab zu seinem Bauch.

„Ah, endlich bist du auf der richtigen Fährte!" Er grinste sie spitzbübisch an und senkte langsam, ohne sie aus den Augen zu lassen, seine Lippen auf ihre. Sie zu küssen war jedes Mal wie der erste Blick aufs Meer nach langer Zeit. Vertraut und doch immer anders, einfach atemberaubend. Und zum wiederholten Mal war er dankbar, dass sie in sein Leben getreten war. Sie seufzte leise unter ihm, während ihre Hände durch sein Haar fuhren und er spürte wie seine Erregung wuchs. Wenn sie diese kleinen Laute von sich gab, war er ihr machtlos ausgeliefert. Eben noch war der Park der perfekte Ort gewesen, nun wünschte er sich nichts sehnlicher, als mit ihr in ihrem Bett zu liegen. Bevor seine Erregung noch weiter zunahm, denn der Gedanke wie sie nackt vor ihm lag, war nicht besonders hilfreich gewesen, brachte er ein paar Zentimeter Abstand zwischen ihnen. „Ach Schatz?!"

„Hm", gab sie murmelnd zurück und zog ihn wieder an sich. Sie wollte jetzt ganz sicher nicht aufhören, ihn zu küssen, aber Max entzog sich ihr wieder ein kleines Stück.

„Du hattest mich doch gebeten, dir zu sagen, wenn mir etwas auffällt."

Liz erinnerte sich dunkel daran, dass sie ihn irgendwann gebeten hatte, ihr Englisch zu verbessern, wenn sie einen Fehler gemacht hatte. Aber im Moment interessierten sie Grammatikregeln nicht im Geringsten. Sie begann an seinem Hals zu knabbern und strich mit ihren Händen über seinen tollen Rücken. Am liebsten hätte sie noch ihre Beine um seine Hüften geschlungen, um ihm ganz nah zu sein. Sie hatte wohl gemerkt, welche Wirkung ihre Küsse hatten.

Sie machte ihn wahnsinnig! Manchmal beneidete er Tiere, die durften sich einfach ihren Trieben hingeben. Unter einer enormen Willensanstrengung fuhr er fort: „Du weißt schon, dass es keine Steigerungsform von dem Wort ‚perfekt' gibt, oder?!"

Liz brauchte einen Moment bis sie aufgenommen und verarbeitet hatte, was er gesagt hatte. Grinsend schüttelte sie den Kopf und verpasste ihm einen kleinen Klaps. „Du verstehst es wirklich eine Frau wieder auf den Boden der Tatsachen zurück zu holen!" Sie rückte ein wenig von ihm ab, um die Arme zu verschränken und zog eine beleidigte Schnute.

Er gab ihr einen kleinen Kuss und ließ sich neben sie fallen.

„Da wir gerade dabei sind unglaublich ehrlich zu sein, wie war denn dein Treffen mit Dianas Eltern?", fragte sie und stützte sich auf ihren Arm auf.

Bestürzt sah er sie an. Aus irgendeinem kindlichen Impuls heraus, hatte er gehofft, sie hätte es vergessen.

„Wenn du mich jetzt so anguckst und ich dann noch dazu rechne, dass du mir noch nichts davon erzählst hat, muss es eine Katastrophe gewesen sein", fuhr sie fort.

Max gab sich einen Ruck und entgegnete munterer, als ihm zumute war. „Ach was, es war überhaupt nicht schlimm. Sie wollten nur hallo sagen und sich nach Lilly erkundigen. Nichts weiter. Ich habe nur vergessen, dir davon zu erzählen."

„Kein Problem!" Liz winkte ab. Sie hatten beide immer viel im Kopf, da passierte es durchaus manchmal, dass einer von ihnen etwas vergaß. „Wollten sie Lilly denn nicht selbst sehen oder sind sie schon wieder abgereist?"

Max zuckte mit den Achseln. Was sollte er sagen, er wusste es ja nicht. Er fühlte sich sowieso schon schlecht, weil er Liz nicht alles von dem Gespräch erzählte. Aber er wollte sie nicht beunruhigen. „Sie sind nicht wie andere Großeltern. Diana und sie hatten auch kein herzliches Verhältnis", versuchte er zu erklären. „Liegt vielleicht an der asiatischen Zurückhaltung..."

„Möglich." Liz kuschelte sich wieder an ihn. „Wie gut, dass wenigstens Vivian und Richard ganz anders sind."

„Ja", stimmte er ihr zu und beugte sich über sie, froh das Thema endlich fallen lassen zu können. Den Impuls an seine eigenen Eltern zu denken, die sich auch nicht gerade durch glänzende großelterliche Fähigkeiten auszeichneten, unterdrückte er. Schließlich waren sie schon immer sehr auf sich konzentriert gewesen. „Wo waren wir eigentlich stehen geblieben?", fragte er und zog sie näher an sich.

Liz schenkte ihm ein träges Lächeln. „Sag du es mir, schließlich warst du derjenige, der uns unterbrochen hat."

„Ich? Das würde ich nie tun!", erwiderte er mit einem frechen Grinsen.

„Nein, natürlich nicht", antwortete sie noch, bevor er seine Lippen auf ihre senkte.

***

„Was glaubst du haben Dianas Eltern wirklich von Max gewollt?" Nora hielt ihr Gesicht in die leuchtende Herbstsonne. Um den schönen Tag zu genießen, waren sie nach Spitalfield in den Streichelzoo gefahren.

„Das fragst du mich jetzt schon zum dritten Mal und ich weiß es immer noch nicht", entgegnete Tim. Es war ihm reichlich egal, was die wollten.

„Aber du musst doch eine Idee haben!", wandte sie ein. Max bedrückte Miene ließ sie einfach nicht los. Als die älteste der drei Geschwister fühlte sie sich immer noch verantwortlich. Meistens störte es sie nicht, im Gegenteil, es machte ihr oft eine Heidenfreude die Zügel in der Hand zu haben. Schließlich war sie diejenige gewesen, die Max und Liz damals auf die Sprünge geholfen hatte und sie war sehr stolz auf sich. Aber auch ihrem kleinen Bruder Nick und seiner schönen Schwedin Milla hatte sie den nötigen Schubs gegeben. Aber wenn eines ihrer Geschwister, und sie rechnete Max dazu, vor Herausforderungen stand, dann ging ihr das immer sehr nahe.

„Schatz, wenn er nicht drüber reden will, musst du das akzeptieren", antwortete Tim und hielt Ausschau nach den Kindern.

„Das tue ich doch!", gab Nora zurück und streckte mit geschlossenen Augen die Beine aus. Er sah sie nur skeptisch von der Seite an und sagte nichts.

„Jetzt sieh mich nicht so an. Rufe ich ihn etwa an und dränge ihn? Nein, ich frage DICH!"

„Ich denke, dass er, falls überhaupt irgendetwas passiert ist, zuerst mit Liz sprechen möchte, bevor er es überall herum erzählt", antwortete Tim.

„Entschuldige mal!" Jetzt drehte sie sich doch zu ihm herum und sah ihn an. „Wir sind seine Familie!"

„Naja, nicht wirklich", sagte er, aber Nora wischte seinen Einwand einfach beiseite.

„Du weißt, dass er seitdem er elf war jede Ferien auf Gracewood verbracht hat. Er ist mein kleiner Bruder. Punkt."

„Ja, Schatz, ich weiß." Er nahm ihre Hand und drückte sie. „Aber auch kleine Brüder muss man irgendwann loslassen. Er ist mittlerweile erwachsen. Er kann seine eigenen Entscheidungen treffen. Immerhin heiratet er bald zum zweiten Mal."

Nora atmete tief ein und aus. Sie wusste Tim meinte es nur gut, auch wenn es in ihren Ohren anders ankam. „Selbstverständlich lasse ich ihn seine eigenen Entscheidungen treffen. Aber wenn man jemanden liebt, sorgt man sich um ihn oder macht sich zumindest Gedanken. Das geht mir mit ihm genauso wie mit Nigel, Nick, meinen Eltern oder dir." Sie sah ihn offen an. „Einzig bei den Kindern ist es anders..."

„Schlimmer", unterbrach er sie mit einem Grinsen, aber der Scherz ging nach hinten los.

„Sie sind ja auch noch viel kleiner und ich bin ihre Mutter! Du machst dir doch auch Gedanken um sie und ihr Wohlergehen!" Langsam ärgerte sie das Gespräch doch. „Was willst du eigentlich von mir? Gestern hast du mir noch vorgehalten, ich würde mich nicht genug kümmern und jetzt ist es dir zu viel!" Ärgerlich entzog sie ihm die Hand und verschränkte die Arme.

„So meinte ich es gar nicht!", verteidigte er sich.

„Ach ja? Tut mir leid, aber auf dieses Hin und Her habe ich echt keine Lust und auch keine Energie dafür!"

„Entschuldige, ich meinte es lustig." Er beugte sich vor, damit sie ihn ansah. „Du hast ja recht mit allem..."

„Aber?"

„Kein ‚aber'. Ich mache mir auch Gedanken, um die Menschen, die ich liebe und deswegen möchte ich nicht, dass du dich verzettelst." Er strich ihr über den Arm. „Max kommt schon klar. Er ist ja auch nicht mehr allein. Er hat Liz! Und wenn er uns wirklich braucht, dann sind wir für ihn da."

„Also hast du auch gesehen, dass er aufgewühlt war!" Sie wandte sich zu ihm um und ließ die Arme sinken.

„Ja", gab Tim zu. Beinahe hätte er noch einmal gesagt, dass sie nicht helfen sollten, wenn es gar nicht gewünscht war. Doch er verkniff sich den Kommentar und zog seine Frau stattdessen in die Arme. „Komm schon! Lass uns den Tag genießen. Erzähl mir lieber von all deinen geheimen Wünschen und Träumen!"

Nora gab ihren inneren Widerstand auf und gluckste. „Die kennst du doch!"

„Tatsächlich? Oder gibt es da noch etwas, was ich wissen sollte?", fragte er und sie hörte eindeutig die zweideutige Botschaft hinter seinen Worten.

„Du bist ein Spinner!" Sie lachte.

„Ich bin DEIN Spinner", stellte er klar und küsste sie.

„Wir müssen etwas tun!", murrte Eleonore und trommelte ungeduldig mit den Fingern auf der Armlehne des Hotelzimmersessels. Seit dem unseligen Gesprächsausgang gestern hatte sie sich Gedanken gemacht, aber war noch zu keiner zufrieden stellenden Lösung gekommen.

„Was möchtest du denn tun?", erkundigte sich Peter und blätterte weiterhin entspannt in seiner Zeitung.

„Die Hochzeit verhindern, natürlich!", entgegnete sie gereizt. „Wir können doch nicht zulassen, dass so eine Möchtegernberühmtheit unsere Enkeltochter aufzieht. Was soll unter diesen Bedingungen nur aus dem Kind werden? Sicherlich keine geeignete Nachfolgerin von Kwan Industries."

„Da magst du recht haben, ...", begann Peter, aber Eleonore unterbrach ihn heftig: „Ich habe recht! Sie wird dem Kind nur alberne Flausen in den Kopf setzen. Werte wie Tradition und Familie zählen für solche Menschen doch nicht."

„Wir kennen sie nicht", wandte Peter ruhig ein.

„Das müssen wir doch gar nicht! Die sind alle gleich, das sieht doch jeder. Dazu musst du doch nur mal bei Instagram oder diesem TikTok gucken. Da geht es nur um Spaß, Spaß, Spaß!"

„Ich wusste gar nicht, dass du in den sozialen Medien unterwegs bist." Peter sah sie interessiert an.

„Als ob!" Eleonore winkte ungeduldig ab. „Ich habe die Assistentin von Lian letzte Woche erwischt, wie sie sich die Zeit vertrieben hat, anstatt zu arbeiten."

Bevor sie sich weiter echauffieren konnte, sagte Peter: „Nun lass uns diese Liz doch erst einmal kennenlernen. Vielleicht ist sie ja anders als wir denken. Eigentlich machte Max auf mich einen ganz normalen Eindruck und immerhin ist er ein erwachsener Mann."

„Also bitte!", entgegnete sie und schnaubte wenig damenhaft. Viel lieber hätte sie nur ihre Augenbraue hochgezogen, aber seit der letzten Botoxbehandlung funktionierte das nicht mehr. „Als wenn das jemals ein Argument für Vernunft gewesen wäre. Du hast ja wohl gesehen, wie sehr sie ihn bezirzt hat. Er war für unsere Argumente doch überhaupt nicht offen. Nein!" Sie beugte sich entschlossen vor. „Wir müssen etwas unternehmen!"

Max saß am Frühstückstisch, die Teetasse in der Hand und beobachte wie Lilly verschlafen ihr Porridge löffelte, das Liz ihr, wie jeden Morgen, liebevoll mit Obst dekoriert hatte. In spätestens fünf Minuten jedoch würde sie anfangen munter zu erzählen, man konnte beinahe die Uhr danach stellen. Sie waren ein tolles, gut eingespieltes Team. Liz kümmerte sich um das Frühstück, während Lilly und er sich fertig machten, danach ging Liz in die Dusche und er übernahm seine Tochter.

Er lächelte. Was war er froh, dass die Situation mit Eleonore und Peter geklärt war, er hatte gleich viel besser geschlafen. Er hatte wirklich nicht mit einer Entschuldigung gerechnet. Aber dass sie ihnen den Familienschmuck zu geschickt hatten! Von Diana wusste er, wie sehr ihre Mutter daran hing. Immerhin hatten die Kwans es vor Ewigkeiten vom Kaiser persönlich geschenkt bekommen. Alle Zweifel, die er gehabt hatte, waren damit verschwunden. Die Leihgabe, hatte ihn, im Gegensatz zu Liz, von ihren ehrlichen Absichten überzeugt. Er freute sich auch für Lilly, es war schön, dass sie von so vielen Menschen umgeben war, die sie liebten. Er hatte sich das als Kind immer sehnlichst gewünscht und erst bei den Bedfords kennengelernt.

Er sah auf die Uhr. Langsam würde er beginnen müssen, ihre Lunchbox zu packen und ihr gebannt zu zuhören, während Liz sich oben fertig machte. Erst zehn Meter vor dem Schultor würde ihr Redestrom versiegen. Sie würde seine Hand loslassen, wie um sich innerlich aufzurichten. Er hatte immer den Eindruck sie würde dadurch tatsächlich einige Zentimeter größer werden und jedes Mal machte sein Herz einen kleinen Satz, wenn er es sah. Sie ging zwar erst wenige Wochen zur Schule, und er hätte niemals gedacht, wie aufregend und neu, das auch für ihn sein würde, aber es kam ihm vor, als hätte sie nie etwas anderes gemacht. Es war schon erstaunlich, wie schnell man sich an Veränderungen gewöhnen konnte. Auch den Umzug vom beschaulichen Kensington ins quirligere East End hatte Lilly sehr gut gemeistert und bereits zwei Freundinnen gefunden. Überhaupt hatte ihr Selbstbewusstsein einen ordentlichen Schub gemacht. Er machte sich nichts vor, er selbst hatte nichts damit zu tun. Das war alles allein Liz Verdienst. Mit ihrer positiven Art war sie wie ein Sonnenstrahl in ihrer beider Leben gekommen und hatte sie sanft und nachhaltig zum Blühen gebracht. Wenn er sich jetzt an die Zeit davor erinnerte, kam sie ihm fast durchgängig grau vor. Obwohl er wusste, dass er auch damals mit Lilly gelacht, erzählt und gespielt hatte. Aber es war ein ganz anderes Leben gewesen, als wäre er nur mit halber Kraft unterwegs gewesen. Es war, als hätte Liz ihm gezeigt, dass er die Handbremse nicht ganz gelöst hätte. Sie hatte ihm einfach gezeigt, wie bunt und vielschichtig das Leben war und dafür war er jeden Tag unglaublich dankbar.

Deswegen hatte er sich auch etwas Besonderes einfallen lassen. Liz rechnete damit, dass sie ihre Flitterwochen erst in den nächsten Ferien, wenn Lilly zu ihren Großeltern fahren konnte, machten. Aber er hatte seine Eltern überreden können, auf Lilly unglaubliche zwei Wochen aufzupassen[1], damit er und Liz die letzten Tage des Indian Summer in Kanada genießen konnten. Es war schon alles geplant und er wusste, sie würde sich unglaublich darüber freuen.

---

[1] In Großbritannien gibt es keine Herbstferien, da sie längere Sommerferien haben. Erst um Weihnachten ist wieder schulfrei.

Schließlich hatten sie ganz zu Beginn ihrer Beziehung darüber gesprochen, wie gern sie dieses Naturspektakel erleben würden. Er hatte eine wundervolle Lodge mit Kamin und großer Terrasse direkt an einem See gemietet, die zu einem Hotel gehörte. Wenn sie wollten, könnten sie ganz allein sein oder auch alle Annehmlichkeiten eines All-Inclusive-Urlaubs genießen. Es war genau das, was Liz verdient hatte! Beinahe von jetzt auf gleich Stiefmama zu sein, war eine Herausforderung, dessen war er sich wohl bewusst.

***

„Yeah, Liz Junggesellinnenabschied ist fertig geplant. Dann kann ich mich jetzt um den von Max kümmern!", freute sich Nigel. Er hatte eine Nachricht von Nora bekommen. Die Zugtickets waren besorgt und auch Lena hatte sich gemeldet.

„Du kannst doch nicht auf Liz Junggesellinnenabschied gehen und auf den von Max!", bemerkte Arthur und sah ihn über seine Zeitung hinweg an. Sie saßen noch bei einer letzten Tasse Tee im Blauen Salon, den Rest des Frühstückgeschirrs hatte Mrs. Cuthbert, die Haushälterin, schon abgeräumt. Nigels Eltern, Vivian und Richard waren Frühaufsteher und schon längst zu ihrem morgendlichen Spaziergang aufgebrochen. Aber auch Nigel war für seine Verhältnisse früh dran. „Und wieso nicht?", wollte er wissen.

„Naja, du musst dich schon entscheiden", meinte Arthur. „Seit wann geht man denn auf beide Partys?"

„Und seit wann, interessiert es uns was ,man' macht?", fragte Nigel zurück. „Max ist mein ältester und bester Freund, selbstverständlich organisiere ich seinen Junggesellenabschied."

„Und wie verhält es sich bei Liz?", wollte Arthur wissen und konnte sich nur mit Mühe ein Schmunzeln verkneifen.

„Immerhin kennt sie mich länger, als ihren Verlobten!", erwiderte Nigel und grinste Arthur unverhohlen an. „Das ist eben der Vorteil vom Schwulsein! Außerdem kann *man* nie oft genug auf Partys sein. Das Leben wird ohnehin zu wenig gefeiert."

„Aha, und werde ich auch auf beiden Abende dabei sein? Nur so aus Neugier?"

„Du kommst mit zu Max", antwortete Nigel.

„Ach, und bei Liz darf ich nicht mit?! Das ist ja interessant. Ich dachte, du bist da tolerant." Arthurs Mundwinkel zuckten.

„Das liegt nicht an meiner Toleranz. Wir beide wissen, wie groß die ist..." Er machte eine bedeutungsvolle Pause und Arthur lachte laut auf. „Sondern daran, dass du Paris nur im Frühling magst. Hast du mir mal gesagt!"

„Jede Stadt ist im Frühling schöner, als im Herbst."

„Das liegt nicht am Herbst, sondern am Regen", entgegnete Nigel.

„Auf dem Land stört mich Regen nicht", gab Arthur zu Bedenken.

Nigel sah ihn mit hochgezogenen Augenbrauen an. „Und da fragst du mich, warum du nicht mitkommst?!"

„Verstehe ich jetzt nicht...", erwiderte Arthur gedehnt. Dann grinste er. „Und was planst du für Max' großen Abend?"

Nigel warf ihm einen Luftkuss zu. „Da es sein zweiter JGA sein wird und Tim sagte, Max hätte behauptet, er brauche keinen, werden wir es ruhig angehen. Ich habe einen Tisch reserviert und anschließend lassen wir uns erklären, wie man göttliche Cocktails mixt."

„Nur erklären?", hakte Arthur nach. Auf einen Vortrag hätte er an so einem Abend keine große Lust.

„Nein, wir mixen auch selbst. Ich stelle mir das ganz gut vor oder meinst du, er würde sich eher für eine Whiskyverkostung interessieren? Ich habe da noch..."

***

Immer wieder wanderte Liz Blick hinüber zu der Schmuckschatulle. Sie konnte sich kaum konzentrieren. Es war nicht so, dass das teure Stück sie nervös machte. Aber sie verstand diese Geste nicht und hatte das auch Max gesagt, aber der hatte nur mit den Achseln gezuckt. Sie konnte sich nicht helfen, es machte sie aus irgendeinem Grund misstrauisch, was sie verwirrte, weil sie es nicht von sich kannte. Aber ihr so ein kostbares Schmuckstück auszuleihen, wo sie sich noch nicht einmal kannten, passte einfach nicht zu der angeblichen Zurückhaltung. Und außerdem bedeutete es ja wohl, dass die Kwans nicht abgereist waren. Sie seufzte. Sie hatte wirklich genug zu tun, da musste sie ihre kostbare Zeit und Energie nicht damit verschwenden, sich Gedanken um Fremde zu machen. Energisch holte sie tief Luft und wandte sich dem Blogpost zu, der darauf wartete geschrieben zu werden. Es war die Kooperation mit dem Hotel in dem Max, Lilly und sie im Sommer Urlaub gemacht hatten. Er sollte nächste Woche erscheinen und sie hatte weder den Text fertig, noch hatte sie sich final für die Bilder entschieden. Es war dort aber auch zu schön gewesen! Sie hatte unendlich viele Fotos gemacht. Sie lächelte bei der Erinnerung. Es war, obwohl es eine Pressereise gewesen war, ein toller Urlaub gewesen. Dass ihre Eltern und ihre Schwester mit Familie mit von der Partie gewesen waren, war ein zusätzlicher Bonus gewesen. Sie freute sich schon unendlich, sie alle zur Hochzeit wiederzusehen.

Liz hatte gerade mal einen Satz geschrieben, als ihr Smartphone klingelte. Mist, sie hatte es doch ausstellen wollen. Ergeben nahm sie den Anruf dennoch entgegen.

„Hi Mum!"

„Sprich nicht Englisch mit mir, du weißt ich bin nicht gut darin", beschwerte sich ihre Mutter.

„ Ja, Mama!" Liz verdrehte die Augen. Das Englisch ihrer Mutter war nicht wirklich schlecht, sie hatte nur keine Lust sich ein wenig zu konzentrieren und es zu üben. „Was gibt's? Wie kann ich dir helfen?"

„Brauche ich immer einen Grund, wenn ich dich sprechen möchte?!", gab ihre Mutter ein wenig patzig zurück und Liz holte tief Luft, bevor sie antwortete.

„Nein, natürlich nicht. Aber ich arbeite gerade…"

„Ich weiß, bitte entschuldige Schatz, aber deine Oma ruft mich ständig an. Sie macht mich noch wahnsinnig!"

„Wieso?", wunderte sich Liz. „Was ist denn passiert?" Seit sie bei Max lebte, telefonierte sie deutlich seltener mit ihrer Oma, da diese kein Smartphone oder Internetanschluss besaß und so konnte sie sie nur ganz altmodisch auf dem Festnetztelefon anrufen. Liz war das ja egal, aber ihre Oma hatte immer nur die hohen Kosten im Blick und wimmelte sie jedes Mal nach zwei Minuten ab. Mittlerweile hatte Liz kaum noch Lust sich bei ihr zu melden.

„Es geht um den Flug. Sie wollte wissen, wie lange sie denn nun fliegen, wegen Opas Beinen."

„Er soll seine Thrombosestrümpfe anziehen, dann ist er auf der sicheren Seite. Auch wenn der Flug nur eine Stunde dauert", antwortete Liz.

„Das habe ich ihr auch gesagt, aber sie meinte, die zieht er nicht an. Er sagt, er schwitzt darin immer so."

„Und nun?", fragte Liz nach.

„Jetzt wollen sie nicht kommen." Liz Mutter seufzte.

„Wie bitte?" Liz traute ihren Ohren nicht. „Sie sind doch letztens noch mit dem Bus nach Italien gefahren, da sitzt man doch auch die ganze Zeit!"

„Mir musst du das nicht sagen!", gab ihre Mutter zurück.

„Und wenn sie mit der Bahn fahren? Der Eurocity ist wirklich toll!"

„Dann müssen sie doch umsteigen, dafür sind sie zu alt, Schatz. Das schaffen sie allein nicht."

„So ein Quatsch! Sie fahren doch immer zu Opas Schwester mit der Bahn, da müssen sie doch auch umsteigen!" Liz merkte, wie die Enttäuschung in ihr hochstieg und Ärger gleich mitbrachte.

„Lizzie, die Strecke fahren sie seit Jahren und sie liegt innerhalb Deutschlands. Wenn sie zu dir kommen müssen sie in Paris umsteigen."

„Oder in Brüssel", ergänzte Liz automatisch und begann zu schniefen. Erst die Kwans mit ihrem blöden Brillantcollier und jetzt das! „Ich kann doch nicht ohne sie meine Hochzeit feiern!"

„Ach Schatz, sie werden nun einmal alt", versuchte ihre Mutter sie zu trösten. „Wenn du mit Sven zusammen geblieben wärst,..."

„Was soll das denn jetzt?", begehrte Liz auf. „Sven war der totale Arsch! Er..."

„Elisabeth, nicht in diesem Ton!", fuhr ihre Mutter dazwischen und Liz hatte Mühe nicht zurückzuschreien.

Bemüht ruhig erwiderte sie: „Ich habe es dir schon so oft gesagt, Sven steht nicht zur Diskussion."

„Aber er war immer so nett!"

„Zu dir vielleicht, aber nicht zu mir", presste Liz hervor. Sie verstand wirklich nicht, warum ihre Mutter jetzt davon anfing.

„Mum, was soll das? Wieso holst du ihn auf einmal wieder hervor?"

„Was weiß ich... Ihr wart ein tolles Paar", gab sie unbestimmt zurück.

„Waren wir nicht. Er hat mich... Ach, ist jetzt nicht mehr wichtig. Fakt ist, ich liebe Max und er liebt mich und wir werden heiraten."

„Aber du bist so weit weg! Ich habe doch nicht Kinder bekommen, um sie dann nur einmal im Jahr zu sehen!" Jetzt klang die Stimme ihrer Mutter erstickt.

„Ach Mama, das stimmt doch gar nicht. Wir sehen uns noch genauso häufig, wie vorher. Da war ich doch permanent für den Blog unterwegs."

„Und da hatte ich die ganze Zeit gehofft, dass du irgendwann sesshaft wirst und wir dich wieder öfter sehen.

Liz seufzte innerlich. „Was soll ich denn machen? Max Firma ist hier, Lilly geht hier zur Schule..."

„Warum feiert ihr nicht hier, dann könnten deine Großeltern auch dabei sein."

„Mama, das hatten wir doch schon! Wir wollen nun einmal auf Gracewood Hall heiraten, wo wir uns kennengelernt haben. Ich dachte, für dich würde ein Traum in Erfüllung gehen, wenn eine deiner Töchter in einem ‚Schloss' heiratet!"

„Ich denke, es ist ein ‚Herrenhaus'?!", fragte ihre Mutter spitz nach und Liz verdrehte die Augen, aber bevor sie antworten konnte, sprach ihre Mutter schon weiter.

„Und überhaupt, was habe ich schon davon? Du machst die ganze Planung allein und ich kann nichts beisteuern. Ich habe mir das immer so schön ausgemalt, was ich alles für Überraschungen für deine Hochzeit plane und nun? Dein Vater und ich sind ja nicht einmal beim Brautkleidkauf dabei!"

Beinahe wäre Liz rausgerutscht, dass ihre Mutter trotzdem Überraschungen für sie vorbereiten konnte, aber dann fiel ihr ein, was für furchtbare Spiele ihre Schwester und ihr Schwager bei ihrer Hochzeit über sich ergehen lassen mussten und sie überging diesen Punkt. Stattdessen sagte sie: „Ich habe heute Nachmittag einen Termin zur Anprobe. Ich kann euch per Videocall anrufen und dann seht ihr mich!"

„Da habe ich immer meinen Sport. Das weißt du doch!", entgegnete ihre Mutter in diesem bestimmten Tonfall, den Liz gut kannte. Sie wollte zu einer Erwiderung ausholen, aber sie wusste, dass sie nicht dagegen ankommen würden. Das hatte sie als Teenager oft genug probiert und es irgendwann gelassen. Dennoch murmelte Liz zwischen zusammengebissenen Zähnen: „Dann scheint das Brautkleid doch nicht so wichtig zu sein."

Ihre Mutter schien sie trotzdem verstanden zu haben, denn sie fragte: „Muss es denn gleich heiraten sein? Ihr kennt euch nicht einmal ein Jahr."

Liz musste ihre ganze Selbstbeherrschung aufbringen, um ruhig zu bleiben. „Mama...", warnte sie leise, aber das hielt ihre Mutter nicht davon ab, immer weiter auszuholen. In diesem Moment schien der wundervolle Osterbesuch, in dem sich alle kennengelernt hatten, nie stattgefunden zu haben.

„Er ist ja nett und sieht gut aus, aber er ist älter als du. Jetzt macht das vielleicht noch keinen Unterschied, aber irgendwann ist er richtig alt und du noch nicht."

„Es sind doch nur 5 Jahre! Papa ist auch vier Jahre älter als du", erinnerte Liz sie.

„Das ist was anderes!", entgegnete ihre Mutter prompt.

„Wieso ist das bitte was anderes? Was für einen Unterschied macht ein Jahr?"

„Dein Vater und ich kennen uns schon unser ganzes Leben, wie du sehr wohl weißt."

Allmählich hatte Liz wirklich die Nase voll von diesem Gespräch. Angesäuert wiederholte sie den Satz, den sie bestimmt schon hundertmal zu ihrer Mutter gesagt hatte. „Nicht jeder hat das Glück schon mit sechs seine große Liebe zu finden."

Aber die ignorierte sie und fuhr fort: „Und überhaupt die Verantwortung für ein fremdes Kind… Du bist viel zu jung, um schon Mutter zu sein. Und dann auch noch so weit weg von deiner Familie. Wenn mal was ist, können wir dir nicht unter die Arme greifen. Auch dein Vater findet, du überstürzt die Sache. Aber so warst du ja schon immer. Schon als Kind hast du dich Hals über Kopf in alles Mögliche gestürzt und wenn es nicht geklappt hat, mussten wir dich wieder rausholen. Buchstäblich an den Füßen. Aber diesmal werden wir nicht da sein. Der Brexit steht ja nun auch vor der Tür. Noch ist es nicht zu spät, noch kannst du alles absagen."

Fassungslos ließ Liz das Smartphone sinken. Schlug ihr ihre Mutter gerade allen Ernstes vor, Max nicht zu heiraten?! Zwei Wochen vor der Hochzeit?! Ihr Herz hämmerte wie wild und Tränen stiegen in ihr auf. Bei ihrer großen Schwester hatten sie es gar nicht erwarten können, dass sie ihren Jakob heiratete. Dabei war der nun wirklich kein… egal!

Plötzlich unendlich müde hob sie das Gerät hoch. „Mum, ich muss arbeiten." Mehr konnte sie nicht sagen. Sie beendete das Gespräch, schloss die Augen und ignorierte die Tränen, die ihre Wangen hinunter liefen. Sie war so unglaublich wütend und verletzt und traurig. Wie konnte ihre eigene Mutter so etwas sagen? Sie sollte sich doch mit ihr freuen, oder etwa nicht?!

Plötzlich vibrierte ihr Handy, das sie noch in der Hand hielt. Es war eine Nachricht von ihrer besten Freundin Lena.

„Na Lieblingsbraut, wie geht's dir?"

„So lala. Hatte gerade einen Riesenkrach mit meiner Ma."

„Hat sie auch mitbekommen, dass ihr euch gestritten habt?"

Liz musste widerwillig lachen. Lena kannte ihre Familie gut.

„Keine Ahnung. Aber sie hat mir nahegelegt, die Hochzeit abzusagen."

„WAASS??? Wieso?"

„Weil Max ja schon ÄLTER ist. Wegen Lilly, dem Brexit, der Entfernung zu Deutschland und weil meine Großeltern nicht zur Hochzeit kommen werden, weil sie schon sooo alt sind."

Liz ließ ihren Kopf auf die Tischplatte sinken. Warum kam eigentlich immer alles auf einmal?!

„Ach Süße, lass den Kopf nicht hängen. Die kriegt sich schon wieder ein! Max ist wundervoll und er liebt dich wirklich. Lilly ist die Süßeste von allen, der Brexit nicht das Ende der Welt und England nicht unerreichbar. Das mit deinen Großeltern ist allerdings wirklich Mist. Ich überlege mir was."

„Das musst du nicht. Wenn sie nicht wollen oder können, dann ist das eben so. Dann fahre ich sie im Advent besuchen."

„Ich überlege mir trotzdem etwas!"

„Danke! Du bist die Beste. Ich vermisse dich!"

„Wir sehen uns ja bald!"

„JAAAAAAAAAAAAAAAAAAAAAAAAAAAAAAAAAAAAA! !!!!!!!!!!!!!!!!!!!!!!!!!!!!!!!!!!!!!"

Liz drückte das Smartphone kurz an ihre Brust. Sie konnte es kaum abwarten, Lena endlich wieder in echt zu sehen!

***

„Ich wusste es! Sie haben es geschluckt. Eben kam eine Email von Max, in der er sich für das Vertrauen bedankt", triumphierte Eleonore.

„Bist du wirklich sicher, dass du das Richtige tust?", hakte Peter nach.

„Soweit ich weiß, waren wir uns einig, dass er diese Frau unmöglich heiraten kann." Sie drehte sich zu ihm um.

„Aber ihm das Collier zu geben, dass du Diana vorenthalten hast, sendet doch die falschen Signale. Sie werden denken, dass du dich über die Hochzeit freust."

Eleonore verdrehte die Augen, manchmal war ihr Ehemann wirklich schwer von Begriff. „Das soll es ja auch! Es ist am besten, wenn sie sich entzweien, ohne dass es auf mich zurückfällt. Diese Frau spielt nicht in unserer Liga, sie kann damit nicht umgehen und je eher Max das erkennt, desto besser."

„Eleonore du weißt, ich bewundere dein taktisches Geschick. Es hat unserem Unternehmen schon oft gedient, aber ich…"

„Was?", unterbrach sie ihn schroff.

Peter sah sie ernst an. „Ich finde, es sollte einen Unterschied machen, ob wir bei einem Geschäft das Beste rausholen oder wir uns in familiäre Angelegenheiten einmischen."

„Aber Peter." Sie ging zu ihm hinüber und griff nach seiner Hand. „Ich habe immer nur das Beste für die Firma und die Familie im Sinn. Ich mache da keinen Unterschied. Ohne die Familie gäbe es die Firma nicht." Sie schenkte Peter ein aufrichtiges Lächeln. Es war wichtig, dass sie an einem Strang zogen, schließlich hatten sie ein Ziel. Es war schlimm genug, dass sie damals nicht gleich etwas unternommen hatten. Aber Dianas Tod war ein solcher Schock gewesen, der ihr den Boden unter den Füßen weggezogen hatte. Ihr Verhältnis war nie herzlich gewesen, natürlich nicht. Liebe war schließlich nicht wichtig, sondern nur Treue der Familie und den Traditionen gegenüber. Jahrelang war sie davon überzeugt gewesen, dass Diana irgendwann ihren Fehler einsehen und in den Schoß der Familie zurückkehren würde. Eleonore schluckte. Die Zeit hatte der Tatsache, dass ihre einzige Tochter nicht mehr lebte, nicht den Schrecken genommen. Jetzt musste sie es bei ihrer Enkeltochter anders machen. Je eher sie bei ihnen lebte, desto besser. Auch wenn Peter der Ansicht war, die Kleine wäre aktuell besser bei ihrem Vater aufgehoben, sie sah dies anders. Das Kind musste raus aus diesem westlichen Umfeld, das einem pausenlos suggerierte, jeder könnte alles sein, was er oder sie nur möchte, unabhängig von den Wünschen der Familie. Nein, sie Eleonore, würde dafür sorgen, dass ihre Enkeltochter eine echte Kwan wurde. Ja, bei Diana hatte sie versagt, aber bei ihrer Enkeltochter würde ihr das nicht passieren. Noch einmal drückte sie Peters Hand.

„Momentan ist Max blind für ihre Mängel. Eines Tages wird er mir dankbar sein. Glaub mir!"

***

Genervt von sich selbst stand Liz auf und streckte sich. Heute lief nichts so, wie es sollte! Zwar hatte der kurze Chat mit Lena sie nach dem schrecklichen Telefonat mit ihrer Mutter etwas aufgemuntert, aber konzentrieren konnte sie sich trotzdem kaum. Selbst Bildbearbeitung, etwas bei dem sie immer gut abschalten konnte, gelang ihr heute nicht. Dann kam noch die Absage von einem neuen Kunden in ihr Postfach geflattert. Dabei hatten sie so oft hin und her geschrieben, wie sie dessen Produkte auf ihrem Blog und in den sozialen Medien präsentieren sollte. Und nun passte es ihm doch nicht. Angeblich war sie ihnen nicht familienorientiert genug! Liz schnaubte. Erst letzte Woche hatte sie sich anhören dürfen, sie würde die jungen, weiblichen Singles nicht mehr repräsentieren und nun das!

Normalerweise ging ihr so etwas nicht nah. Schließlich wollte sie auch nur mit Firmen kooperieren, bei denen die Zusammenarbeit von gegenseitigem Respekt und voller Freude am gemeinsamen Arbeiten geprägt war. Allerdings war es schon so, dass sich durch den inhaltlichen Wandel des

Blogs, vom Reiseblog zum Familienalltag, sich einige Werbepartner zurückgezogen hatten. Klar, hatte sie dafür auch einige Neue dazu bekommen. Aber insgesamt war es so, dass der Blog schon einmal besser gelaufen war. Bis jetzt hatte sie es auf das Sommerloch geschoben, aber gerade heute...

Sie würde sich jetzt einen Tee kochen, bevor sie im Selbstmitleid versank. Gerade wollte sie ihr Handy in ihre Hosentasche stecken, da klingelte es.

„Liebling! Das muss Gedankenübertragung gewesen sein!" Erleichtert ließ sie sich wieder auf ihrem Stuhl sinken.

„Du hast an mich gedacht?" Max Stimme nahm einen rauchigen Unterton an und Liz lachte auf.

„Ja, habe ich, aber nicht so!"

„Schade..."

„Falls du dich erinnerst, ich arbeite hier. Zumindest versuche ich das." Sie seufzte.

„Was ist los?", fragte er besorgt. „Geht's dir nicht gut?"

„Mir geht's gut. Ich hatte ein bescheidenes Gespräch mit meiner Mutter. Meine Großeltern wollen nicht fliegen und Zug fahren können sie angeblich auch nicht und dann hat mich meine Ma..." Sie stutzte. Wollte sie ihm wirklich sagen, was ihre Mutter alles von sich gegeben hatte? Schließlich war es sehr verletzend, dabei wünschte sie sich doch sehr, dass die Zwei sich gut verstanden.

„Ja?", hakte Max nach.

„Sie wollte wieder einmal wissen, warum wir nicht in Deutschland feiern", schloss Liz und fühlte sich ganz elend. Sie hatte zwar nicht gelogen, aber die ganze Wahrheit war es nun auch nicht.

„Ach Liebling, lass den Kopf nicht hängen", tröstete er sie. „Vermutlich würde sie einfach gern mitmachen bei der Planung. Du kennst doch deine Mutter, sie ist immer aktiv..."

Liz seufzte. Er war so toll! Er hatte es wirklich nicht verdient, dass ihn jemand so behandelte. „Wahrscheinlich hast du recht", murmelte sie.

„Du wirst sehen, alles wird gut!", sagte Max zuversichtlich. „Selbst Eleonore und Peter möchten sich einbringen."

„Findest du es nicht komisch, dass sie...", wollte sie einwenden, aber Max redete schon weiter.

„Sie möchte dich übrigens kennenlernen. Sie hat dich zum Tee eingeladen."

„Wie bitte?" Liz riss überrascht die Augen auf.

„Ja, heute! Um 16h im Ritz", erklärte er. „Dort gibt es die besten Gurkensandwiches und der Tee ist erstklassig. Ich wollte schon längst mal mit dir dort hingehen."

„HEUTE??? Max, ich kann nicht! Heute hole ich Lilly ab und wir wollten endlich nach ihrem Kleid sehen." Sie spürte, wie Empörung in ihr ausstieg. Diese Frau bestellte sie einfach irgendwo hin, ohne sich Gedanken darum zu machen, ob es ihr passte oder nicht!

„Ich mache früh Schluss. Kein Problem", versicherte Max. „Und wegen dem Kleid könnt ihr doch morgen gehen oder übermorgen."

„Max, die Frau bringt alles durcheinander. Ich habe zu tun. Ich kann nicht einfach quer durch die Stadt fahren, nur weil eine Wildfremde das so möchte."

„Sie ist immerhin Lillys Großmutter!", gab er schärfer zurück, als er beabsichtigt hatte. „Babe, ich weiß", lenkte er ein. „Sie will dich kennenlernen. Immerhin lebst du mit ihrer Enkeltochter zusammen und ziehst sie auf."

Liz atmete langsam tief ein. Er hatte recht und dennoch sagte ihr ihre Intuition, dass da etwas faul war. Die Kwans führten etwas im Schilde, aber Max schien so darauf bedacht, Harmonie herzustellen, dass sie nicht nur aufgrund eines unguten Gefühls mit ihm streiten wollte.

„Okay, dann sag zu." Sie seufzte leise. „Aber du musst Lilly abholen und länger als eine Stunde bleibe ich nicht."

„Hab ich schon!", antwortete er gut gelaunt, aber bevor Liz nachhaken konnte, was er damit meinte, rief er auch schon. „Mist, ich habe jetzt einen Termin. Babe, ich muss los. Wir sehen uns nachher! Ich liebe dich!"

„Ich dich auch", antwortete sie, aber er hatte schon aufgelegt. Was war eigentlich los mit ihm? Erst verteidigte er die Kwans, dann sagte er Termine zu, ohne sich mit ihr abzusprechen und jetzt legte er einfach auf. So kannte sie ihn gar nicht. Irritiert sah sie auf ihr Smartphone und rief den gemeinsamen Kalender auf. Da stand er, schwarz auf weiß, der Termin Eleonore Kwan.

Eine halbe Stunde später gab sie es auf und fuhr den Rechner herunter. Sie konnte sich heute nicht auf die Arbeit konzentrieren. Dabei war das dringend notwendig, sie wollte noch so viel wie möglich vor der Hochzeit schaffen, damit sie danach ein paar Tage frei nehmen konnte. Max machte ein großes Geheimnis aus ihren Flitterwochen, dabei ahnte sie, dass sie lediglich über ein verlängertes Wochenende in ein Wellnesshotel an die Küste fahren würden. Was für sie total okay war, schließlich trugen sie beide die Verantwortung für Lilly und ihre Unternehmen.

Aber dass sie sich wegen dieser Frau jetzt nicht konzentrieren konnte, machte sie wirklich wütend. Erst diese bescheuerte Kette und jetzt auch noch ein

Kennenlerntermin. Sie wusste nicht wieso, aber sie wollte diese Frau nicht kennenlernen. Genervt, weil heute nichts so klappte, wie es sollte, lief sie die Treppen hinunter, sie brauchte frische Luft. In diesem Moment klingelte ihr Smartphone.

„Ja, bitte?", blaffte sie hinein.

„Oh, entschuldige, dass ich anrufe!", antwortete Nigel und Liz hörte, dass er sich erschrocken hatte.

„Was gibt es denn?", erkundigte sie sich und bemühte sich um einen entspannten Tonfall.

„Die Frage ist wohl eher, was ist bei dir los? Warum bist du so aufgewühlt?", fragte er rundheraus und schaltete dabei in den Videomodus.

„Ich bin nicht aufgewühlt!", entgegnete sie und Nigel schnaubte nur. Fahrig wischte sie auf dem Display herum. Wenn Nigel sie unbedingt sehen musste, bitteschön! Einen Moment war es still, dann brach es auch Liz heraus. „Ich bin nicht AUFGEWÜHLT. Ich bin stinksauer! Lillys Großeltern sind überraschend hier aufgetaucht und jetzt bringen sie mit ihrem Scheißbrillantcollier alles durcheinander. Ich meine, was bilden die sich ein, wer sie sind?! Und dann noch meine Großeltern! Angeblich können sie sich wegen ihrer Gesundheit nicht eine läppische Stunde in den Flieger setzen, aber mit einem Reisebus nach Italien zu gurken, das geht...."

„Moment", unterbrach Nigel ihre Tirade. „Die Kwans sind hier?"

„Sag ich doch!", seufzte Liz und ließ sich schwer auf das Terrassensofa sinken.

„Nein, du hast gesagt, dass Lillys Großeltern da sind und davon hat sie zwei Paar. Wenn man meine und deine Eltern nicht mitzählt."

Liz schüttelte verwirrt den Kopf. „Und woher, weißt du dann, von welchen ich rede?", wollte sie wissen.

„Du hast etwas von einem Collier erzählt und da ist mir eingefallen, dass es damals schon Scherereien wegen irgend so einem teuren Klunker gegeben hat."

„Wie, damals? Ich verstehe gar nichts!"

Nigel holte tief Luft und setzte zu einer Erklärung an. „Als Max und Diana heiraten wollten, gab es einen riesen Streit, weil ihre Mutter ihr das Brillantcollier verweigerte, dass die Kwans vom Kaiser persönlich bekommen haben, für herausragende Dienste im ersten Opiumkrieg. Seitdem haben es wohl alle Bräute der Familie zu ihrer Hochzeit getragen. Einzig Diana durfte nicht. Ihre Mutter hatte wohl gehofft, Diana so dazu zu bringen, die Hochzeit mit Max abzusagen, aber Diana hatte ihren eigenen Kopf. Naja, das Ende kennst du ja."

„Nein, woher denn?", widersprach sie.

„Na, sie haben trotzdem geheiratet", antwortete Nigel.

Liz verdrehte die Augen. „Ja, das wusste ich. Aber wie ist es mit ihrer Mutter und dem Collier ausgegangen?"

„Es gab wohl noch einige Diskussionen, sie hatten sogar angedroht nicht zur Hochzeit zu kommen, aber schließlich waren sie doch da, nur das Collier hat Diana nicht bekommen."

„Und warum geben sie es jetzt mir?", wunderte sich Liz. „Das macht doch keinen Sinn!"

„Vielleicht haben sie ein schlechtes Gewissen und wollen es wieder gut machen", überlegte Nigel.

„Wegen damals?", fragte sie zweifelnd nach.

„Wer weiß? Menschen können sich ändern."

„Mmh", machte sie unbestimmt und überlegte. „Wieso wollten sie damals eigentlich nicht, dass Diana und Max heirateten? Er hat nie etwas davon erzählt."

„Erzählt er denn sonst viel aus der Zeit?", fragte Nigel zurück. Sein Freund war eher nicht dafür bekannt, viel von sich preiszugeben. Liz tat ihm in der Hinsicht sehr gut. Er war schon viel offener geworden. Nach dem plötzlichen Tod von Diana hatte er sich sehr in sich zurückgezogen, worunter vor allem Lilly gelitten hatte.

„Nein, nicht viel. Aber er hat mir von damals erzählt. Ich weiß auch, was in der Nacht des Unfalls passiert ist, aber...

„Das hat dir er erzählt?!" Nigel pfiff anerkennend. „Alle Achtung, soweit ich weiß, bist du dann die Einzige!"

Liz Wangen färbten sich zartrosa. Sie hatte Max Bericht auch als großen Vertrauensbeweis gesehen. Aber dann fiel ihr sein merkwürdiges Verhalten wieder ein und sie war sich plötzlich nicht mehr sicher, dass er sich an sein Versprechen hielt, nichts mehr vor ihr zu verheimlichen.

„Also, warum wollten sie die Hochzeit nicht?", wiederholte sie ihre Frage.

„Das war mir auch nie so richtig klar. Schließlich war er auf ehrwürdigen Schulen und Unis und er wollte auch damals schon sein eigenes Unternehmen aufbauen. Vielleicht hatten sie einfach jemand anderen im Sinn", mutmaßte Nigel.

Liz fielen die Worte ihrer Mutter ein und automatisch nickte sie. Doch dann lief ihr ein eisiger Schauer über den Rücken. Sie wusste nicht, was schlimmer war. Dass ihre eigene Mutter sich so ähnlich verhielt, wie die unsympathisch wirkenden Kwans oder dass sie womöglich Verständnis für eben jene entwickeln konnte.

Sie schüttelte sich und zog die Knie an. „Ich verstehe trotzdem nicht, warum sie erst die Kette hergeschickt haben und mich danach kennenlernen wollen."

„Sie wollen dich kennenlernen?", wiederholte er. „Wann denn?" Er überschlug sich fast.

„Heute", antwortete Liz.

„WAS?!", rief er aus. „Heute? Egal, du musst dich fertig machen! SO kannst du unmöglich los!"

„Wieso, was stimmt denn nicht mit meinem Outfit?" Sie sah an sich hinunter. Sie trug rostrote Leggings, dazu ein luftiges Kleid in dunkelblau und weil es eigentlich ein Sommerkleid war, noch einen kuschligen Cardigan dazu.

„ALLES!" Nigel raufte sich die Haare. „Auf! Auf! Los! Nun mach schon!"

„Hey, bleib cool!", widersprach sie ihm und lachte. „Wir treffen uns nur zum Tee."

Nigel hob die Handykamera nah an sein Gesicht. „Glaub mir, du möchtest dich nicht SO mit den Kwans treffen. Denk an das Collier!"

„Nigel, nun mach mal halblang. Deren Geld imponiert mir nicht. Ich habe um dieses Treffen gar nicht erst gebeten und ich werde mich ganz sicher nicht für sie in Schale werfen."

„Lizzie, vertrau mir! Es geht nicht darum, dass du ihnen imponierst. Du brauchst eine Rüstung und ein Oversizecardigan ist vieles, aber nicht das!"

„Eine Rüstung?" Sie hob die Augenbrauen. „Ich ziehe doch nicht in den Krieg!"

„Wollen wir es hoffen", murmelte er düster und fügte etwas lauter hinzu. „Zieh dein Chanelkostüm an und dazu die helle Seidenbluse", schlug er eifrig vor.

„Niemals! Es ist viel zu altbacken, wenn ich es zusammen trage", widersprach sie. „Entweder die Jacke oder den Rock. Warum soll ich mich überhaupt so rausputzen? Ich will die Frau nicht mal treffen!" Wenn sie gekonnt hätte, hätte sie jetzt die Arme verschränkt, aber sie hielt ja immer noch das Handy in der Hand.

Aber Nigel ließ sich nicht beirren. „Du wirst müssen. Eleonore wird erst dann Ruhe geben, wenn sie bekommen hat, was sie will oder du sie in ihre Schranken weist!"

„Woher weißt du das alles? Kennst du sie so gut?", wunderte sie sich.

„Nun erstens habe ich sie natürlich ein paar Mal getroffen. Glaub mir, gegen sie sind Max' Eltern lammfromm! Und zweitens hat mir Diana alles erzählt, als der Druck zu groß geworden war. Soweit ich weiß, kennt nicht einmal Max die ganze Geschichte. Mir hat sie sie auch nur erzählt, weil ich ihr fleißig Wein nachgegossen habe."

„Nigel! Wie konntest du nur?", entrüstete sich Liz.

„Du hättest sie sehen sollen!", verteidigte er sich. „Sie musste sich einmal alles von der Seele reden. Ich habe nur die richtigen Rahmenbedingungen dafür geschaffen. Ehrlich Lizzie, ich hatte bis dahin keine Ahnung, wie viel Druck Eltern aufbauen können. Ich habe meiner Ma direkt danach eine großen Blumenstrauß geschenkt."

Beide hingen einen Moment ihren Gedanken nach. Liz musste wieder an das Gespräch mit ihrer Mutter denken, die ja wortwörtlich gesagt hatte, dass ihre eigenen Eltern sie in den Wahnsinn trieben. Das war zwar noch lange keine Entschuldigung dafür, wie sie sich benommen hatte, aber zumindest ahnte Liz jetzt wodurch dieser Ausbruch zustande gekommen war. Ihre Mutter hatte einfach nur den Druck an sie weitergegeben. Liz holte tief Luft und nahm sich vor, sich nicht davon beeindrucken zu lassen. Sie hatte immerhin selbst genug eigene Dinge zu regeln. Augenblicklich dachte sie wieder an die Kwans.

„Sorry, mein Lieber, aber jetzt will ich noch viel weniger zu diesem Treffen", nahm sie den Faden wieder auf, aber Nigel schüttelte den Kopf.

„Lizzie, du hast keine Wahl. Du musst da hin. Wir müssen herausfinden, was sie wollen, damit wir sie..."

„Es ist mir egal, was sie auf einmal hier wollen", unterbrach sie ihn. „Seit Max und ich zusammen sind, haben sie sich nur einmal gemeldet. Und das war zu Lillys Geburtstag, da haben sie ihr so ein merkwürdiges Spiel geschenkt, was seitdem nur rumliegt. Deswegen verstehe ich ja nicht, warum ich mich nett mit ihnen zum Tee treffen soll. Von dem blöden Collier einmal abgesehen. Am liebsten würde ich es ihr um die Ohren werfen."

„WAS? Du hast es bei dir?", fragte er entsetzt nach und als sie nickte, fuhr er eifrig fort. „Schließ es um Himmels Willen weg. Komm ja nicht auf die Idee damit quer durch die Stadt zu fahren. Wenn du überfallen wirst..."

„Wieso sollte ich auf einmal, und noch dazu am helllichten Tag, überfallen werden?", warf sie ein, aber er machte nur eine wegwerfende Handbewegung.

„Ist alles schon vorgekommen... Egal, schließ es weg und mach dich endlich fertig! Dir läuft die Zeit davon. Zieh die Chaneljacke an, dazu deine helle Seidenbluse und meinetwegen deine schwarze Lederhose und die höchsten Schuhe, die du hast!" Er nickte sich selbst zu. „Du willst groß sein!"

„Aber nicht umfallen!", entgegnete Liz und erhob sich langsam. „Ich weiß schon, was ich anziehe. Obwohl ich immer noch wünschte, Max würde das übernehmen."

„Ja, ich weiß", antwortete er mitfühlend. „Aber es wird an dir hängen bleiben, die Kwans in die Schranken zu weisen. Max ist..." Er stockte.

„Was ist Max?"

„Das erkläre ich dir ein anderes Mal", versprach er. Dann zwang er sich zu einem aufmunternden

Lächeln. Er hatte bemerkt, dass sie heute nicht in Topform war. „Du kriegst das hin, Tiger!"

Liz zog eine Grimasse. Sie hatte scheinbar wirklich keine Wahl. „Okay, lass uns auflegen. Ich melde mich später."

„Unbedingt! Ich denk an dich!", rief er noch ins Gerät, aber das hörte Liz schon nicht mehr. Sie hatte das Gespräch bereits beendet.

Kapitel 6

Liz hatte Nigels Rat befolgt und sich nicht nur sehr sorgfältig angezogen, sondern ebenso geschminkt. Sie trug wirklich eine Rüstung, äußerlich wie innerlich. Trotz allem war sie nervös, als sie von einem Angestellten die Treppe hoch zu einer Art Palmengarten geführt wurde. Es war ja auch kein Wunder, nachdem was Nigel alles erzählt hatte. Erst jetzt fiel ihr auf, dass er ihr keinen Rat gegeben hatte, WIE sie sich verhalten sollte. Nun war es zu spät. Sie würde es selbst herausfinden müssen. Der Hotelangestellte vor ihr lief zielstrebig an den verschiedenen Sitzgruppen vorbei. Liz lief ihm weiter hinterher, immer darauf bedacht nirgendwo anzustoßen, so dass sie kaum Gelegenheit hatte die prachtvolle, ganz in Weiß und Gold gehaltene Ausstattung zu bewundern. Was sie zunächst für Fenster gehalten hatte, waren bei näherem Hinsehen riesige, in goldgefasste Spiegel, wie in einem neoklassizistischen Schloss. Obwohl der Raum sehr hoch war und an einigen Tischen Gäste saßen, war es erstaunlich still, nur gelegentlich klapperte ein Löffel gegen eine Tasse.

Unvermittelt trat der Angestellte zur Seite und gab den Blick frei und da saß sie, Eleonore Kwan, aufrecht wie eine Königin.

„Danke!", sagte Liz zu dem Angestellten, der nur nickte und dann verschwand. Bildete sie es sich ein oder war da ein Aufflammen von Mitleid in seinem Blick gewesen? Sie blinzelte, aber er hatte sich bereits umgedreht und verschwand eilends. So blieb ihr nichts weiter übrig, als zu Eleonore zu gehen. Sie atmete noch einmal tief ein und lief los. Ihre Schritte klackten auf dem Steinboden und hallten, wie es schien, überlaut durch den großen Raum, ausgerechnet an dieser Stelle lag kein Läufer auf dem Boden. Sie versuchte das Unbehagen abzuschütteln und setzte ein Lächeln auf.

Eleonore blieb aufrecht sitzen. Erst als Liz direkt vor ihr stand, erschien ein feines Lächeln auf ihrem schönen, beinahe alterslosen Gesicht. Liz war wider Willen beeindruckt. Alles an Eleonore war perfekt, das dunkelrote Kostüm war maßgeschneidert, der Goldschmuck, exquisit und doch dezent, die dunklen Haare makellos zu einem eleganten Knoten geschlungen.

„Elizabeth, wie schön, dass wir uns endlich kennenlernen!" Sie wies mit ihrer schmalen Hand auf den Platz zu ihrer Linken und Liz setzte sich. „Wenn wir gewusst hätten, dass Max verlobt ist, wären wir selbstverständlich zur Verlobungsfeier gekommen", fuhr sie fort und bevor Liz ihr erklären konnte, dass es gar keine offizielle Verlobungsfeier gegeben hatte, forderte Eleonore sie auf: „Erzählen Sie von sich! Max hat uns fast nichts erzählt, außer dass sie entzückend sind und ich muss sagen, damit hat er vollkommen recht!"

Liz sah sie irritiert an. Das klang so gar nicht nach ihrem Max. Mit einem schmalen Lächeln antwortete sie ausweichend: „Da gibt es nicht viel zu erzählen."

„Nun, dann erzählen Sie mir, wie sie zwei sich kennengelernt haben. Ich liebe romantische Geschichten!" Eleonore lächelte, aber Liz sah, dass es nicht ihre Augen erreichte.

„Über gemeinsame Freunde. Sie kennen die Bedfords?", erwiderte Liz und beobachte Eleonore ganz genau. Sie wollte prüfen, ob die andere sich durch irgendeine Regung verriet. Aber Eleonore war die pure Selbstbeherrschung. Wieder lächelte sie.

„Aber natürlich! Und wo sind Sie auf die Familie getroffen? Eine Deutsche wie Sie?"

Liz blinzelte überrascht. Die Beleidigung war so umfassend, dass sie im ersten Moment gar nicht wusste, was sie darauf antworten sollte.

„Ah, da kommt ja der Tee", bemerkte Eleonore und Liz beschloss es ihr mit gleicher Münze zurückzuzahlen.

„Sie wissen doch, mein Volk ist sehr reiselustig", antwortete sie leichthin und fügte lächelte hinzu. „Und nun sitze ich sogar hier, mit Ihnen..."

Eleonores Mimik gefror einen Moment, dann hatte sie sich wieder unter Kontrolle. Die Angestellte stellte eine Etagere mit allerlei Köstlichkeiten ab, schenkte ihnen Tee ein und tat dabei so, als hörte sie nichts. Sie verschwand ebenso lautlos, wie sie gekommen war.

„Was habe ich nur für ein Glück!", antwortete Eleonore und nahm ihre Tasse in die Hand. Behutsam nahm sie einen Schluck und stellte die Tasse wieder ab. Dann sah sie Liz an und wartete.

Ihr Blick machte Liz nervös, also trank sie ebenfalls einen Schluck Tee, um ihr langsam verrutschendes Lächeln hinter der Tasse zu verstecken. Allerdings sagte Eleonore immer noch kein Wort. Da Liz nicht gierig erscheinen wollte, setzte sie die Tasse wieder ab.

„Nun...", begann Liz, doch da sah sie, dass Eleonore einen bedeutungsvollen Blick von ihr zur Etagere wandern ließ und endlich verstand Liz. Eleonore wollte doch tatsächlich, dass sie sie bediente! ‚So eine Ziege', dachte sie. ‚Sie wird sich doch wohl selbst etwas nehmen können' Laut sagte sie: „Ach Eleonore, warum sagen Sie denn nicht, dass die Gebäckzange bei mir liegt!" Liz drehte die Etagere ein Stück, damit Eleonore sich selbst bedienen konnte. Sie sah genau, dass Eleonores Mundwinkel gereizt zuckten, bevor sie sich ein winziges Lächeln abrang und sich eines der kleinen Sandwiches nahm.

„Nun...", wiederholte Liz und stellte demonstrativ Untertasse und Tasse auf ihren Teller. Sie würde hier nichts essen, da konnte es noch so verführerisch aussehen. „Was führt sie nach London? Max sagte, Ihr letzter Besuch sei eine Weile her." Sie lächelte unverbindlich, aber ihr Blick war stahlhart. Wenn sie die Großelternkarte ausspielen wollten, dann würde sie sie gern daran erinnern, dass zu diesem Privileg auch Pflichten gehörten.

„Hat er das?", fragte Eleonore geziert. „Flugzeuge fliegen in verschiedene Richtungen, nicht wahr? Wir haben ihn auch lange nicht mehr in Hongkong begrüßen dürfen."

„Das ist nicht wirklich ein stichhaltiges Argument für Ihr Fortbleiben", befand Liz. „Abgesehen davon ist so ein Langstreckenflug für ein Kleinkind keine Kleinigkeit."

„Finden Sie? Ich sehe ständig Kinder im Flieger."

„Dann wissen Sie ja, was ich meine", entgegnete Liz und freute sich insgeheim, einen Treffer gelandet zu haben. Betont entspannt nahm sie einen Schluck Tee.

„Wie weit sind die Planungen?", wechselte Eleonore das Thema und biss einen winzigen Happen ihres Sandwichs ab.

„Welche Pläne?" Liz hatte einen Moment nicht aufgepasst und sah überrumpelt auf.

„Ach Kind..." Eleonore schenkte ihr ein gönnerhaftes Lächeln. „Die Hochzeitspläne natürlich."

Liz musste sich zusammenreißen, um nicht mit den Zähnen zu knirschen. Sie war ja vieles, aber ein Kind war sie nicht mehr. „Die Hochzeit steht. Es ist alles fertig", antwortete sie und konnte nicht verhindern, dass man den Stolz heraushörte.

„Tatsächlich? Nun, es wäre ja nur verständlich, dass es Ihnen zu viel wird. Eine junge Frau wie sie..." Sie hob kurz ihre Hand und wie aus dem Nichts erschien eine junge Frau, die hübsch gewirkt hätte, wäre nicht ihre ganze Persönlichkeit von ihrem mausgrauen Kostüm, dem gesenktem Blick und der unterwürfigen Art erdrückt worden. Ohne ein Wort zu sagen, reichte sie Eleonore eine Aktenmappe und verschwand gleich darauf. Eleonore nahm sie entgegen und fuhr fort. „Wir haben alles hier. Sie müssen nur nicken und es ist alles erledigt."

„Wie bitte?" Liz runzelte die Stirn. Sie verstand nicht, was die Ältere damit sagen wollte.

„Ach, das wissen sie noch gar nicht?", wunderte sich Eleonore. „Maxwell hätte es Ihnen wirklich sagen sollen."

„Was sagen sollen? Mrs. Kwan, was meinen Sie?"

„Nennen Sie mich doch bitte Eleonore, Sie gehören doch bald zur Familie." Sie lächelte.

„Okay, Eleonore", verbesserte sich Liz. „Was hätte Max mir sagen sollen?"

„Das wir die Hochzeitsplanung übernehmen, natürlich! Schließlich haben wir darin schon Erfahrung. Ich habe alle Unterlagen aufgehoben und bereits auf den neuesten Stand gebracht." Eleonore begann zu blättern.

„Aber es ist doch…", wollte Liz einwenden, aber Eleonore unterbrach sie.

„Sie müssen sich nicht bedanken, das ist doch selbstverständlich! Wie gesagt, Elizabeth, Liebes, Sie gehören doch jetzt zur Familie." Sie schenkte Liz ein weiteres Lächeln.

„Hören Sie, Eleonore. Das ist wirklich ganz reizend…" Liz hatte Mühe ein Schaudern zu unterdrücken. Eine Hochzeit geplant von Eleonore Kwan war sicher alles, nur nicht reizend. „ABER die Hochzeit ist komplett fertig. Wir benötigen Ihre Hilfe nicht."

„Elizabeth, sind Sie sicher? So eine Hochzeit ist keine Kleinigkeit", hakte Eleonore nach, ganz die besorgte Schwiegermutter.

„Ja. Ich bin sicher", bestätigte Liz mit fester Stimme.

„Und das Hochzeitskleid? Wie ich sehe, machen Sie sich Sorgen, dass es nicht passen könnte."

„Wie bitte?" Liz sah sie verständnislos an. Wie viele Wendungen konnte dieses Gespräch noch nehmen?

„Naja. Sie essen gar nichts und wenn man dann noch diesen überstürzten Hochzeitstermin bedenkt..." Eleonore ließ ihren Blick bedeutungsvoll an Liz nach unten wandern und Liz spürte, wie sich ihre Wangen vor Empörung knallrot färbten. Es kostete sie ihre ganze Willenskraft nicht aufzuspringen und irgendetwas Unüberlegtes zu tun. Ganz langsam atmete sie ein und aus.

„Ich weiß ja, dass das in Ihrer Welt nichts Besonderes ist, aber Max hätte ich doch anders eingeschätzt", fügte Eleonore hinzu.

„Ich kann Ihnen versichern, dass eine Hochzeit auch in der westlichen Welt etwas Besonderes ist", antwortete Liz und ließ den implizierten Vorwurf, sie würden heiraten müssen, weil Liz schwanger sei, einfach unter den Tisch fallen. „Warum würden Sie sonst uns Ihr Familienerbstück zur Verfügung stellen?" Und bevor Eleonore antworten konnte, fügte Liz noch hinzu. „Allerdings frage ich mich schon, warum ich es tragen soll und Diana es nicht durfte."

„Die Zeiten ändern sich", antwortete Eleonore kryptisch und versuchte sich an einem freundschaftlichen Lächeln.

„Die Zeiten schon", stimmte Liz zu und griff nach ihrer Tasche, die sie auf den Sessel neben sich abgelegt hatte. „Nur bei den Menschen bin ich mir da nicht so sicher." Sie stand entschlossen auf. „Vielen

Dank für den Tee, Eleonore. Ich wünsche Ihnen eine gute Heimreise."

„Wieso denken Sie, dass wir abreisen werden?", erkundigte sich Eleonore interessiert.

Liz konnte nicht verhindern, dass ihre Stimme kurz schwankte. „Werden Sie nicht?"

„Aber Kind, nein!" Eleonore lachte auf. „Wir haben wichtige Geschäfte zu erledigen. Bevor die nicht abgeschlossen sind, bleiben wir. Sie sehen, wir werden noch reichlich Gelegenheit haben, uns kennenzulernen."

„Wie... nett", antwortete Liz und hatte sofort den Spruch ihrer Jugend im Kopf. *Nett ist die kleine Schwester von Scheiße.*

„Ja, nicht wahr!" Eleonore erhob sich ebenfalls und kam um den Tisch herum. „Ich freue mich so! Und wenn Sie es sich anders überlegen, ein Anruf genügt und wir planen die Hochzeit!" Ehe Liz reagieren konnte, lag sie auch schon in Eleonores Armen und wurde wie ein Stock an die knochige Brust gedrückt. Das und Eleonores schweres Parfum, raubten Liz den Atem. Genauso schnell wurde sie auch wieder losgelassen, so dass sie beinahe das Gleichgewicht verloren hätte.

„Auf Wiedersehen, meine Liebe!", flötete Eleonore und Liz wandte sich ab. Bloß raus hier.

***

„Oh man! Du hättest sie sehen sollen!" Vollkommen frustriert steckte Liz einen großen Löffel in die Eiscreme und dann in ihren Mund. Als sie nach Hause gekommen war, hatte sie einen Zettel vorgefunden, auf dem Max ihr mitteilte, dass Lilly und er unterwegs waren und das gute Wetter genossen. Also hatte sie sich mit Eiscreme und ihrem

Smartphone auf die Couch gesetzt und Nigel angerufen, um ihm alles zu erzählen. Gerade war sie beim Höhepunkt angelangt. „Ihre selbstgerechte Art und… " Seufzend ließ sie den Kopf hängen.

„Und?", wollte Nigel wissen und versuchte nicht daran zu denken, wann er das letzte Mal Caramel Fudge Eiscreme direkt aus der Packung gegessen hatte.

„Und ihre Blicke. Sie hat mich angesehen, als wäre ich ein…" Liz tauchte den Löffel erneut in die Packung.

„Ja?" Nigel wedelte ungeduldig mit der Hand. Diese künstlichen Pausen hielt er nicht aus.

„eklisches Inschekt!", nuschelte Liz mit vollem Mund. Sie schluckte und fasste sich sofort an die Stirn. Himmel, tat das weh! Der Happen war anscheinend zu groß gewesen.

„Das kommt davon, wenn man mit einem Esslöffel Eiscreme ist!", bemerkte Nigel mit einem Hauch Schadenfreude.

„Lass deinen Diätfrust nicht an mir aus", entgegnete Liz und rieb sich immer noch die Stirn. „Gehirnfrost kann jedem mal passieren."

„Nur Anfängern!", entgegnete Nigel.

„Und wohin hat dich deine Profiliga im Eis essen gebracht?", konterte Liz, woraufhin Nigel ungeduldig mit der Hand wedelte.

„Jetzt erzähl schon weiter. Was war noch?"

„Na dann hat sie mich ‚liebes Kind' genannt und gelacht. So als wäre ich fünf Jahre alt und wüsste es nicht besser! Wenn ich nur daran denke, könnte ich sofort zurückgehen und ihr eine kleben!" Liz grollte, ein Geräusch, das er noch nie von ihr gehört hatte. Sie musste wirklich wütend sein. „Sie hat allen Ernstes angedeutet, wir würden nur deshalb im Herbst heiraten, weil wir es müssten!" Aufgebracht deutete Liz einen Babybauch an.

„Was?", rief Nigel aus. „Das soll doch wohl ein Scherz sein?!"

„Nein", erwiderte Liz. „Von außen betrachtet, war es ein normales, beinahe nettes Gespräch. Aber die unterschwellige Atmosphäre war echt widerlich." Sie schüttelte sich. „Stell dir vor, sie hat sogar angeboten, unsere Hochzeit zu planen, weil ich angeblich dazu zu jung bin."

„Hast du ihr nicht gesagt, dass wir fertig sind?" Nigel riss erschrocken die Augen auf.

„Natürlich, was denkst du denn? Ich lasse diesen Drachen auf keinen Fall auch nur in die Nähe irgendeiner Hochzeitsplanung!", stellte Liz entschieden klar.

„Sieh es positiv! Jetzt hast du es hinter dir und bist sie für die nächsten fünf Jahre oder so los", tröstete Nigel.

„Ha! Das habe ich auch gedacht!", entgegnete Liz, den Löffel hoch erhoben.

„Sag nicht, dass sie noch bleiben?", fragte Nigel entgeistert. Nun wünschte er sich doch einen Eisbecher oder etwas Stärkeres. „Weißt du, wie lange?"

„Wochen. Bis ihre Geschäfte erledigt sind."

„Was für Geschäfte sollen das denn sein, wofür sie hier sein müssen? In welchem Jahrhundert lebt sie denn?"

„Und weißt du, was das Schlimmste daran ist?"

„Dass sie noch nie etwas vom Internet oder Onlinekonferenzen gehört hat?!" Es war das Erste, was ihm einfiel.

„Nein, dass sie bestimmt erwarten, dass sie zur Hochzeit eingeladen sind", antwortete sie düster. „Und Max will das unter Garantie auch!"

„Das weißt du nicht", warf er ein.

„Doch! Er hat ihnen doch überhaupt erst von der Hochzeit erzählt."

„Es sieht ihm überhaupt nicht ähnlich sowas ohne dich zu entscheiden."

„Ja, danke! Das weiß ich auch. Wie konnte er nur?!" Sie hieb den Löffel mit voller Wucht in die Packung und brach unversehens in Tränen aus.

„Oh Lizzie, nicht weinen. Alles wird wieder gut! Du wirst sehen!", tröstete Nigel sie sofort. „Du musst..."

„Ich verstehe es nicht", heulte sie. „Sonntagnachmittag war noch alles gut und dann schicken sie uns diese Scheißkette und auf einmal ist alles anders! SO kenne ich ihn gar nicht. Er ist doch sonst nicht so... materialistisch. Lässt sich von ein paar Klunkern so bleeeendeeen!" Sie schniefte laut und sah sich suchend um. Warum hatte man nie ein Taschentuch, wenn man eines brauchte?! Mist! Sie musste aufstehen.

„Liz, Süße, beruhige dich. Wenn Max jetzt gleich nach Hause kommt, besprecht ihr alles miteinander. Ich bin mir sicher, dass es ein Missverständnis ist!"

„Meinst du?", fragte sie und schnäuzte sich kräftig.

„Ganz sicher!", antwortete Nigel zuversichtlich. Dann legte er die Stirn in Falten. „Hast du dir gerade mit dem Geschirrtuch die Nase geputzt?"

„Ja, hab ich", antwortete sie ergeben und hielt das Tuch außer Sichtweite.

„Igitt! Warum machst du denn sowas?" Nigel zog eine Grimasse und schüttelte sich.

Liz seufzte. „Ach, hör auf! Ich brauchte ein Taschentuch und..."

„Eben! Ein TASCHENtuch, kein Geschirrtuch." Er sah sie fragend an. „Warum nimmst du keine Küchenrolle?" Schließlich stand sie in der offenen Wohnküche.

„Weil wir keine mehr haben, ich kaufe keine mehr. Weißt du wie viele Ressourcen das verschwendet?!" Sie sah ihn empört an und Nigel hob beruhigend die Hände.

„Ist ja schon gut! ICH verbrauche ja keine! Ganz im Gegenteil, ich produziere den Rohstoff!", antwortete er und spielte damit auf den Wald an, der den Bedfords gehörte.

„Sorry Nigel, da kommen sie! Ich melde mich!" Liz schenkte ihm ein schiefes Grinsen und legte auf.

***

Schnell kontrollierte Liz ihr Gesicht. Sie hatte Glück, sie sah weit weniger verheult aus, als gedacht. Dann fiel ihr ein, dass die Eispackung noch auf dem Couchtisch stand. Wenn Lilly die sah, würde sie auch ein Eis wollen und Liz hatte jetzt wirklich nicht die Nerven streng sein zu müssen. Netterweise ließen die beiden sich oben im Flur Zeit beim Jacke und Schuhe ausziehen, so dass sie ihr erhitztes Gesicht noch kurz in den Tiefkühler halten und abkühlen lassen konnte.

„Hallo! Wir sind wieder da!", rief Max.

„Ich bin hier unten", antwortete sie und richtete sich auf. Die ganze Häuserreihe war an einen Hang gebaut, so dass die Küche und das Wohnzimmer wie im Souterrain lagen und man vom Hausflur drei Stufen nach unten gehen musste. Diese hüpfte nun Lilly hinunter.

„Hallo Liz!", rief sie.

„Hey Süße!" Liz probierte ein Lächeln, was ihr nicht schwer fiel, sobald sie ihre Stieftochter sah. Die Augen der Sechsjährigen strahlten vor Begeisterung, ihre Wangen waren gerötet und in ihren Haaren hatten sich ein paar Herbstblätter verirrt.

„Wo wart ihr denn?", fragte Liz, zupfte sie heraus und hielt sie Lilly hin.

„Ist der Herbst nicht toll?" Lilly kicherte. „Draußen ist es so schön windig. Die Blätter tanzen wie kleine Feen im Wind!"

„Dann haben sich die Feen also an dich gekuschelt?", scherzte Liz und Lilly kicherte noch mehr.

„Wir haben Abendessen mitgebracht!", verkündete Max, der eben rein kam und einige Beutel auf der Arbeitsplatte ablegte. Er trat auf Liz zu. „Hallo Schatz!" Er wollte sie in den Arm nehmen, aber Liz wich ihm geschickt aus. Sie konnte es nicht fassen, dass er einfach so, als wäre nichts gewesen, nach Hause kam.

„Was gibt es denn?", wollte sie wissen und inspizierte bereits die ersten Behälter.

Max runzelte die Stirn. „Indisch", antwortete er und legte ihr nun doch den Arm um. „Alles okay?", erkundigte er sich leise.

Liz drehte sich weg, um Teller und Besteck rauszuholen und antwortete. „Ja klar, was soll sein?!" Durch sein unbefangenes Auftreten, war ihre Enttäuschung in Wut umgeschlagen. Schließlich hatte er sie zu dieser Schlange von Frau geschickt. Wer weiß, was er und die Kwans sich noch ausgedacht hatten! Argh! Sie durfte nicht daran denken, sonst würde sie ihren ganzen Frust rausschreien.

Sie konnte jetzt nicht in Ruhe mit ihm sprechen. Außerdem wollte sie es nicht vor Lilly tun. Am liebsten würde sie die Kwans für immer und ewig von Lilly fernhalten. Auf solche Menschen konnte die Kleine nun wirklich verzichten! Was hatte sich Max nur dabei gedacht, denen zu schreiben?!

Max sah sie irritiert an. Sie hatte doch was! Mit gerunzelter Stirn stellte er die Essensbehälter auf

Platten und sah immer wieder zu ihr. Als sie an ihm vorbei ging, hielt er sie am Arm fest. „Was ist los?", fragte er leise und eindringlich. „Du hast doch was!"

Liz warf ihm einen wütenden Blick zu.

Noch nie hatte er sie so gesehen, ihre Augen schienen eiskalte Blitze auf ihn zu schleudern.

„Ja, ich habe etwas!", zischte sie und warf einen Blick zu Lilly, die hingebungsvoll die Stoffservietten in die silbernen Serviettenringe schob. Auch Max sah nach seiner Tochter. Durch die bevorstehende Hochzeit waren ihre Märchenvorstellungen wieder neu beflügelt worden und sie begeisterte sich momentan wieder mehr für alles was irgendwie funkelte.

„Aber das bespreche ich später mit dir." Liz sah ihn wieder an. „Wenn überhaupt!", schob sie trotzig hinterher und in Max machte es endlich klick. Sie hatte sich ja heute mit Eleonore getroffen.

„Ist es wegen deines Treffens mit Eleonore? Ist es nicht so gelaufen, wie du es dir dachtest?", fragte er nach und wieder traf ihn ein stahlharter Blick und ein selbstgefälliges Lächeln. Beinahe wäre er zusammengezuckt.

„Ich habe mir gar nichts gedacht! Ich wollte da gar nicht hin. Du hast diesen Termin für mich ausgemacht!" Mit einem Ruck riss sie sich los und füllte die Wasserkaraffe neu.

„Was ist denn passiert?" Er stellte sich neben sie und berührte sie wieder. Am liebsten hätte er sie zu sich umgedreht, um sie in den Arm zu nehmen. Aber er war zu bestürzt über ihre Wut.

Liz sah auf seine Hand hinunter und hob dann langsam den Blick. „Ich bin wirklich wütend und enttäuscht von dir und wenn du nicht willst, dass ich dich vor deiner Tochter anschreie, dann musst du dich leider gedulden, bis ich mich nicht mehr fühle, als würde ich gleich platzen!"

Erschrocken zog er seine Hand weg. „Dann reden wir später!", stammelte er.

Liz sah ihn an, warf einen Blick auf das Essen und stellte entschlossen die Karaffe zur Seite. „Ich habe keinen Hunger und noch viel zu tun!", erklärte sie und verließ den Raum.

Ratlos sah er ihr hinterher. Was war nur geschehen, dass sie so aufgebracht war?

***

Nigel starrte nachdenklich auf seinen Bildschirm ohne wirklich etwas zu sehen. Das Ganze war wirklich merkwürdig. Er verstand nicht, wieso die Kwans auf einmal auftauchten. Sie hatten sich doch die ganzen letzten Jahre nicht für Max und Lilly interessiert. Liz tat ihm wirklich leid, aber irgendwie wunderte er sich auch. Es warf sie doch sonst nichts so sehr aus der Bahn. Nachdenklich fuhr er den Rechner runter. Er würde jetzt Feierabend machen und zu Arthur gehen. Vielleicht wusste er einen Rat, wie sie Liz helfen konnten. Nigel trat auf die Galerie hinaus und lief auf die andere Seite des Hauses. Arthur hatte sein Arbeitszimmer in genau der gegenüberliegenden Ecke von Gracewood Hall. Er war ein Frühaufsteher und mochte es, wenn die Morgensonne in sein Zimmer schien. Das war auch dringend notwendig. Nigel würde depressiv werden, wenn er den ganzen Tag zwischen all den dunklen, viktorianischen Möbeln sitzen müsste. Aber Arthur mochte den Bezug zur Vergangenheit, wie er immer wieder erklärte.

Dieser blieb Nigel heute erspart, denn Arthur trat gerade aus dem Raum und sah ihn fragend an. „Schatz! Wolltest du zu mir?"

„Ich habe eben mit Liz gesprochen", berichtete Nigel.

„Und wie geht es ihr? Ist sie schon aufgeregt?", erkundigte sich Arthur und schloss die Tür.

„AUFGEBRACHT ist eher das richtige Wort."

„Haben sie sich gestritten?" Arthur musste schmunzeln. „Erinnerst du dich noch an die letzte Woche vor unserer Zeremonie? Du warst so ungnädig…"

„Nein!", quiekte Nigel erschrocken. „Noch nicht. Hoffe, ich zumindest."

Arthur sah ihn prüfend an. „Schatz, du sprichst in Rätseln. Was ist passiert?"

„Die Kwans sind aufgetaucht", platzte Nigel raus.

„Dianas Eltern?" Arthur zog die Augenbrauen hoch. „Aber was hat das mit Max und Liz zu tun?"

„Genau das ist ja die Frage!", rief Nigel aus.

„Was ist die Frage?", wollte Vivien wissen, als sie eben aus ihrem Bastelzimmer trat, das von allen nur liebevoll das Weihnachtszimmer genannt wurde, weil dort seit Jahrzehnten alle Geschenke bis zum großen Fest aufbewahrt wurden.

„Mum! Ich dachte, du bist heute Abend beim Sport!", antwortete Nigel stattdessen.

„Fällt aus", gab sie lakonisch zurück. „Also, was ist welche Frage?"

„Was die Kwans mit Max und Liz Hochzeit zu tun haben", berichtete Arthur.

„Die Kwans? Ich wusste gar nicht, dass sie den Kontakt gehalten haben", warf Vivien ein.

„Ich glaube, Max hat ab und zu eine Mail geschickt und über Lillys Entwicklung berichtet. Immerhin sind sie die Großeltern", erklärte Nigel, aber Vivien schnaubte nur.

„So haben sie sich in den letzten Jahren aber nicht verhalten!"

„Jeder trauert anders", meinte Arthur und erntete dafür einen strafenden Blick von Nigel.

„Ich bitte dich! Sie haben Max und Lilly einfach im Stich gelassen. Ich habe nie verstanden, warum Max immer weiter diese Mails geschrieben hat!", echauffierte sich Nigel. „Sie waren schon vor dem Unfall einfach nur unerträglich! Wollten immer alles bestimmen und wenn Diana sich nicht so verhalten hat, wie sie es wollten, haben sie sie mit Nichtachtung gestraft. Und das war noch eine ihrer harmloseren Methoden."

„Woher weißt du das alles?", erkundigte sich Arthur.

„Diana hat es mir erzählt", antwortete Nigel. Aber bevor er weiter erklären konnte, scheuchte Vivien sie mit einem vielsagenden Lächeln Richtung Treppe. „Lasst uns hinunter gehen. Im Salon kann ich viel besser zuhören."

„Du meinst also, Max weiß nicht, wie die Kwans wirklich sind?", nahm Vivien den Faden wieder auf, als sie im Salon saßen.

Nigel sah seine Mutter achselzuckend an. „Damals war es Diana unglaublich wichtig, dass er nicht erfuhr, was sie mir erzählt hatte. Ob sie sich irgendwann anders entschieden hat, kann ich dir nicht sagen. Aber Max ist ja nicht dumm, er hat bestimmt einiges mitbekommen, aber – sagen wir mal so – er ist ein Meister darin, die Augen zu verschließen und nicht genau hinzusehen." Er holte tief Luft. „Ihr wisst ja, das es Jahre gedauert hat, bis er mal so richtig wütend auf seine eigenen Eltern werden konnte. Erinnert ihr euch, wie er immer Entschuldigungen für sie und ihr Verhalten gefunden hat und wie wahnsinnig das Nora gemacht hat? Ich habe erst viel später verstanden, dass er es getan hat, um sich selbst zu schützen. Wenn er zugegeben hätte, dass seine Eltern durchaus die Möglichkeiten gehabt hätten für ihn dazu sein, es nur einfach viel zu selten gemacht haben, dann hätte er ja glauben müssen, er sei nicht gut oder liebenswert oder was auch immer genug."

Vivien sah ihren Sohn an und Stolz breitete sich in ihr aus. Sie warf einen Blick zu Arthur und sah, dass es ihm ähnlich ging. Nigel mag auf den ersten Blick oberflächlich wirken, aber für die, die er liebte würde er durchs Feuer gehen. „Ich erinnere mich", sagte sie und legte sich die Hände auf die Brust. „Es hat mir immer das Herz gebrochen, aber ich war auch so froh, ihn hier bei uns zu haben und ihm das zu geben, was er brauchte."

„Also, was können wir tun?", erkundigte sich Arthur und drückte Nigels Hand.

Nigel lächelte ihn dankbar an. „Ich habe nicht die geringste Ahnung."

„Wie wäre es, wenn wir weiter für ihn und Liz da sind?!", schlug Vivian vor.

***

Leise klopfte es an ihrer Tür und vorsichtig trat Max ein. Liz seufzte innerlich. Wie gern würde sie sich jetzt in seine Arme werfen und hören, dass alles wieder gut werden würde. Aber sie konnte nicht. Sie hatte Angst, dass es der Beginn ihres Unterganges wäre, wenn sie jetzt klein bei gäbe. Genau das hatte sie schon einmal erlebt und wollte so eine ähnliche Erfahrung auf jeden Fall vermeiden. Nie hätte sie gedacht, dass sie mit Max einmal an genau derselben Stelle stehen würde, wie mit Sven damals. Langsam drehte sie sich um. Leider vergrößerte sein Anblick das Gefühlswirrwarr in ihr.

„Hey", sagte er leise. „Lilly schläft und ich habe dir etwas zu essen mitgebracht." Er stellte den Teller neben sie auf ihren Schreibtisch.

„Danke." Liz sah auf das Curry, das er ihr wieder aufgewärmt hatte und riss sich ein Stück von dem Fladenbrot ab. Kauend beobachtete sie, wie er sich auf den Hocker setzte.

„Also, was ist los?", fragte er nur und Liz hielt inne. Wie konnte er so ruhig sein? Hatte er tatsächlich keine Ahnung? Mühsam schluckte sie das Brot herunter, das irgendwie immer mehr zu werden schien.

„Hat es etwas mit deinem Treffen mit Eleonore zu tun?", hakte er nach, weil sie immer noch kaute.

Als sie nickte, fragte er: „Was hat sie gesagt?"

„Viel", antwortete sie endlich. „Die Frage ist eher, was hat sie nicht gesagt oder auch, was wird sie noch tun und womit bist du die ganze Zeit einverstanden?"

„Ich?" Verdutzt sah er sie an. „Ach so. Entschuldige Schatz, ich habe ganz vergessen es dir zu sagen, aber ich dachte, es sei kein Problem..."

„Kein Problem?!", unterbrach sie ihn und rollte mit ihrem Schreibtischstuhl ein ganzes Stück nach hinten. „Wieso soll das kein Problem sein?"

Max sah verwirrt aus. „Ich dachte nicht, dass es dir etwas ausmacht. Und was sollte ich denn machen? Nein sagen?"

„Ja, genau das hättest du tun sollen!", rief sie aus.

„Aber sie sind Lillys Großeltern!", antwortete er und erhob ebenfalls die Stimme. Wieso machte sie so ein Drama daraus?!

„Das hat sie bisher doch auch nicht interessiert!", entgegnete sie.

„Sie brauchten eben eine Weile, um zu trauern." Max sah sie irritiert an. Liz war doch sonst immer verständnisvoll und großherzig. Warum reagierte sie nun auf einmal so anders.

„Die Kwans können so lange oder so kurz trauern, wie sie wollen. Und ich habe auch nichts dagegen, wenn sie zu Lilly eine richtige Beziehung aufbauen wollen. Selbstverständlich nicht, aber sich jetzt unsere Hochzeit unter den Nagel zu reißen, das geht zu weit! Und dass du!" Sie zeigte anklagend mit dem Finger auf ihn. „Da auch noch mitmachst! So kenne ich dich gar nicht."

„Wie bitte? Wieso Hochzeit unter den Nagel reißen? Wovon redest du?" Er verstand gar nichts mehr.

„Jetzt tu doch nicht so! Du weißt genau, wovon ich spreche." Liz funkelte ihn wütend an. „Sie wollte unsere ganze Hochzeit neu planen, weil ich dazu wohl zu jung bin."

„Ich dachte, die Planung steht", entgegnete er verwirrt.

„Tut sie ja auch!"

„Dann verstehe ich nicht..."

„Was verstehst du denn da nicht? Sie hat gesagt, du wüsstest davon!"

„Schatz, das hast du bestimmt falsch verstanden!", versuchte er sie zu beruhigen. „Sie hatte mich nach der Trauung gefragt, da konnte ich ja schlecht sagen: Sorry, ihr seid nicht eingeladen."

„WAS?!"

„Sie hat sich quasi selbst eingeladen und dann hat sie gefragt, ob wir an die Moores gedacht haben. Die wir natürlich vergessen hatten und dann hat sie angeboten, sie mitzubringen", erklärte er.

„*Ich wusste es!*" Liz war wie vor den Kopf geschlagen und unwillkürlich ins Deutsche gefallen.

Max sah sie irritiert an und ärgerte sich augenblicklich den blöden Kurs schleifen gelassen zu haben. Aber in der Firma war so viel los gewesen und diese Sprache hatte es leider wirklich in sich.

„Und wann wolltest du mir davon erzählen", fragte sie, nun wieder auf Englisch. „Oder mich vielleicht fragen, ob ich damit einverstanden bin. Schließlich ist es auch meine Hochzeit."

„Ich dachte nicht, dass es ein Problem sein würde", antwortete er verwundert.

„Wie bitte? Du lädst diese falsche Person zu unserer Hochzeit ein und denkst, es sei kein Problem?", fragte sie aufgebracht.

„Es sind immerhin Lillys Großeltern!", entgegnete er wieder. Langsam wurde er auch wütend. Er hatte nichts Falsches getan.

„Ja, die sich JAHRELANG nicht gemeldet haben!" Jetzt wurde sie doch laut.

„Ach darum geht's? Sagst du nicht immer, man soll schnell vergeben? Und dass jeder eine zweite Chance verdient hat?" Max war aufgesprungen und zum Angriff übergegangen.

Fassungslos riss Liz die Augen auf. Das war so unfair! „Du hast ja keine Ahnung! Du warst bei dem Gespräch heute nicht dabei", antwortete sie ihm heftig und spürte auf einmal Tränen aufsteigen. Was war denn heute mit ihr los? Sie war doch sonst nicht so nah am Wasser gebaut!

Max stutzte. Sie so dasitzen zu sehen, ließ seine Wut genauso schnell verpuffen, wie sie aufgetaucht war. Er setzte sich wieder und griff ihre Hand. „Ach Schatz", begann er sanft. „War es so schlimm?"

„Schlimmer", schniefte sie. „Ganz, ganz ekelhaft." Auch Liz rückte wieder ein Stück näher und ließ ihren Kopf an seine Schulter sinken. „Es ist doch unser Tag und den wollten wir mit den Menschen feiern, die uns wichtig sind und denen wir wichtig sind."

„Und das werden wir auch!"

„Versprochen?"

„Ja, fest versprochen. Ich kümmere mich darum. Alles wird gut!", tröstete er sie, während er ihr beruhigend über den Rücken strich. „Hast du nicht morgen die letzte Anprobe für dein Kleid?"

„Nicht Dienstag, sondern Donnerstag. Wieso fragst du?" Sie sah ihn abwartend an.

„Nur um dich aufzumuntern", gab er lächelnd zurück und küsste sie sacht. „Komm! Lass uns ins Bett gehen", flüsterte er. „Für heute warst du fleißig genug."

„Du hast recht!", antworte sie und lächelte nun ebenfalls. Nach der ganzen Aufregung wollte sie sich nur noch an ihn kuscheln und schlafen. Morgen war ein neuer Tag und da würde die Welt ganz anders aussehen.

Dienstag
Kapitel 7

Liz war früh aufgestanden, weil sie heute nach Gracewood Hall fahren wollte, um mit Nigel die allerletzten Dinge zu besprechen. Mit der Bahn waren es knapp zwei Stunden nach Beddingsham, die sie mit produktivem Arbeiten verbrachte. Heute gingen ihr vor allem die Blogtexte leichter von der Hand, was dazu führte dass sie mit ihrem gewohnten Lächeln auf Nigel zuging, als sie angekommen war.

„Hey!", rief sie ihm entgegen. „Neue Schuhe?"

Nigel war wie immer in seinem ganz eigenwilligen Dandylook gekleidet. Diesmal trug er rot-grüne Budapester zu einem Anzug aus grünkariertem Tweed und mit passendem Hut und Spazierstock, obwohl Liz sich ziemlich sicher war, dass er sie mit dem Auto abholte. Nigel hielt nicht besonders viel von sportlicher Ertüchtigung.

„Selber hey!", antwortete er gutgelaunt und schloss sie in die Arme. „Es ist viel zu lange her!"

„Wir haben doch erst gestern telefoniert?!", erinnerte sie ihn lachend.

„Aber das ist doch kein Ersatz für eine echte Umarmung!", antwortete er und drückte sie noch einmal fest.

„Stimmt auch wieder!", keuchte sie. „Telefonieren ist deutlich sicherer!" Sie klopfte ihm auf den Rücken. „Nigel, wenn du nicht willst, dass ich ersticke, musst du mich auch wieder loslassen."

„Nun übertreib mal nicht!" Er gab sie frei und schenkte ihr ein Lächeln. „Schön, dass du da bist. Wie war die Fahrt?"

„Gut, ich war fast die Einzige im Zug und konnte richtig was wegschaffen." Liz hakte sich bei ihm unter.

„Das war auch bitter nötig! Gestern lief es ja nicht so besonders..." Sie zog eine Grimasse.

„Apropos, wie war denn euer Gespräch? Was hat Max gesagt?", erkundigte sich Nigel und öffnete den Wagen.

„Alles gut!" Liz zuckte mit den Achseln. „Er hat gesagt, dass er sich um die Kwans kümmert. Thema erledigt!" Liz lachte ein kleines bisschen zu laut auf und stieg ein.

Nigel sah kurz gen Himmel und sandte ein Stoßgebet nach oben, dass seine Freundin recht behalten möge. Irgendwie hatte er das ungute Gefühl, dass die Kwans noch nicht fertig waren.

***

Max war kaum im Büro angekommen, da empfing ihn seine Assistentin bereits mit einer ganzen Liste und prompt vergaß er, was er Liz versprochen hatte. Erst Stunden später, mitten in einem Kundenmeeting fielen ihm die Kwans wieder ein und er kritzelte hektisch ihren Namen auf einen Zettel. Er hoffte inständig, dass er sie heute noch erreichen würde. Auch wenn er nicht wusste, was genau er ihnen sagen sollte. Wenn er Liz richtig verstanden hatte, wollte sie seine ehemaligen Schwiegereltern nicht auf der Hochzeit sehen. Aber er konnte sie auch schlecht wieder ausladen. Er seufzte, es war eine wirklich verfahrene Situation. Sie hatten sich wirklich nicht gerade als Großeltern hervorgetan, aber er wollte Lilly diesen Zugang zu ihrer Identität auch nicht verwehren. Er würde in seiner Mittagspause weiter darüber nachdenken. Jetzt musste er sich auf seinen Kunden konzentrieren.

***

„Und? Wie weit seid ihr?", erkundigte sich Vivien, als sie zu Nigel und Liz trat, die sich im großen Saal niedergelassen hatten.

„Sie ist mit allem einverstanden, was ich ihr vorschlage!", stöhnte Nigel.

Vivien lachte auf. „Und das ist schlecht?", fragte sie und warf Liz einen Blick zu, die nur achselzuckend lächelte.

„Ja, denn so weiß ich gar nicht, was ihr wirklich gefällt!" Er sah Liz durchdringend an. „Ich habe nämlich die Befürchtung sie macht es mir mit Absicht leicht, damit ich sie nicht für eine ‚schwierige' Braut halte."

„So ein Quatsch! Du kennst mich und Max einfach gut und weißt was uns gefällt. Deswegen muss ich nichts mehr sagen!" Liz legte beruhigend ihre Hand auf Nigels Arm. „Außerdem hattest du dieses Jahr genug herausfordernde Hochzeiten!", fügte sie mitfühlend hinzu. Bei dem Gedanken an die Hochzeitsplanung, die Liz meinte, spürte Nigel jetzt noch die Verspannung im Nacken. Aber zum Glück war das vorbei![2] Er schenkte ihr ein schiefes Lächeln, schlug ihr dann aber spielerisch auf die Hand.

„Ich will aber alles perfekt für euch machen! Keiner hat es mehr verdient als ihr!" Bevor Liz antworten konnte, sprang Nigel auf und rief: „Ich habe etwas vergessen!" Eilig lief er aus dem Raum.

„Wie geht es dir? Bist du schon aufgeregt?", fragte Vivien und sah Liz von der Seite an. Sie hatte die kurze Szene beobachtet und ihr war aufgefallen, dass Liz die ihr eigene Energie, mit der sie sich sonst auf ihre Projekte stürzte, fehlte.

---

[2] Liz meint die Hochzeit von Mindy Miller und Andrew Crawfield aus „Hochzeitsglück auf Gracewood Hall".

Liz seufzte leise. „Ich sollte es sein, nicht wahr?" Sie sah Vivien offen an und hob erneut die Schultern. „Es ist...", begann sie. „Ich freu mich auch! Wirklich! Ich liebe Max über alles und Lilly auch..." Liz' Stimme verlor sich, ebenso ihr Blick.

Vivien wartete geduldig. Etwas, was sie nach drei Kindern, die alle mal Teenager gewesen waren, endlich konnte. Jemanden, den Raum geben, den er oder sie brauchte, um Mut zu fassen und die richtigen Worte zu finden.

„Kann ich dich mal was fragen?" Liz wandte sich wieder Vivien zu. Auch wenn sie in den vergangenen Monaten nicht allzu viel Zeit miteinander verbracht hatten, so schätzte sie Max' Ziehmutter sehr.

„Sicher!" Vivien lächelte sie aufmunternd an.

„Woher weiß man, dass es halten wird?", platzte es aus Liz heraus. Ups, eigentlich wollte sie das Ganze vorsichtig einleiten und nun das! Der alte Spruch aus Schulzeiten fiel ihr wieder ein. ,Woher soll ich wissen, was ich denke, bevor ich höre, was ich sage?!'

Aber Vivien ließ sich nicht aus der Ruhe bringen. „Das weiß niemand", antwortete sie und Liz sackte ein wenig zusammen. „Komm! Lass uns eine Runde gehen. Es ist so ein schöner Tag!" Vivien stand auf und hielt Liz die Hand hin.

„Und Nigel?" Liz wies in die Richtung, in der er verschwunden war.

„Das schafft er schon!" Vivien schmunzelte. „Zur Not holt er sich einen Tee bei Mrs. Cuthbert."

Liz erwiderte das Lächeln und stand auf. Vivien hatte Recht, es war ein herrlicher Tag. Die Sonne schien strahlend vom Himmel herab und die Bäume leuchteten bereits in den schönsten Farben. Wer weiß, wie viele solcher Altweibertage ihnen noch vergönnt waren, bis der Herbst sein schmuddeliges Gesicht zeigte. Gemeinsam traten sie durch die Terrassentüren ins Freie.

„Ich weiß, das ist nicht die Antwort, die du dir erhofft hast", nahm Vivien das Gespräch wieder auf. „Aber so ist es leider. Niemand weiß, was in fünf, zehn oder zwanzig Jahren sein wird. Wenn wir ehrlich sind, wissen wir nicht einmal was morgen sein wird oder in einer Stunde und trotzdem leben wir unser Leben und machen Pläne."

„Das weiß ich ja", unterbrach Liz sie und schwieg. Seit wann hatte sie denn Schwierigkeiten, die richtigen Worte zu finden? Und dann brach es aus ihr heraus. „Vor einer Woche war noch alles okay. Ich habe mich sehr gefreut, wir haben Pläne geschmiedet, Lilly hat mich zum Lachen gebracht, weil sie hunderttausend Ideen für ihr Kleid hat. Es war alles so wie es sein soll! Und auf einmal, frage ich mich, warum wir das tun? Und ob es nicht reicht, einfach so weiterzuleben wie bisher. Das funktioniert doch, Warum gleich heiraten? Wir kennen uns ja nicht einmal ein Jahr!"

„Ach Liebes, ja, ihr habt alles unglaublich schnell gemacht. Ihr wart einfach mutig und habt euren Herzen vertraut. Das dürft ihr jetzt wieder tun."

„Ja, aber wie weiß man, dass die Liebe bleibt? Wie macht man das?", rief Liz aus. Sie hatte keinen Zweifel, dass sie Max liebte und er sie. Aber was wäre, wenn ihre Liebe eines Tages weg wäre. Konnte Liebe einfach verschwinden? „Wie schaffen wir es so glücklich zu bleiben wie jetzt? Geht das überhaupt?"

„In dem man sich jeden Tag dafür entscheidet", gab Vivien zur Antwort.

Liz runzelte die Stirn. „Wie entscheidet? Wie kann man sich denn für Gefühle entscheiden?"

„Du entscheidest dich nicht für das Gefühl, sondern du entscheidest dich jeden Tag immer wieder und wieder für deinen Partner. Und wenn er das Gleiche tut, ist das schon die halbe Miete."

Plötzlich erklang Hundebellen und Barclay, der Beagle von Nigel, schoss mit wehenden Ohren aus den Büschen am Wegesrand hervor und rannte wie der Wind an ihnen vorbei. „Barclay!", rief Vivien erschrocken aus und auch Liz machte einen kleinen Hüpfer. Die beiden Frauen lachten, als sie sahen wie Barclay auf der Stelle kehrt machte und freudestrahlend zu ihnen kam. Vivien streichelte und knuddelte ihn ausgiebig. Liz beobachtete sie gedankenverloren. Sie ließ sich Viviens Worte noch einmal durch den Kopf gehen. Es klang logisch, aber irgendwie...

„Das ist nicht besonders romantisch", sagte Liz.

„Findest du?" Vivien fand sofort wieder zu ihrem Gespräch zurück. Sie hockte neben dem Hund und sah zu ihr hoch. „Ich finde das sogar sehr romantisch", bekannte sie und wand sich dann an Barclay. „Wollen wir Stöckchen spielen?", fragte sie und schon schoss er davon. Vivien richtete sich auf und fuhr fort. „Sich trotz all der Möglichkeiten und auch Versuchungen, die einem begegnen, jeden Tag aufs Neue an sein Versprechen zu halten und das viele Jahre lang, findest du nicht romantisch?"

„Doch", gab Liz zu. „Wenn du es so sagst."

Vivien legte lächelnd den Arm um Liz. „Ich meine es auch so." Sie zwinkerte ihr zu.

In diesem Moment war Barclay wieder da, einen perfekten Stock in der Schnauze. Eigentlich hatte er eine Vorliebe für riesige Äste, die er selbst kaum transportieren konnte. Nur bei Vivien holte er immer sofort einen, den sie beide gut handhaben konnten.

„Braver Hund!", lobte Vivien und ließ Liz los. Sie nahm ihm den Stock ab und warf ihn fort. Arthur und Nigel gaben sich meist mehr Mühe, legten Fährten aus und versteckten Belohnungen, um der Intelligenz und dem Jagdinstinkt des Tieres gerecht zu werden.

Ihr fiel dann oft die Aufgabe zu, den Hund mal so richtig auszupowern.

„Und was ist die andere Hälfte?", wollte Liz wissen, als Barclay losgerannt war.

„Reden, zuhören, da sein. Nicht darauf warten, dass der andere schon weiß, was dich bewegt, was du brauchst. Aufeinander zugehen und nie damit aufhören."

„Ach, wenn es weiter nichts ist!", gab Liz lakonisch zurück und grinste schief.

Vivien sah sie an und zog sie spontan an sich. „Ach Mädchen, das schafft ihr beiden mit links", flüsterte sie Liz ins Ohr. „Ich habe da vollstes Vertrauen in euch."

„Ja?", erwiderte Liz erstickt. Die Umarmung von Vivien tat so gut. In den letzten Wochen war so viel los gewesen, mit dem Blog, Lillys Einschulung und die Hochzeit. Sie merkte erst jetzt, wie angespannt sie war.

„Ja!", bekräftigte Vivien. „Ich sehe doch, wie wichtig euch eure Beziehung ist!"

Liz seufzte und trat einen Schritt zurück. Barclay war zurückgekehrt. Diesmal warf Liz den Stock. „Danke, Vivien."

„Sehr gern, Liebes." Vivien legte den Arm um sie und so gingen sie gemeinsam weiter. Sie lachte, als Barclay schwanzwedelnd mit einem viel größeren Stock auf sie zukam. „Du meine Güte, Barclay, das ist ja beinahe ein ganzer Baum! Größer ging es wohl nicht, oder?"

Als hätte er sie verstanden, bellte er laut auf und Liz meinte so etwas wie Stolz in seiner Miene zu sehen. Auch sie musste lachen und die Anspannung fiel endgültig von ihr ab. Sie war froh heute hierhergekommen zu sein. Auf Gracewood Hall war es beinahe unmöglich traurig zu sein.

***

„Wo wart ihr denn? Ihr könnt doch nicht einfach so abhauen?", beschwerte sich Nigel, als Liz und Vivien entspannt durch die Terrassentüren traten.

„Entschuldige, ich hatte eine Frage und da waren wir kurz spazieren", erklärte Liz.

„Kurz? Mrs. Cuthbert hat den Tee fertig!", gab er mit verschränkten Armen zurück.

„Schatz", sagte Vivien und schenkte ihm einen bedeutungsvollen Blick.

Nigel reagierte sofort. „Oh, okay, ist ja auch wundervolles Wetter draußen", beeilte er sich zu sagen und lächelte Liz an. „Wollen wir in den Salon gehen?"

„Sehr gern! Ich habe den Tee von Mrs. Cuthbert richtig vermisst", antwortete sie, dann fiel ihr Blick auf Nigels Unterlagen. „Sind wir damit durch? Hattest du nicht noch eine Frage?"

„Ach das, das hat sich erledigt", winkte Nigel ab. Es war nicht wirklich wichtig gewesen.

„Prima, dann können wir es uns ja gemütlich machen", warf Vivien ein und lief voraus.

Nigel sah Liz verstohlen von der Seite an, während sie durch den großen Saal zum Salon liefen. Sie hatte ihm gesagt, dass alles wieder gut wäre, aber sie war anders als sonst. Die Veränderung war minimal, den meisten fiel sie wahrscheinlich gar nicht auf, aber er spürte es. Eigentlich nahm Liz das Leben immer leicht, sah nur die positiven Seiten und ging mit einem tiefen Vertrauen durchs Leben. Ja, selbst bei herausfordernden Situationen blieb sie entspannt und optimistisch. Aber heute wirkte sie irgendwie anders.

„Mrs. Cuthbert, wie schön sie zu sehen!", rief Liz in diesem Moment aus. „Ich wollte vorhin eigentlich sofort zu Ihnen in die Küche kommen, aber ein gewisser Jemand", sie warf einen bedeutungsvollen Blick zu Nigel, „hat mich direkt in den großen Saal geschleift!"

„Ich habe mich tatsächlich schon gewundert!", antwortete Mrs. Cuthbert und richtete sich auf. Sie hatte eben frisch gebackene Shortbreads zu den Scones und Sandwiches gestellt.

„Wir hatten eben viel zu besprechen!", verteidigte sich Nigel, aber lächelte dabei.

Vivien hatte bereits auf einem der Sofas am Kamin, in dem ein stattliches Feuer brannte, Platz genommen und schenkte allen Tee ein, während Liz auf Mrs. Cuthbert zu ging und sie an sich drückte. Die Haushälterin, die mehr ein Familienmitglied, als eine Angestellte war, wunderte sich nur minimal. Sie hatte schon einige Bräute erlebt und wusste, um das Gefühlschaos, dass dieses Ereignis oft mit sich brachte.

Liz hätte Mrs. Cuthbert am liebsten nie wieder losgelassen und musste einige Energie aufwenden, die Tränen zurückzuhalten, die unwillkürlich in ihr aufstiegen.

„ Ach ja Liebes, so eine Hochzeit kann ganz schön aufregend sein!" Mrs. Cuthbert strich Liz liebevoll über den Rücken. „Du ahnst gar nicht, wie sehr wir uns alle darauf freuen, dich im Brautkleid zu sehen!" Sie drückte Liz noch einmal fest, bevor sie einen Schritt zurücktrat.

„Oh!" Jetzt schniefte Liz doch ein bisschen. Erfolgreich verdrängte sie den Gedanken, an ihre richtige Familie, die sich so blöd anstellte und lächelte. „Das Kleid ist ein Traum! Morgen ist die letzte Anprobe." Der Gedanke an ihr wundervolles Hochzeitskleid ließ sie strahlen.

„Ich bin mir sicher, ihr werdet traumhaft aussehen!", stimmte Vivien lächelnd zu.

„Ja, sollte sich Lilly jemals entscheiden, welches Kleid sie möchte!" Liz lachte.

„Wir werden alle toll aussehen!", verkündete Nigel und setzte sich so, dass er die wundervollen Scones nicht direkt im Blick hatte. „Ich habe auch schon den perfekten Anzug gefunden."

„Oh Herr im Himmel, steh uns bei!", scherzte Arthur, der in diesem Moment in den Raum trat.

„Was soll das denn heißen?", wollte Nigel empört wissen. „Gefällt dir nicht, wie ich mich kleide?!"

„Das habe ich nicht gesagt!", entgegnete Arthur. „Ich habe nur meine Bedenken ausdrücken wollen, dass womöglich du im Zentrum der allgemeinen Aufmerksamkeit stehst und Pfarrer Brown vergisst, was er eigentlich tun sollte." Er wandte sich an Liz und drückte sie. „Hallo Liz, wie geht es dir?"

„Gut, danke Arthur", antwortete sie und ihr Lächeln vertiefte sich. Es tat so gut, hier auf Gracewood zu sein und die Bedfords miteinander scherzen zu sehen.

„Mildred, weiß Richard Bescheid, dass wir jetzt Tee trinken?", erkundigte sich Vivien.

„Ich kann nachsehen", antwortete Mrs. Cuthbert. Im Weggehen sprach sie noch einmal Liz an. „Liz, Liebes, kommst du nachher noch vorbei und verabschiedest dich? Dann packe ich dir noch etwas für die Fahrt ein."

„Selbstverständlich, Mrs. Cuthbert!", antwortete Liz und setzte sich zu Katzendame Molly, die auf einem der Sofas lag und döste, bevor es jemand anderes tat. Liz schmuste so gern mit ihr und auch Molly legte sich sofort und unmissverständlich auf ihren Schoß. Niemand kraulte sie so hingebungsvoll wie Liz. Daher verzieh sie es ihr immer sofort, dass Liz so selten auf Gracewood war.

***

Aufgeladen kam Max aus der Pause zurück in sein Büro. Das leckere Essen und die frische Luft hatten ihm gut getan und irgendwie hegte er die kleine Hoffnung, dass seine Programmierer das Problem mittlerweile behoben hätten.

Diese Hoffnung machte der immens hohe Zettelstapel auf seinem Schreibtisch leider zunichte. Seine Assistentin Laura war zwar nirgends zu sehen, aber die Nachrichten waren eindeutig. Die Techniker fanden das Problem nicht, der Kunde war stinksauer und seine Mutter hatte angerufen. Ausgerechnet heute! Aber eigentlich wunderte es ihn nicht. Seit Jahren meldete sie sich immer genau dann, wenn er gerade keine Zeit für sie hatte. Als hätte sie ein Gespür dafür. Entschlossen schob er diese Notiz weit von sich und sah dann in seinem Emailpostfach, ob dort andere, neuere Nachrichten eingegangen war. Aber außer lauter Beschwerdemails und der üblichen Werbung, um die sich Laura kümmern konnte, gab es nichts Neues. Also schnappte er sich sein Telefon und lief hinüber zu seinen Technikern. Er fand es oft einfacher, solche Dinge mit ihnen persönlich zu klären, als per Mail. Er verstand sie dann einfach besser. Und wenn er dann wusste, wo genau das Problem lag, würde er sich um den Kunden kümmern.

***

Der Besuch bei den Bedfords und Mrs. Cuthbert hatte Liz regelrecht aufgeladen. Zu gern wäre sie länger geblieben, aber sie wollte nicht zu spät wieder in London sein und außerdem hatte sie noch genug zu tun. Also saß sie jetzt im Zug und tippte einen weiteren Blogartikel. Die Idee dazu war ihr auf Chris Seminar gekommen. Bisher hatte sie ihre

Lebensfreude und ihr Vertrauen in die Welt immer eher unterbewusst in ihre Blogartikel einfließen lassen. Nun aber wollte sie konkreter werden. Sie fand es an der Zeit, ihren Lesern mehr praktische Tipps und aufbauende Worte mitzugeben und die Worte flossen nur so aus ihr heraus. Es machte ihr so viel Spaß, wie schon lange nicht mehr. Endlich konnte sie all die Erfahrungen, die sie in den letzten Jahren gemacht hatte, mit ihrer Community teilen.

Zufrieden lächelnd blickte sie gerade aus dem Fenster, als ihr Smartphone den Eingang einer Nachricht signalisierte.

„Hier ist Landunter. Kannst du Lilly abholen? *thx*"

Sie sah auf Max Nachricht und spürte Ärger in sich aufsteigen. Hatte er vergessen, dass sie heute nach Gracewood Hall gefahren war?!

Sie sah auf ihr Smartphone. Der Zug kam erst um 15.50 Uhr in London an und dann brauchte sie mit der U-Bahn noch mindestens 25 Minuten bis zur Schule. Aber das Kind konnte schlecht zwanzig Minuten oder länger vorm Schultor stehen und warten. Warum hatte er ihr nicht eher geschrieben? Sie hätte den früheren Zug nehmen können, auch wenn das zeitlich eng gewesen wäre. Entschlossen schob sie den Ärger beiseite und antwortete ihm.

„Ich kümmer mich. Bis später!"

Dann rief sie die Mama von Lillys Freundin an. Hoffentlich konnte sie heute beide Mädchen mitnehmen!

Kapitel 8

Nora hatte einen wunderbaren Arbeitstag gehabt, weil nicht viel los gewesen war, hatte sie früher Schluss gemacht, um noch ein paar Kleinigkeiten für Liz Junggesellinnenabschied zu besorgen. Sie war endlich einmal in den herrlichen Kramladen gewesen und hatte lauter lustige Sachen in den Einkaufskorb gelegt. Eine Plastikkrone mit Schleier, pinkfarbene Schärpen, Wimpelketten und lauter anderes Zeug. Als sie an in der Kassenschlange stand, sah sie alles genauer an und erkannte, dass nichts davon Liz Geschmack traf. Es war lauter Zeug, das eigentlich nur für die Mülltonne produziert worden war und Nora war mit einem Mal ganz anders geworden. Resolut war sie aus der Schlange ausgeschert, hatte alles wieder zurückgelegt und den Laden verlassen.

Ein paar Meter weiter die Einkaufsstraße hinunter, gab es einen hochwertigen Biokosmetikladen, der viele Produkte auch unverpackt anbot. Hier hatte sie guten Gewissens ein kleines Vermögen für Gesichtsmasken, Hand- und Fußpeelings und pflegende Cremes ausgegeben. Als sie dann noch im Schaufenster des Schmuckladens ein versilbertes Diadem gesehen hatte, hatte sie das auch noch mitgenommen. Wenn Liz es nicht mehr brauchte, konnte Lilly damit Prinzessin spielen, ohne dass es direkt kaputt ging.

Überaus zufrieden mit sich und der Welt, besorgte sie für die Kinder und sich etwas Süßes zum Tee und machte sich anschließend auf den Weg zu Kindergarten und Schule. Sie freute sich schon so! Es würde ein wunderbares Mädelswochenende werden!

***

„Habe ich schon gesagt, wie sehr ich Kofferpacken hasse?", fragte Nigel seufzend. Das war für ihn immer das Allerschlimmste am Verreisen. Er war so gern woanders, aber er wollte eben auch am Urlaubsort gut aussehen und gleichzeitig nicht zu viel mitnehmen. Er fand es furchtbar!

„Wenn du nicht den Anspruch hättest zu jedem Outfit die passende Uhr dabei zuhaben, wäre es gleich viel weniger aufwendig", gab Arthur zu bedenken. Er saß auf dem Boden und kraulte Barclay.

„Ich will aber gut aussehen!", protestierte Nigel.

„Du siehst gut aus!", beschied Arthur. „Außerdem ist doch Liz die Hauptperson."

„Was soll das denn heißen? Das es egal ist, wie wir aussehen?!" Nigel drehte sich mit in den Seiten gestemmten Armen zu ihm um. „Liz wird bestimmt nicht mit einem Haufen *Clochards*[3] über die Straßen von Paris flanieren wollen!"

„Natürlich nicht! Schatz, dreh mir doch nicht die Worte im Mund um." Arthur sah ihn liebevoll an. „Ich dachte nur, dass ihr euch ein schönes, entspanntes Wochenende macht und die Stadt genießt."

„Und deswegen ist es unglaublich wichtig, die richtige Kleidung dabei zu haben. Es ist Paris! Hallooo?"

„Das weiß ich, aber zeichnet sich der Pariser Chic nicht durch eine gewisse Nonchalance aus?", antwortete Arthur.

„Willst du mich ärgern oder hast du wirklich keine Ahnung, wie schwer es für alle Nicht-Pariser ist, das hinzukriegen?", erkundigte sich Nigel. Ungeduldig zog er ein Hemd nach dem anderen aus seinem Schrank und warf es zu auf den immer größer werdenden Haufen auf dem Bett.

---

[3] Französisch für Landstreicher

„Zur Not kaufst du was..." Arthur grinste ihn frech an und Nigel seufzte wieder, diesmal allerdings vor Wonne.

„Warum bin ich nicht gleich auf die Idee gekommen? Schatz, du bist ein Genie!", freute sich Nigel. „Ich fahre einfach mit einem leeren Koffer. Dann kann ich mich auf der Avenue Montaigne so richtig austoben!"

„Ähm...", warf Arthur ein. „Und was machst du wenn Liz keine Lust auf einen Shoppingtrip hat?"

„Auch auf die Gefahr hin, dass ich mich wiederhole", setzte Nigel an. „Wir fahren nach Paris! Der Stadt der Mode!" Schwärmerisch warf er sich in Pose.

Arthur bückte sich zu Barclay hinunter. „Ob dein Herrchen jemals erwachsen wird? Hm, was meinst du?", flüsterte er dem Beagle ins Schlappohr. Laut sagte er: „Das ist eine hervorragende Idee. Dennoch wird es wohl nicht schaden, wenn du deinen braunen Anzug und den tannengrünen Kaschmirpulli einpackst. Auch Unterwäsche und Socken nehmen nicht so viel Platz weg und wer will schon Socken kaufen, wenn er bei Hermés nach Seidentüchern gucken kann?"

„Auch wieder wahr!", bestätigte Nigel. „Wobei, bei Calvin Klein bin ich immer gern reingegangen."

„Das war in den 2000ern und das lag nicht daran, dass du so gern Boxershorts kaufst", erinnerte Arthur ihn mit einem wissenden Lächeln.

„Haha!", erwiderte Nigel und setzte sich neben Arthur. „Solche Werbekampagnen gibt es einfach nicht mehr. Irgendwie vermisse ich das." Er legte seinen Kopf auf Arthurs Schulter und seufzte.

„Die einzige Konstante im Leben ist die Veränderung!", zitierte dieser und strich Nigel über den Rücken. „Aber ja, ich weiß was du meinst." Auch er hatte schon bemerkt, dass er ab und zu Gefahr lief bestimmte Zeiten in der Vergangenheit zu glorifizieren, dabei war er nun wirklich noch kein alter Mann. Aber jung war er eben auch nicht mehr.

„Liz sah eigentlich ganz zufrieden aus", fiel Arthur plötzlich ein.

„Und genau das ist das Problem!" Nigel seufzte. „Sie heiratet in weniger als zwei Wochen ihren Traummann. Da sollte sie strahlen vor Glück und nicht nur eigentlich ganz zufrieden sein."

„Hat sie denn etwas gesagt?"

Nigel schüttelte den Kopf. „Nicht wirklich. Nur dass Max versprochen hat, sich um die Kwans zu kümmern und sie entschieden hat, dass alles gut werden wird."

„Sie und ihre Entscheidungen!" Nun war es Arthur, der den Kopf schüttelte.

„Naja", überlegte Nigel, während er der Schwerkraft nachgab und aufs Bett sank. „Meistens klappt das ja auch."

„Willst du nicht mal mit ihm reden? Schließlich ist er dein bester Freund!", gab Arthur zu bedenken und ließ sich neben ihn fallen.

„Das ist die Krux, wenn man mit beiden befreundet ist. Ich habe Sorge, dass Liz dann denkt, ich würde ihr in den Rücken fallen."

„Das könnte tatsächlich passieren."

„Siehst du!" Nigel seufzte wieder. „Vielleicht machen wir uns auch zu viele Sorgen und am Ende passiert gar nichts und Liz hatte recht mit ihrer Entscheidung."

„Hoffen wir es!"

Mittwoch
Kapitel 9

„Lilly!", rief Liz und hob den Arm, damit ihre Stieftochter sie sah. Sie freute sich schon den ganzen Tag auf den Ausflug mit der Kleinen. Heute ging ihr wieder alles gewohnt leicht von der Hand. Die Stunden auf Gracewood Hall, die Badewanne, die sie sich gestern noch gegönnt hatte und die ausgiebige Yogaeinheit heute Morgen hatte sie so richtig genossen. Max war sehr spät nach Hause gekommen, aber da hatte sie schon geschlafen, obwohl es dafür eigentlich zu früh gewesen war. Aber anscheinend hatte sie den Schlaf gebraucht. Max bräuchte ihn auch dringend. Er hatte heute früh sehr müde ausgesehen und ihr nur einen flüchtigen Kuss auf die Schläfe gegeben, bevor er Lilly zur Schule brachte und anschließend zur Arbeit fuhr. Sie schüttelte das ungute Gefühl ab, dass sich schon wieder in ihr breit machen wollte. Heute wollte sie sich nur auf ihren Termin im Atelier freuen. Sie hatte ihn extra so gelegt, dass Lilly sie begleiten und sich final für ein Kleid entscheiden konnte. Sie war schon einmal in dem Laden gewesen und hatte sich natürlich prompt in zwei zauberhafte Kleider verliebt. So unkompliziert die Süße sonst war, was ihre Kleidung anging hatte sie genaue Vorstellungen. Liz war jeden Tag dankbar für die Schuluniformen, die die Kinder in England trugen. Es ersparte ihnen morgens eine Menge Zeit. Und Stress.

Lilly stürmte auf sie zu und plapperte schon drauflos. „Hi Liz, bist du schon aufgeregt? Ich schon. Ich habe schon die ganze Zeit überlegt, welches Kleid ich nun nehmen soll. Das mit der Schleife oder das mit dem Tüllrock. Ich kann mich einfach nicht entscheiden!!"

Liz lachte auf. „Weißt du es noch immer nicht?"

„Nein!", erwiderte Lilly mit Leidensmiene.

Liz drückte sie. „Ach Süße! Ich bin mir sicher, wenn du dort bist, wirst du es wissen."

„Bist du sicher?", fragend sah Lilly zu ihr auf.

„Sicher, bin ich sicher!", antworte sie lächelnd und tippte ihr sacht auf die Nasenspitze. „Und jetzt gib mir deine Tasche."

„Die kann ich selber tragen!", antwortete Lilly.

„Sicher?", erkundigte sich Liz und lachte laut auf, als die Sechsjährige mit „Sicher, bin ich sicher!" antwortete.

***

„Lilly, Liz, wie schön, dass ihr da seid!", begrüßte sie Tessa, die Besitzerin der Brautmodenboutique, als sie eintraten. Der süße kleine Laden befand sich in einer der vielen Nebenstraßen von Islington. Liz hatte ihn entdeckt, als sie im Sommer die Stadt, auf der Suche nach Inspirationen und Fotomotiven für ihren Blog, erkundet hatte und sich auf der Stelle verliebt. Sobald sie und Max das Hochzeitsdatum festgelegt hatten, war sie sofort hierhergekommen. Allein Tessas Schaufenster war jedes Mal ein Genuss für die Augen. Ein Meer von jahreszeitlich passenden Blumen bildete den Rahmen für immer nur ein ganz besonderes Kleid. Es war genau die richtige Mischung aus opulent und modern. Tessa verwendete für ihre Kreationen oft antike Textilien und Vintagebrautkleider und verwandelte diese in wundervolle Stoffträume mit einer ganz eigenen Geschichte.

„Es ist schon alles bereit", ergänzte Tessa nun und wies auf einen kleinen Tisch auf dem bereits eine Kanne Tee mit Stövchen, sowie eine Etagere mit kleinen Appetithäppchen stand. Tessa war nicht nur eine begnadete Designerin und Schneiderin, sondern auch Mutter und wusste daher wie hungrig Kinder nach der Schule waren.

„Das sieht toll aus!", rief Lilly und hatte schon den ersten Cracker im Mund.

„Zieh bitte die Jacke aus und stell den Ranzen zur Seite", erinnerte Liz sie, bevor sie nach dem nächsten Happen greifen konnte. „Hallo Tessa, das sieht wirklich toll aus. Dankeschön, aber es wäre wirklich nicht nötig gewesen."

„Nichts zu danken, das habe ich gern gemacht! Willst du auch einen Tee? Es ist ja ganz schön stürmisch draußen."

„Sehr gern", antwortet Liz, während sie Jacke und Schal ablegte. „Aber der Wind pustet auch die Wolken weg und lässt die Sonne scheinen."

„Stimmt auch wieder." Tessa griff nach der Teekanne und schenkte ihnen ein. „Wie geht es dir? Bist du schon aufgeregt vor dem großen Tag?"

„Es geht mir hervorragen!", antwortete Liz und nickte bekräftigend. Sie hatte beschlossen, die Kwans einfach zu ignorieren. Max würde sich schon darum kümmern und dann würden sie ihre Traumhochzeit bekommen. „Ich war gestern noch mal auf Gracewood Hall, um die allerletzten Kleinigkeiten zu besprechen. Ganz ehrlich, wenn ich nicht schon mit Nigel befreundet wäre, würde ich mir spätestens jetzt wünschen es zu sein", schwärmte sie. „Er hat sich so viele Gedanken gemacht. Es stimmt wirklich jedes Detail!"

„Das klingt wundervoll! Ich habe ja noch seine Flyer hier liegen und drücke sie jeder Braut in die Hand." Tessa wandte sich an Lilly. „Und Lilly, hast du dich entschieden, welches Kleid es sein soll?"

Lilly schüttelte den Kopf. „Nein, leider nicht."

„Dann wirst du sie wohl beide noch einmal anziehen müssen, glaube ich."

„Das werde ich wohl tun müssen!", antwortete Lilly und ließ betrübt den Kopf hängen. Liz und Tessa hatten Mühe nicht über Lillys altkluge Art zu lachen.

„Süße, dann geh dir die Hände waschen, damit wir anfangen können", sagte Liz und Lilly stand auf und ging nach hinten. Sie war schon ein paar Mal hier gewesen und kannte sich aus.

„Wollen wir dann auch?", erkundigte sich Tessa.

„Ja, bitte!" Liz begann zu strahlen. „Dafür bin ich schließlich hier!"

„Na dann!", rief Tessa und klatschte auffordernd in die Hände.

***

Max hatte Mühe seine schlechte Laune im Zaum zu halten. Er hatte bescheiden geschlafen und Liz war heute Morgen auch alles andere als herzlich gewesen. Sie hatte nicht einmal gefragt, ob er das Problem von gestern hatte lösen können! Stattdessen hatte sie auf ihrer Yogamatte rumgeturnt und ihn ignoriert. Wobei sie wahrscheinlich sagen würde, sie wäre ganz bei sich gewesen.

Bei dem Gedanken an Liz, fielen ihm die Kwans wieder ein! Gerade als er ihre Nummer wählen wollte, klingelte sein Smartphone. Es war Nick, Nigels kleiner Bruder, der sich sonst immer bei Liz meldete. Die beiden hatten einen guten Draht zueinander. Max Herzschlag beschleunigte sich auf der Stelle.

„Nick! Ist was passiert?", fragte er sofort.

„Was?", rief Nick, als er Max erschrockenen Tonfall hörte. „Nein! Es ist alles gut!", beruhigte er ihn. „Ich rufe nur an, weil die Druckerei die Kalender schneller fertig hat, als geplant und ich fragen wollte, ob das

Angebot noch steht, dass ich mir einen Praktikanten von dir ausleihen kann, der mir beim Verpacken und Versenden hilft."

„Ach so." Max lehnte sich entspannt zurück. „Ja, ich kann dir jemanden schicken. Schreib mir bitte eine Mail mit dem Termin und der Adresse."

„Es ist äh... morgen", ergänzte Nick kleinlaut.

„Wie morgen?" Max runzelte die Stirn.

„Naja, ich sag ja, die Druckerei war schneller fertig", wiederholte Nick und zog eine Grimasse. Er war selbst nicht so happy, denn nun musste er seinen ursprünglichen Flug stornieren und einen neuen, teureren buchen.

„Mach dir keinen Kopf. Morgen geht auch und auch noch Freitag, wenn dir das hilft. Aber schick mir trotzdem die Mail."

„Mach ich!", versprach Nick. „Und... äh, Max..."

„Ja, du kannst auch wieder bei uns übernachten. Kein Problem. Liz freut sich bestimmt!", antwortete Max auf die unausgesprochene Frage. Nick hatte im Sommer schon einmal ein paar Tage bei ihnen geschlafen. Da hatte er ihnen auch von seiner Idee erzählt, einen Kalender mit seinen schönsten Fotomotiven für das nächste Jahr herauszubringen und an seine social media Follower und Fans zu verkaufen. Normalerweise flog er als freier Fotograf permanent um die Welt, aber allmählich wollte auch er sesshaft werden und da war es nur sinnvoll sich eine weitere Einkommensquelle aufzubauen. „Kommt Milla auch mit?", wollte Max noch wissen.

„Nein, sie hat zu viel mit der Eröffnung der Pension zu tun. Ein anderes Mal bestimmt oder ihr kommt zu uns!", schlug Nick vor.

„Das wird wohl eher nächstes Jahr etwas. Wir haben noch nicht mal geklärt, wo wir Weihnachten feiern", entgegnete Max düster.

„O Mann, erinnere mich nicht daran! Wir haben ja dasselbe Problem. Was haben wir uns nur dabei gedacht, uns in Frauen aus einem anderen Land zu verlieben?!" Nick lachte auf.

„Mit denken, hatte das wohl kaum zu tun!", gab Max zu.

„Nein, bei mir auch nicht!", bestätigte Nick und Max hörte sein Grinsen. „Also gut, ich schick dir die Mail und nochmal danke!"

„Kein Problem und bis die Tage!"

***

Mit strahlenden Augen betrachtete sich Liz im Spiegel. „Tessa, du bist eine Künstlerin!", hauchte sie ehrfürchtig. Der bodenlange, zartrosafarbende Tüllrock, war nur leicht ausgestellt und unterstrich ihre eher schmale Figur. Das Oberteil mit dreiviertel langen Ärmeln aus rein weißer Spitze endete in einem tiefen Rückenausschnitt. Das Weiß brachte ihre Haut zum Strahlen. Der absolute Clou war aber das breite Satinband in altrosa, dass um ihre Taille gebunden war und deren Schleifenbänder an ihrer Rückseite hinab hingen. Es verband den Rock und das Oberteil zu einem wundervollen Ganzen.

„Ach was! Du hast es mir aber auch leicht gemacht!", winkte Tessa ab, aber Liz sah ihr fest in die Augen und antwortete: „Es gibt wirklich keinen Grund für dich bescheiden zu sein. Das Kleid ist ein Traum!"

„Du bist lieb! Danke!" Tessa strahlte. „Es hat mir auch so viel Spaß gemacht, es für dich zu fertigen." Sie ging auf Liz zu und zupfte hier und da. Liz schien es nicht zu bemerken, aber irgendwie saßen Rock und Oberteil anders als noch vor zwei Wochen. Stirnrunzelnd betrachtete sie die zukünftige Braut.

„Ich finde es so schön, dass auf dem Rock die gleichen Blumen sind, wie auf deinem Oberteil, Liz", erklärte Lilly.

„Wirklich? Wo?" Überrascht senkte Liz den Blick und untersuchte den Rock.

„Hier!" Lilly kniete sich hilfsbereit hin und deutete auf die Stelle wo, der Rock ihren linken Knöchel bedeckte.

„Tessa, du kannst zaubern!", rief Liz und betrachtete erstaunt die zarte Stickerei. „Wie hast du das hinbekommen?"

„Es war nicht ganz einfach", gab die Designerin zu. „Aber als ich die Idee erst einmal hatte, musste es funktionieren." Tessa lachte. „Manchmal bin ich ein wenig... verbissen!"

„Nein! Du doch nicht!", gab Liz, ebenfalls lachend, zurück.

„Liz, dreh dich doch mal!", forderte Lilly und Liz stieg von dem Podest hinunter und kam der Aufforderung sehr gern nach. Ein absolutes Glücksgefühl blubberte, wie Kohlensäurebläschen, in ihrem Innern nach oben und sie kicherte. Ausgelassen streckte sie die Arme nach oben aus und genoss dieses wunderbare Prinzessinnengefühl. Lachend kam sie zum Stehen, ihr drehte sich alles.

„Jetzt anders herum!", rief sie und streckte Lilly die Hände hin, damit sie sich zu zweit drehen konnten.

„Ihr habt schon angefangen!", verkündete plötzlich eine Stimme, die Liz sofort erkannte. Abrupt blieb sie stehen und starrte fassungslos die Besucherin an.

„Eleonore", hauchte sie. „Was machen Sie denn hier?" Nur am Rande registrierte sie, dass sich Lilly hinter ihr versteckt hatte.

„Maxwell hat mir verraten, dass du heute deine Anprobe hast und das wollte ich natürlich auf keinen Fall verpassen!" Eleonore trat ein wenig näher und betrachtete Liz zögernd in ihrem Brautkleid. Auch wenn sie ihre Missbilligung nicht offen zur Schau stellte, fühlte sich Liz regelrecht schäbig. Beinahe wie Cinderella, als sie ihre Stiefmutter bat mit zum Ball gehen zu dürfen.

„Kind, wie wundervoll! Du siehst ganz reizend aus!", rief Eleonore aus und kam näher, um den Stoff zu befühlen, aber Liz trat rasch einen Schritt zurück. Dass sie nicht über Lilly stolperte, lag nur daran, dass auch das Kind einen Schritt zurückwich. „Und wo ist das richtige Kleid?" Eleonore sah sich indigniert um.

„Was?", fragte Liz verwirrt nach. „Welches richtige Kleid?" Sie konnte immer noch nicht fassen, dass diese Frau vor ihr stand.

„Ach Liebes!" Eleonore lachte auf, als hätte Liz einen Witz gemacht. „Ich meine natürlich das Kleid für die kirchliche Trauung."

„Das ist mein Brautkleid, Eleonore", antwortete Liz ruhiger, als sie sich fühlte.

„Aber es passt gar nicht zum Collier!", warf Eleonore enttäuscht ein.

Bei der Erwähnung des Schmuckstücks wurde Liz auf einmal klar, dass Max sein Versprechen gebrochen hatte. Er hatte nicht mit den Kwans gesprochen und alles geklärt. Ganz im Gegenteil, anscheinend hatte er Eleonore sogar verraten, was sie gerade tat und wo. Konnte er sie wirklich so hintergangen haben?

Plötzlich beugte Eleonore die Knie. „Wenn das nicht unsere hübsche, kleine Lillian ist?!", flötete sie mit einer süßlichen Stimme, die vor Falschheit nur so troff.

Lilly krallte ihre Hände in Liz Hüften und versteckte ihr Gesicht, wie ein Kleinkind. Das gab Liz den Mut endlich etwas zu sagen. Sie war nämlich nicht allein. Sie trug die Verantwortung für ihre Tochter. Sie mochte sie nicht geboren haben, aber sie gehörte zu ihr. Ihre Herzen waren untrennbar miteinander verbunden. Es war höchste Zeit dieser eiskalten, berechnenden Frau mal gehörig die Meinung zu sagen! Aber vorher musste sie Gewissheit haben.

Liz sammelte Kraft und fragte leise, aber bestimmt: „Eleonore, was machen Sie hier?"

„Das habe ich doch schon gesagt!", antwortete sie und stand wieder auf, um Liz ansehen zu können.

„Nein, haben Sie nicht."

„Nun, ist es nicht offensichtlich?" Eleonore lachte wieder ihr falsches Lachen. „Ich wollte dir beim Brautkleidkauf beistehen, wo doch deine eigene Mutter schon nicht dabei sein kann."

„Aha.". Liz nickte. „Und woher wussten Sie, wo ich bin. Es gibt ja nicht nur einen Brautmodengeschäft in London."

„Max hat es mir verraten, das hatte ich dir doch schon gesagt", entgegnete Eleonore ungeduldig. „Kind, geht's dir nicht gut?" Sie hob die Hand, wie um Liz Stirn zu fühlen.

„Ganz im Gegenteil, mir geht es sogar sehr gut!", log Liz. Sie hoffte, Eleonore würde ihr pochendes Herz nicht sehen können. „Eleonore, das..." Sie unterbrach sich selbst. Beinahe hätte sie sich höflich für Eleonore Auftreten bedankt. So weit kam es noch! Sie schluckte und nahm all ihren Mut zusammen. „Es ist besser, wenn Sie jetzt gehen."

Eleonore stutzte nur kurz. „Du hast recht. Wir gehen alle", bestimmte sie. „Wir werden zu Vera Wang fahren. Dort haben sie bestimmt ein Kleid, das zum Collier passt. Hier findest du ja nichts."

„Nein." Liz sah sie so kalt an, wie ihr alter Chemielehrer, wenn er die Klassenarbeiten zurückgeben hatte.

„Wie bitte?" Eleonore zog die Augenbrauen hoch, beziehungsweise versuchte sie es. Ihre ruhiggestellten

Gesichtsmuskeln versagten ihr den Dienst. Liz hatte noch nie etwas so Gruseliges gesehen.

„Sie haben mich schon verstanden", antwortete sie. „Sie werden gehen und nicht wieder kommen. Die Kette sende ich noch heute mit einem Kurier ins Hotel. Dann können Sie morgen den ersten Flug zurück nach Hongkong nehmen."

„Weiß Max, dass du gerade dabei bist, seine und Lillys Zukunft zu ruinieren?", zischte Eleonore.

„Die Einzige, die hier Dinge zerstört, sind Sie", entgegnete Liz gelassen.

„Du wirst nie die Klasse haben, die meine Diana hatte!" Eleonore sah sie höhnisch an, aber Liz ließ sich nicht aus der Fassung bringen. Sie mit Diana zu vergleichen war ebenso plump, wie ineffektiv. Sie hatte selbst längst erkannt, dass es in keinster Weise darum ging, wer die bessere Frau für Max und die bessere Mutter für Lilly war. Es ging einzig und allein darum, Liebe in die Welt zu bringen. Und dafür musste man eben ab und zu den Teufel in die Schranken weisen.

„Ich glaube nicht, dass Sie das beurteilen können. Schließlich kannten Sie ihre Tochter überhaupt nicht", erwiderte Liz, schließlich hatte nicht nur Nigel ihr einiges erzählt. Auch von Max kannte sie ein paar Anekdoten.

„Was erlaubst du dir?", brauste Eleonore auf, aber Liz unterbrach sie.

„Was erlauben Sie sich? Ungebeten hier aufzutauchen und Ihr Gift zu verspritzen, nur weil Sie nicht einsehen wollen, dass Sie im Unrecht sind?! Egal, was Sie noch tun werden, nichts davon wird die Zeit zurückdrehen und Ihnen Diana wieder geben oder ungeschehen machen, was Sie getan haben. Es ist nicht unser Problem, wie viel Zeit Sie damit vergeudet haben, auf Ihr Recht und Ihre Traditionen zu pochen, anstatt Ihre Tochter wirklich kennenzulernen und bedingungslos zu lieben, so wie eine Mutter es tun sollte!"

Eleonore war bei Liz' letztem Satz merklich zusammengezuckt. „Sie haben keine Ahnung", murmelte sie leise. Beinahe hätte sie Liz leid getan.

„Sie urteilen zu schnell, Eleonore. Ich weiß mehr, als Sie glauben", erwiderte Liz ruhig. „Gehen Sie jetzt und lassen Sie meine Familie in Ruhe."

„Das wird ein Nachspiel haben!", verkündete Eleonore befehlsgewohnt wie immer, und drehte sich auf dem Absatz um.

„Ich glaube kaum", sagte Liz leise und mehr zu sich selbst.

Als die Schreckschraube endlich gegangen war, sank Liz wie benommen auf die nächstbeste Sitzgelegenheit. Auf einmal fingen ihre Hände an zu zittern. Rasch versteckte sie sie in den Falten des Rockes und holte tief Luft, bevor sie sich nach Lilly umsah.

Als hätte das Mädchen nur darauf gewartet, flog sie förmlich in Liz Arme. Schützend zog sie Lilly auf ihren Schoß, wiegte sie und machte leise sch-Laute, um die Kleine, aber irgendwie auch sich selbst zu beruhigen. Noch nie hatte sie jemanden so die Stirn geboten. Erst recht niemand Älteren. Zwar gab Liz selbst nicht viel auf Äußerlichkeiten oder darauf jemanden nur deshalb Respekt zu zollen, weil er älter, reicher oder sonst was war. Aber sie hatte schon mehrfach die Erfahrung gemacht, dass sie, sobald jemand in einem bestimmten Ton mit ihr sprach, wieder zum Kind wurde und zu allem ja sagte. Heute hatte sie diesen Kindheitsmechanismus zum ersten Mal durchbrochen und es fühlt sich trotz all der Aufregung gut an.

Allmählich beruhigte sich ihr Herzschlag wieder und sie spürte, dass auch Lillys Anspannung abnahm.

„Liz? Wer war das?", fragte das Mädchen und sah sie an. Liz spürte, wie die Wut auf Max wieder in ihr aufstieg. Er hatte versprochen, dass er sich um die Kwans kümmerte und was war passiert?! Jetzt musste sie dem Kind erklären, was hier eben vorgefallen war. So eine blöde Sch...!!! Sie holte tief Luft und entschied sich für die Wahrheit. Früher oder später würde Lilly es sowieso erfahren. „Die Mutter deiner Mum", antwortete sie daher.

„Dann ist das meine Grandma?" Lilly bekam große Augen.

Das war der Moment, in dem auch Tessa zu sich kam. Sie hatte sich ebenfalls völlig ermattet hingesetzt. „Ach du Schande!", murmelte sie halblaut vor sich hin. „Was für ein Drachen!"

„Ja", antwortete Liz beiden.

Tessa sah sie an und beide Frauen schenkten sich ein schiefes, schwesterliches Grinsen. Die Designerin stand auf und wandte sich an Lilly.

„Süße, was hältst du von einer heißen Schokolade? Normalerweise erlaube ich ja keine Schokolade im Laden, aber heute mache ich eine Ausnahme. Nur für dich!" Tessa zwinkerte Lilly zu und Liz sah erleichtert, dass es funktionierte.

„Au ja!", rief sie. „Darf ich Liz?"

„Wenn du dich vorn an den Tisch setzt und dir Mühe gibst, nicht zu kleckern."

„Das mach ich!", versprach die Kleine und nickte eifrig.

Keine fünf Minuten später saß eine vergnügte Lilly am Besuchertischchen, eine großen Tasse heiße Schokolade MIT Marshmallows vor sich, und Tessa kümmerte sich wieder um Liz und ihre Anprobe.

„Es tut mir leid, ich bin leider total süchtig nach dieser Fertigtrinkschokolade. Ich weiß, dass sie ungesund und wenig nachhaltig ist, aber es war das Einzige, was mir gerade eingefallen ist."

„Du brauchst dich nicht zu entschuldigen! Die Idee war richtig gut. Auf Deutsch würden wir sagen, der Zweck heiligt die Mittel", winkte Liz ab.

Beide Frauen warfen einen Blick zu dem Mädchen, das wieder ganz zufrieden aussah.

„Sie wird sicher nochmal nachfragen", fuhr Liz fort und Tessa nickte zustimmend.

„Kann gut sein." Tessa legte die Hand auf Liz Schulter und sah ihr in die Augen. „Liz, du warst großartig. Gerade wenn Menschen nicht offensichtlich fies sind, finde ich es immer am Schwersten seine Grenzen aufzuzeigen und nein zu sagen."

Liz sah sie dankbar. „Ich zittere immer noch", gab sie zu und hatte Mühe die Tränen zurückzuhalten.

Tessa nahm sie in die Arme, drückte sie und strich ihr, genau wie sie es eben noch mit Lilly gemacht hatte, über den Rücken. „Du hast das toll gemacht. Lilly kann sehr froh sein, dich an ihrer Seite zu haben."

„Danke", murmelte Liz erstickt und befreite sich aus der Umarmung. „Tut mir leid, dass du dieses Chaos miterlebt hast. Wir bringen bestimmt deine ganze Tagesplanung durcheinander."

„Mach dir darüber keine Sorgen!", winkte Tessa ab. „Ich habe schon viel erlebt!" Dann fiel ihr etwas ein. „Ein Gutes hat es doch!", sagte sie.

„Was bitte?" Stirnrunzelnd sah Liz sie an.

„Immerhin ist sie nicht deine Schwiegermutter", erklärte Tessa trocken.

„O Gott! Sag doch so was nicht!", entgegnete Liz erschrocken, dann prustete sie los. Eigentlich war es überhaupt nicht lustig, aber beide Frauen konnten auf einmal nicht mehr aufhören zu lachen.

***

„Wir müssen etwas unternehmen!", bellte Eleonore in ihr Telefon. Sie hatte mit diesem Gefühlsausbruch gewartet, bis sie wieder in ihrem Wagen saß und sicher sein konnte, dass niemand sie hörte. „Dieses Mädchen nimmt sich entschieden zu viel heraus."

„Hast du schon eine Idee?", hakte Peter am anderen Ende nach.

„Wenn ich eine Idee hätte, hätte ich dich nicht angerufen", gab sie eisig zurück. „Ich bin viel zu wütend, um auch nur einen klaren Gedanken zu fassen." Sie gab ein wenig damenhaftes Schnauben von sich. Heute ging wirklich alles schief. Ein wichtiger Termin war abgesagt worden und sie hatte ewig hin und her telefonieren müssen, um einen Ersatz zu finden. Deswegen war sie auch zu spät gekommen. Aber als sie dann diesen winzigen Laden betreten hatte, hatte es ihr, beim Anblick ihrer Enkeltochter, den Boden unter den Füßen weggezogen. Die Kleine war ihrer Mutter so ähnlich, dass sie einen Augenblick gedacht hatte, Diana würde vor ihr stehen. Nur deswegen hatte dieses unverschämte junge Ding sie überhaupt aus dem Geschäft werfen können. Sie war heute einfach nicht in Bestform.

„Es muss doch etwas geben, womit wir diese Person endgültig auf ihren Platz verweisen können", überlegte sie. „Am besten wäre es natürlich, wenn wir zeigen wie ungeeignet beide für die Kindererziehung sind. Jetzt sag doch auch mal was!"

„Eleonore, ich habe hier wirklich Wichtigeres zu tun, als bei deinen kindischen Machtspielchen mitzumachen", entgegnete er ungehalten.

„Wie bitte?" Ihre Wut ließ ihre Stimme beben. „Ich kümmere mich gerade um die Zukunft von Kwan Industries! Wenn wir das vermasseln, dann gibt es die Firma bald nicht mehr. Hast du das etwa immer noch nicht verstanden?!"

Peter verdrehte die Augen. Manchmal übertrieb seine Frau wirklich. Die Firma würde ohne Probleme eine nichtfamiliäre Geschäftsführung verkraften. Die Frage war eher, war die Familie, also Eleonore, bereit für solch einen Schritt?

***

„Hey Bruderherz, wie geht's?", erkundigte sich Nick per Videochat. „Sehe ich das richtig? Du gehst deiner Lieblingsbeschäftigung nach?" Nick wies grinsend auf die Klamottenberge, die sich auf dem Bett türmten.

„Du musst gar nicht so gehässig sein!", gab Nigel zurück und ließ sich neben seinen Koffer aufs Bett sinken. Tatsächlich packte er schon wieder neu. „Es ist eben kompliziert."

„Du machst es dir kompliziert", berichtigte ihn Nick. „Schmeiß einfach zwei Hosen und drei Hemden rein, dazu zwei Wollpullis und schon bist du fertig. Ist doch nicht so schwer!"

„Für dich vielleicht!", entgegnete Nigel. „Ich kann das nicht."

„So ein Quatsch. Das kann jeder!", widersprach Nick.

„Nein, JEDER hat im Leben sein Päckchen zu tragen!", erklärte Nigel philosophisch.

„Ja, und deines hat die Form eines Koffers!", gab Nick lachend zurück.

„Hahaha!" Nigel zog eine Grimasse. Er fand es gar nicht komisch. „Was willst du? Du rufst mich doch nicht an, um mit mir über meinen Kofferinhalt zu sprechen."

„Nicht wirklich. Ich wollte dich noch fragen, ob wir uns am Wochenende sehen. Ich fliege morgen nach London. Die Druckerei hat die Kalender fertig. Wir könnten in der Stadt einen drauf machen."

„Ach, vermisst du das Singleleben jetzt schon?!", erkundigte sich Nigel mit hochgezogenen Augenbrauen.

„Hä? Das habe ich nicht gesagt. Wenn ich überhaupt etwas vermisse, dann ist es..." Nick überlegte.

„Mich?", warf Nigel ein.

„GENAU! Deswegen frage ich ja auch nach einem Treffen!", antwortete Nick übertrieben munter.

„Da muss ich dich leider enttäuschen. Ich bin nicht da. Wir überraschen Liz mit einem Junggesellinnenabschied", erklärte Nigel und nun grinste auch er.

„Ach, dafür ist der Koffer!", erkannte Nick. „Wo soll's denn hingehen? Und wann?

„Am Freitag fahren wir nach Paris!", verkündete Nigel strahlend, um sofort wieder in sich zusammenzusinken. „Deswegen ist die Sache mit dem Packen ja auch so schwer."

„Mach dir keinen Kopf", sagte Nick. „Egal was du anhast, es wird sowieso niemand annehmen, dass du Pariser bist!"

„Na, danke auch! Was soll das denn für ein Trost sein?", wollte Nigel wissen und stemmte die Hände in die Hüften.

„Gar keiner", gab Nick offen zu. „Ich wollte nur die ganze Sache abkürzen oder hast du vergessen, dass der Durchschnittspariser keine roten Haare hat."

„Wenn es danach geht, ist der Durchschnittspariser schwarz", stellte Nigel klar.

„Gute Idee!", rief Nick aus und begann zu lachen. „Lass Arthur fahren! Der packt auch schneller Koffer als du und ich bin mir sicher, dass er dir bestimmt Macarons von Pierre Hermé mitbringt."

„HAHAHA! Wolltest du noch was oder sind wir hier fertig?", brummte Nigel als Antwort.

„Ach komm schon, dass war witzig!", sagte Nick, dann fiel ihm etwas ein. „Sag mal, weiß Max davon? Er hat eben gar nichts gesagt. Es soll doch eine Überraschung für Liz sein, oder?"

„Shit!", schoss es auch Nigel heraus. „Ich wusste, ich habe was vergessen. Ich muss auflegen!", rief er und beendete das Gespräch. Das Bye seines Bruders hörte er schon nicht mehr. Rasch wählte er Max Kontakt aus. Dem Klamottenchaos warf er einen entnervten Blick zu und beschloss spontan, dass er sich einen großen Kaffee Latte verdient hatte. Beschwingten Schrittes machte sich auf den Weg in die Küche und schickte Max dabei eine Sprachnachricht. Er freute sich wirklich auf das Wochenende, wenn nur eine gute Fee käme und sein Kleidungsproblem lösen würde!

***

Hundemüde legte Max den Kopf in den Nacken und schloss die Augen. Das war ein Tag! Die Nacht war viel zu kurz gewesen, um den Stress des vergangenen Tages abzubauen. Und dieser Tag war auch nicht besser. Zusätzlich zu den Aufräumarbeiten des gestrigen Chaos, hatte permanent das Telefon geklingelt. Gefühlt hatten ihn mehr private Anrufe erreicht, als geschäftliche. Die Einzige mit der er nicht gesprochen hatte, war Liz. Eigentlich war es ein liebgewordenes Ritual zwischen ihnen geworden, jeden Mittag kurz miteinander zu sprechen. Aber entweder war sie immer noch verstimmt oder sie hatte einen ebenso vollen Tag, wie er.

Nur Sekunden später, so schien es ihm, riss ihn das Klingeln seines Smartphone aus dem Schlaf. Erschreckt fuhr er hoch und blinzelte. Draußen hatte die Dämmerung eingesetzt. Huch! Wie lange, war er denn weg gewesen? Er wischte sich übers Gesicht, um sich zu sammeln, holte tief Luft und schaltete seine Schreibtischlampe an. Hoffentlich hatte keiner sein Nickerchen bemerkt! Auch wenn er der Chef war, piekste ihn sein schlechtes Gewissen, denn er wollte doch mit gutem Beispiel vorangehen. Aber vor sich selbst konnte er es wenigstens zugeben, der kleine Schlummer hatte gut getan. Deswegen würde er sich jetzt auch einen Kaffee holen, damit er mit noch mehr Energie in den Nachmittag starten konnte. Er würde jetzt richtig Gas geben, damit er pünktlich um fünf Feierabend machen konnte, dann könnte er mit seinen zwei Mädels zu Abendessen. Er griff nach seinen Smartphone, um ihnen Bescheid zu geben, dass er das Essen mitbringen würde, als ihm plötzlich einfiel, was ihn geweckt hatte. Nigel hatte ihm eine Sprachnachricht geschickt.

„Hey Max! Ich wollte dir nur Bescheid sagen, dass wir Liz übers Wochenende zu ihrem Junggesellinnenabschied entführen. Wir sind dann Freitag früh bei euch. Bitte sorg dafür, dass sie um 8h fertig ist. Und es soll natürlich eine Überraschung sein, also psst!! Bis daaaan!"

Schmunzelnd hörte er die Nachricht ab. Typisch, dass er erst heute davon erfuhr und dann hatte Nigel ihm nicht einmal verraten, wohin es gehen sollte. Auf dem Weg in die Teeküche, rief er ihren gemeinsamen Kalender auf und stellte erleichtert fest, dass Liz scheinbar noch nichts Wichtiges vorgehabt hatte. Kurzerhand blockte er das ganze Wochenende und überlegte gleichzeitig, was er mit Lilly unternehmen konnte. Entschlossen steckte er das Smartphone weg, griff sich seinen Kaffee und ging mit großen Schritten zurück in sein Büro. Schließlich wollte er noch so viel wie möglich erledigen, um mit einem guten Gefühl in die Flitterwochen fliegen zu können.

***

Auch wenn der Nachmittag bei Tessa doch noch schön geworden war und Lilly sich auch endlich für ein Kleid entschieden hatte, merkte Liz, als sie Zuhause am Rechner saß, dass der Ärger über Max' Verhalten immer noch in ihr köchelte.

Als sie vom Bus nach Hause liefen, hatte Max eine kurze Nachricht geschrieben, dass Nick morgen käme und als sie ihn direkt angerufen hatte, um mehr Details zu erfahren, war er nicht ans Telefon gegangen. Anstatt irgendwann einmal wieder weniger zu arbeiten, hatte sie das Gefühl, Max würde immer nur noch länger fortbleiben. So hatte sie das untrügliche Gefühl, Lilly und sie würden auch heute wieder allein zu Abend essen. Genervt stieß sie die Luft aus, dabei fiel ihr Blick auf ihr Spiegelbild in der dunklen Fensterscheibe. Ups! War das wirklich sie? Seit wann, guckte sie so angestrengt? Wann war ihr das Lächeln abhanden gekommen? Gerade als sie spürte, wie die gute Laune wieder aufsteigen wollte, kam Lilly um die Ecke.

„Liiiz! Ich kann das nicht!", rief sie und warf sich theatralisch in den Sessel. „Warum muss ich überhaupt Hausaufgaben machen?"

„Was ist denn so schwer?", erkundigte sie sich liebevoll.

„ALLES!", war die Antwort, die von einem frustriertem Arme in die Luft werfen und wieder fallen lassen begleitet wurde.

„Hol doch deine Sachen runter. Dann machst du hier bei mir die Aufgaben. Ich muss auch noch was posten", schlug Liz aufmunternd vor, aber Lilly seufzte nur laut und rutschte tiefer in den Sessel.

„Kannst du die nicht für mich machen? BITTE!", jammerte sie.

„Nein, Lilly. Es sind deine Hausaufgaben", antwortete Liz und spürte, wie sich ihre gute Laune ganz langsam wieder in Luft auflöste.

„Aber warum denn nicht? Du kannst das doch viel besser als ich!"

„Das stimmt, weil ich meine Hausaufgaben ja auch gemacht habe. Zwölf Jahre lang!", entgegnete Liz und Lilly bekam große Augen.

„Zwölf Jahre?!", wiederholte sie ungläubig und richtete sich etwas auf.

„Ganz genau", bestätigte Liz. „Jetzt hol dein Zeug und wir arbeiten beide. Wie zwei Girlbosses!" Liz lächelte sie aufmunternd an, aber Lilly fiel wieder in sich zusammen und wiederholte: „Aber ich kann das nicht!"

***

Als Max dreieinhalb Stunden später die Tür aufschloss, sandte Liz ein Stoßgebet zum Himmel und ließ, nicht zum ersten Mal an diesem Tag den Kopf hängen. Gott sei Dank hatte er pünktlich Feierabend gemacht, denn sie konnte nicht mehr. Lilly war immer noch nicht mit ihren Hausaufgaben fertig, dafür hatte sie das Wohnzimmer in ein Schlachtfeld verwandelt. Überall lagen Bastelsachen. Denn anstatt das Bild zu den Jahreszeiten fertig zu malen und die dazugehörige Bildergeschichte in die richtige Reihenfolge zu bringen, hatte das Kind angefangen winzige Papierschnipsel zu produzieren und diese überall zu verteilen.

Liz hatte es abwechselnd mit Motivation, dem Aufzeigen der logischen Konsequenzen und schlussendlich ignorieren versucht, schließlich musste sie auch noch arbeiten, aber selbst das hatte nicht geholfen, denn Lilly hat sich von Jammern auf Singen verlegt. Liz brummte der Kopf und sie wollte nur noch raus. Entschlossen klappte sie ihren Laptop zu, schnappte sich ihre Tasse mit kaltem Kaffee und ging Max entgegen. Jetzt konnte er hier übernehmen und sie endlich in Ruhe arbeiten und heute Abend, wenn Lilly schlief, würde sie ihm von Eleonores Auftritt erzählen.

„Hi Schatz!", sagte er erfreut und gab ihr einen Kuss auf die Wange. Dann fiel sein Blick hinter sie. „Wie sieht es denn hier aus?", fragte er entgeistert.

Gleichgültig sah Liz ihn an und antwortete schulterzuckend. „Deine Tochter wollte keine Hausaufgaben machen."

„Wie?", hakte Max verwirrt nach. Das war noch nie vorgekommen.

„Ja wie, wie?!", schoss Liz zurück. „Sie hatte eben keine Lust und kaaaaann daaaaaas niiiiiiiiiicht!", gab Liz in dem gleichen jammernden Ton zurück, den Lilly genutzt hatte.

Max blinzelte irritiert. „Das verstehe ich nicht. Sie macht doch sonst..."

„Max, bitte", unterbrach ihn Liz. „Du hast keine Ahnung, was heute alles passiert ist! Mir brummt der Kopf, ich kann echt nicht mehr und ich habe noch tausend Sachen zu erledigen. Ich habe jetzt keine Nerven, dir den Nachmittag in allen Einzelheiten zu schildern." Sie stieg die ersten Stufen hoch. „Frag deine Tochter", ergänzte sie und ließ ihn stehen.

Er wollte ihr schon etwas Passendes nachrufen, als ihm einfiel, wie es ihm an manchen Tagen ergangen war, als er mit Lilly noch allein gewesen war und schloss den Mund wieder. Seine Tochter war zwar meistens ausgeglichen und pflegeleicht, aber eben nicht immer. Es gab auch immer wieder Tage, da lief es einfach nicht rund und anscheinend hatte Liz heute so einen erwischt. Seufzend stellte er die Beutel mit dem Abendbrot ab. So hatte er sich seinen Feierabend zwar nicht vorgestellt, aber es half ja nichts.

„Hey Lilly-Milly!", rief er und ihr Kopf ruckte hoch. Sie war so versunken in ihrem Spiel gewesen, dass sie ihn noch gar nicht bemerkt hatte.

„Dad!" Sie lief freudig auf ihn zu und er fing sie auf und ließ sich das obligatorische Begrüßungsküsschen geben.

„Hi Süße, wir beseitigen jetzt das Chaos und du!" Er machte eine Pause und sah sie streng an. „Du beendest deine Hausaufgaben, junge Dame!"

„Aber Daaaad, ich kann das nicht!", begann Lilly, aber Max ließ sie sich gar nicht erst wieder in ihre Tirade rein steigern.

„Stopp!", sagte er und Lilly blieb tatsächlich ruhig. „Es ist 18 Uhr und wir wollen gleich essen. Du weißt, was danach kommt."

„Ja, Vorlesezeit", antwortete Lilly und nickte.

„Genau. Aber wenn du jetzt deine Aufgaben nicht erledigst, dann können wir nicht weiterlesen." Max sah sie ernst an und Lilly ließ den Kopf hängen. „Was musst du denn noch tun?", erkundigte er sich.

„So ein blödes Bild malen und die Dinger da aufkleben." Sie zeigte in Richtung des Tisches.

„Süße, das machst du doch mit links!", ermunterte er sie, gab ihr einen Kuss auf die Wange und setzte sie ab. „Na los, wir machen das jetzt ganz fix. Du malst und ich räume auf. In zehn Minuten sind wir fertig und essen!"

„Zehn Minuten?", wiederholte sie skeptisch, aber trottete dennoch zum Esstisch hinüber.

Max drehte sich zur Spüle, um den Papierkorb zu holen. „Maximal", antwortete er. „Ich wette, du schaffst es auch in acht!"

Kaum hatte er ausgesprochen, war sein Kind wie verwandelt. In Windeseile waren sämtliche Bildchen aufgeklebt und sie begann hingebungsvoll zu malen.

Zum zweiten Mal in dieser Woche stand er mit aufgewärmten Abendessen vor Liz Arbeitszimmer. Er hatte sie mit Absicht nicht zum Essen gerufen, weil er sie nicht aus ihrer Konzentration reißen wollte. Aber jetzt duschte Lilly gerade und er hatte Liz schnell einen Teller mit den asiatischen Bratnudeln und Frühlingsrollen zurechtgemacht, die sie so liebte. Aber als er durch die Tür trat, bot sich ihm ein seltenes Bild. Liz hatte sich auf ihren Sessel am Fenster gesetzt und war, mit dem Computer auf dem Schoß, eingeschlafen. Bei dem Anblick ging ihm das Herz auf. All die Energie, die sie im wachen Zustand ausstrahlte und sie viel größer wirken ließ, war nun kaum wahrnehmbar. Auf einmal wirkte der Ohrensessel, in den sie sich kuschelte, beinahe riesig. So leise wie möglich stellte er Teller und Besteck beiseite und trat zu ihr. Behutsam entzog er ihr den Laptop und griff anschließend nach ihrer Kuscheldecke, um sie zuzudecken. Erst jetzt sah er die Schatten unter ihren Augen und überlegte kurz, ob er sie gleich ins Bett tragen sollte, wo sie es deutlich bequemer hatte.

„Dad? Ich bin fertig!", rief Lilly in diesem Moment und er verschob dieses Vorhaben auf später.

Donnerstag
Kapitel 10

Schweißgebadet schreckte Eleonore hoch. Ihr Herz hämmerte wie wild. Sogar ihre Hände zitterten und sie brauchte einen Moment, bis sie wusste wo sie war. Solch einen Albtraum hatte sie seit Jahren nicht mehr gehabt. Beinahe hatte sie das Gefühl noch immer mit Diana in dem Auto sitzen und die regennasse Straße vor sich zu sehen. Sogar das Quietschen der Bremsen klang noch in ihren Ohren. Der Unfall war so real gewesen, dass ihr richtiggehend übel war.

Mühsam versuchte sie tief ein- und auszuatmen und schielte dabei zu Peter hinüber. Der schlief wie immer seelenruhig. Sie widerstand dem Impuls ihn zu wecken und von ihrem Traum zu erzählen. Die Zeiten, in denen sie sich trostsuchend an ihn gekuschelt hatte, waren so lange vorbei, dass sie gar nicht mehr wusste, ob es sie überhaupt je gegeben hatte.

Sie konnte jetzt nicht wieder einschlafen, das wusste sie. Also stand sie auf, griff nach ihrem Morgenmantel und ging hinüber ins Wohnzimmer.

***

„Guten Morgen, Schatz", flüsterte Max und strich Liz das Haar aus der Stirn, aber die grummelte nur. Er hatte sie gestern Abend, nachdem Lilly eingeschlafen war, vom Arbeitszimmer ins Bett getragen, ohne dass sie richtig aufgewacht war. „Ich bringe jetzt Lilly zur Schule und fahre dann gleich ins Büro."

„Mmmh?"

„Es ist halb acht", fuhr Max fort. „Ich muss jetzt los. Wir sprechen später, ja?" Er gab ihr einen Kuss. „Bis nachher", sagte er und schloss die Tür.

Erst als die Haustür unten klappte, wachte sie so richtig auf. War er jetzt schon losgefahren? Mist! Jetzt hatte sie ihn gar nicht auf Eleonores Auftritt angesprochen! Sie stürzte zum Fenster und sah nur noch wie die beiden um die Ecke bogen. Shit! Jetzt würde sie bis heute Abend warten müssen und dann würde auch noch Nick dabei sein. Kaum hatte sie den Gedanken zu Ende gedacht, war ihr auf einmal so übel, dass sie zur Toilette rannte.

Als sie Minuten später in ihr blasses Gesicht sah, traf sie eine Entscheidung. So konnte es nicht weiter gehen. Dass ihr der ganze Stress schon so auf den Magen schlug, ging gar nicht. Ihre Hochzeit sollte doch etwas sein auf das man sich freute! Sie würde ihn sofort anrufen! Schließlich hatte er ihnen die Suppe mit den Kwans eingebrockt, also sollte er sie auch auslöffeln.

Weil sie sich immer noch etwas wackelig fühlte, ließ sie sich nach bester Kneippmanier eiskaltes Wasser über die Unterarme laufen und entschied sich wenigstens einen Tee zu machen, bevor sie ihn anrief. Dann wäre er auch schon allein unterwegs und Lilly würde nichts davon mitbekommen.

***

Als Nick in Heathrow aus dem Flieger stieg, fiel ihm auf, wie froh er war, dass er nicht mehr so oft unterwegs war. Natürlich liebte er es noch immer neue Orte zu entdecken, aber das eigentliche Unterwegssein mit Bus, Bahn und Flugzeug, vermisste er gar nicht. Eine unendliche Erleichterung und Dankbarkeit durchströmte ihn und für einen kurzen Moment schloss er die Augen. Dann zog er sein Smartphone aus der Hosentasche, schaltete die mobilen Daten an und öffnete den Chatverlauf mit Milla.

„Hey Babe, bin gut gelandet. Fahre jetzt zur Druckerei, danach zu Liz und Max. Melde mich später und freue mich schon, wenn ich wieder bei dir sein kann!"

Ihre Antwort kam prompt.

„Ich vermisse dich auch schon, dass Bett war heute Morgen so leer ohne dich."

„Oh bitte! Sprich nicht von Bett, wenn ich mitten am Flughafen stehe."

„ ;) Atme es einfach weg…"

„Haha!"

„Eric und seine Truppe kommt gerade… Grüße alle schön und genieß das Wiedersehen! Ich liebe dich!"

„Ich liebe dich auch! Und mach ich!"

Er genoss das warme Gefühl, dass sich in seinem Bauch ausbreitete, steckte das Handy weg und lief entschlossen Richtung U-Bahn. Wenn alles so klappte, wie er es sich vorstellte, könnte er am späten Nachmittag bei Liz und Max sein. Am besten besorgte er wieder Kuchen. Ob Lilly sich über einen Banoffee[4] Pie freute?

***

---

[4] Ziemlich süße Kuchenkreation aus Bananen, Karamell und Baiserschicht.

„Mum, was für eine Überraschung!", sagte Max in sein Smartphone und winkte gleichzeitig Lilly noch einmal zum Abschied. „Was gibt's?"

„Guten Morgen Maxwell! Sage mal, wann sollten wir auf Lilly aufpassen?", kam sie gleich zur Sache.

„Das hatte ich euch doch aufgeschrieben. In den zwei Wochen nach der Hochzeit", antwortete er abwesend. Er musste auf die andere Straßenseite zur Bushaltestellte und sah sich aufmerksam um, bevor er die Straße überquerte. Morgens war vor der Schule immer die Hölle los und einige Eltern waren die ignorantesten Autofahrer, die man sich vorstellen konnte.

„Mhm, das ist wirklich ungünstig!", bemerkte seine Mutter am Ohr und blieb danach auffallend still. Mit einem Mal, war seine Konzentration ganz bei dem Gespräch.

„Was ist ungünstig, Mum?", erkundigte er sich angespannt.

„Naja", begann sie und in seinem Magen bildete sich sofort ein Klumpen. „Die Ferreiras haben uns eingeladen..."

„Wie bitte?" Max glaubte seinen Ohren nicht zu trauen.

Aber sie holte schon aus und erklärte langatmig: „Du kennst doch die Ferreiras, sie waren genau wie wir im diplomatischen Dienst tätig und jetzt haben sie deinen Vater und mich zur Gala des Internationalen Glücksforschungsinstituts eingeladen. Du weißt, wie wichtig ihm diese Arbeit ist."

„Und wann und wo soll das sein?", erkundigte er sich genervt. Er hätte es wirklich wissen müssen. Dass seine Eltern zwei Wochen auf Lilly aufpassen würden, war einfach zu schön gewesen um wahr zu sein.

„Am Donnerstag nach der Hochzeit ist die Gala, aber mit An- und Abreise nach Mallorca..." Sie ließ den Satz offen.

„Das ist doch kein Problem, dann fährt Dad eben allein", parierte er.

„Aber Maxwell", begehrte seine Mutter auf. „Wie sieht das denn aus?"

„Und wie sieht es aus, wenn Dad das Glück irgendwelcher Wildfremden scheinbar wichtiger ist, als seinem eigenen Sohn einen Gefallen zu tun und sich um das Wohlergehen seiner Enkeltochter zu kümmern?!", gab er frustriert zurück.

„Maxwell, nicht in diesem Ton!" Auch Susan wurde nun lauter.

„Ich bin erwachsen und rede mit dir wie ich es für richtig halte, Mutter." Er spürte, wie sein Herz pochte. Normalerweise gab er an dieser Stelle immer klein bei, aber diesmal würde er das nicht tun. „Ganz ehrlich? Ihr lasst mich hängen. Ich habe euch gefragt, ob es euch recht ist und ihr habt ja gesagt", fuhr er bestimmt fort. „Was soll ich denn jetzt machen? Wie stellst du dir das vor?"

„Tja, ich habe dir schon so oft gesagt, du sollst dir eine Nanny holen. Das hat bei dir damals immer hervorragend funktioniert", antwortete sie selbstgefällig.

„Für euch hat das funktioniert, was mit mir war, war euch immer egal. Ist es ja noch heute!", gab er zurück und sie atmete heftig ein.

„Ich habe dich nicht großgezogen und dir alles ermöglicht, damit du mich jetzt so verurteilst", sagte sie scharf.

„Ach ja, hast DU das?", entgegnete er. Er wusste genau, dass sie ihn verstand, auch wenn er es nicht aussprach. Denn die meiste Zeit seines Lebens hatte nicht sie, sondern diverse Nannys, Lehrer und die Bedfords ihn großgezogen.

„Also ich weiß wirklich nicht, womit ich das verdient habe! Ich wollte immer nur dein Bestes, wie jede Mutter", antwortete sie verletzt und Max ließ frustriert das Handy sinken. Am liebsten hätte er es in den Mülleimer neben ihm geworfen. Wie konnte sie das Gespräch so drehen, dass sie jetzt das Opfer war?! Es war zum Verrücktwerden! Er atmete tief ein, um sich zu sammeln, bevor er das Gerät wieder ans Ohr nahm. „Passt ihr nun auf Lilly auf?", erkundigte er sich nach einer Weile.

„In der zweiten Woche können wir das gern machen", antwortete sie steif.

„Toll, vielen Dank!" Max schüttelte fassungslos den Kopf. Das Schlimmste war, dass es keine Überraschung war. Seiner Eltern hatten schon immer gemacht, was sie wollten. Er hätte es wissen müssen. Aber irgendwie hatte er gehofft, dass es diesmal anders sein würde. Zumindest ein einziges Mal.

„Hast du keine Reiserücktrittversicherung abgeschlossen?", fragte sie und Max hatte Mühe ruhig zu antworten.

„Es sind meine Flitterwochen, Mutter", erinnerte er sie mit zusammengebissenen Zähnen. „Ich lege jetzt auf."

***

Frustriert ließ Liz ihr Smartphone sinken. Es war schon wieder besetzt! Mit wem telefonierte er da bitteschön? Es war schließlich gerade erst acht Uhr. Sie seufzte tief und ließ sich auf die Sofalehne sinken. So ein Mist. Wenn sie ihn nicht bald erreichte, würde sie doch bis heute Abend warten müssen, denn sie hatte heute mehrere Kundengespräche, auf die sie sich konzentrieren musste. Ergeben hob sie das Gerät wieder hoch und wählte erneut. Diesmal sprang sofort die Mailbox an. Na toll! Jetzt war er in der U-Bahn und sein Empfang erst einmal weg. Sie wusste, dass er zwar gleich wieder Empfang haben würde, aber meist war es in der Bahn einfach zu laut, um vernünftig miteinander sprechen zu können. Enttäuscht rutschte sie von der Lehne aufs Sofa. Müde rollte sie sich zu einer Kugel zusammen. Am liebsten würde sie sich wieder ins Bett verkriechen. Aber das kam leider nicht in Frage, schließlich wollte sie vor der Hochzeit noch so viel wie möglich schaffen, um sich danach wirklich ein paar Tage Ruhe zu gönnen. Wieder seufzte sie, als sie daran dachte, wie schön sie sich alles ausgemalt hatte. Voller Glück und Liebe hatte sie ihre Hochzeit planen wollen. In ihrer Vorstellung war sie quasi durch diese Zeit geschwebt. Wann war die Realität eigentlich so sehr von ihren Wünschen und Ideen abgewichen?

Energisch richtete sie sich auf. Wer, wenn nicht sie selbst bestimmte über ihr Leben? Und außerdem hatte sie ja wohl lange genug geschlafen. Sie würde jetzt eine dynamische Yogaeinheit absolvieren und dann beschwingt in den Tag starten. Schließlich kam heute irgendwann Nick und auch für ihn wollte sie sich gern Zeit nehmen.

**

Max rieb sich den verkrampften Nacken. Den ganzen Vormittag hatte er versucht eine Lösung für das Betreuungsproblem zu finden, ohne schon wieder Vivien und Richard bitten zu müssen. Er wusste, sie wollten bald nach der Hochzeit wieder nach Virginia aufbrechen. Schließlich verbrachten die beiden schon seit Jahren die kalte Jahreszeit in Viviens Heimat. Aber anscheinend blieb ihm keine andere Wahl, als sie doch zu fragen. Die Eltern von Lillys Klassenkameraden waren zwar alle sehr nett, aber noch kannte man sich nicht genug, um sein Kind gleich zwei Wochen bei ihnen unterzubringen. Und auch Lilly wollte er das nicht zumuten.

Dazu kam noch, dass er eigentlich genug zu tun hatte, auch ohne den Mist, den seine Eltern ihm eingebrockt hatten. Er würde sie ehrlich nie wieder um einen Gefallen bitten. Am Ende war er ihnen dann noch etwas schuldig und das würden sie ihm garantiert jahrelang vorhalten.

Nach einem letzten Schulterkreisen, griff er nach seinem Smartphone und wählte die Nummer von Gracewood Hall.

***

Es war schon fünfzehn Uhr als sie eine Nachricht von Max bekam. Wieder hatten sie es nicht geschafft, zur Mittagszeit miteinander zu sprechen. Sie war in einem Gespräch gewesen und hatte noch keine wirkliche Pause gemacht. Ob es ihm genauso gegangen war?

„L geht mit Rosie zum Spielen. Bringen L nach dem Abendessen nach Hause. Komme auch später. Viel Arbeit. M. P.S. N ca. 16h."

Liz zog die Augenbrauen hoch. Das war ja eine wirklich liebevolle und ausführliche Nachricht! Und was sollte bitte „N 16h" bedeuten? Ach so! Das sollte heißen, dass Nick gegen vier Uhr bei ihr wäre. Max hätte ruhig ein wenig mehr schreiben oder wenigstens ein Herz ergänzen können. Verstimmt sandte sie lediglich ein „Ok" als Antwort und legte ihr Handy beiseite, bevor sie sich wieder ihrem Rechner zuwandte. Sie hatte die Zeit gut genutzt und alles, was liegengeblieben war, weggeschafft. Auch ihre Kundenbesprechungen waren richtig gut gelaufen. So wie es aussah, würde sie das Jahr doch mit einem dicken Plus abschließen. Dieser Gedanke zauberte ein Lächeln auf ihre Lippen. Sie liebte ihre Arbeit wirklich! Auch wenn momentan viel los war, aber bald hatte sie ein paar Tage frei. Sie konnte es kaum erwarten!

Sie atmete tief ein und aus. Wenn sie jetzt konzentriert weiter machte, könnte sie Schluss machen, wenn Nick ankam. Also trank sie einen großen Schluck Tee und machte weiter.

Es klingelte genau in dem Moment, als sie auf speichern geklickt hatte. Zufrieden und mit einem Lächeln auf den Lippen, stieß sie sich schwungvoll vom Schreibtisch ab und lief die Treppe hinunter. Sie konnte eine Pause jetzt wirklich gut gebrauchen!

Mit einem freudigen „Willkommen!", riss sie die Tür auf und tatsächlich stand Nick mit einem breiten Lächeln vor ihr.

„Lizzie-Baby!", rief er munter und stellte mit einem Blick fest: „Du siehst... müde aus."

„Kann gar nicht sein!" Liz winkte ab und machte die Tür frei. „Ich habe letzte Nacht zwölf Stunden geschlafen. Oh, du hast Kuchen mitgebracht!"

„Traditionen muss man wahren", antwortete er gut gelaunt und spielte auf seinen letzten Besuch im Sommer an. Er trat ein und parkte seine Tasche und die Kuchenschachtel im Flur. „Lass dich drücken!" Er zog sie an sich und Liz spürte auf einmal, wie angespannt sie den ganzen Tag gewesen war. Mit einem tiefen Gefühl der Geborgenheit ließ sie sich einen kurzen Moment fallen.

„Es ist wirklich schön, dass du hier bist!", seufzte sie an seiner Brust.

Nick runzelte die Stirn. Irgendetwas stimmte nicht. Seine sonst so vor Lebensfreude nur so sprühende Liz, wirkte nicht nur müde, sie war anscheinend wirklich niedergeschlagen.

„Wollen wir die Torte gleich essen oder musst du noch arbeiten?", fragte er und hielt sie ein Stück von sich.

Als er sie so ansah, bemerkte sie erst, wie sehr sie auf so einen ruhigen Moment mit ihm gehofft hatte. Vom ersten Augenblick an, hatten sie beide eine ganz besondere Verbindung zueinander gehabt. Nick war der erste Bedford, den sie vor etwas mehr als einem Jahr auf Bali kennengelernt hatte. War das wirklich erst ein Jahr her?

„Nein, nein!", antwortete sie und merkte erst dann, dass diese Antwort unsinnig war. Sie trat einen Schritt zurück und ergänzte lächelnd: „Ich bin für heute fertig. Eine Kaffeepause passt also perfekt."

Nick schenkte ihr ein Lächeln. „Darauf hatte ich gehofft", sagte er und wandte sich zum Gäste-WC, um sich die Hände zu waschen.

„Ich fahre nur schnell den Rechner runter. Bin gleich wieder bei dir!", rief sie und rannte schon schwungvoll die Treppe hoch. Nur, dass sie auf den letzten Stufen auf einmal ins Keuchen kam. Was war denn nun los? Wo war ihre Kondition hin? Wahrscheinlich brauchte sie wirklich eine Pause, schließlich hatte sie durchgearbeitet.

„Kaffee oder Tee?", fragte sie Nick ein paar Minuten später.

„Wenn du noch diesen fantastischen Tee vom letzten Mal hast, dann bitte Tee", bat Nick. „Die Schweden können ja vieles, aber Tee gehört nicht dazu."

Liz lachte. „Stimmt, die machen..." Sie überlegte.

„Fika!", sagten sie gleichzeitig und grinsten sich an.

„Was hast du eigentlich mitgebracht? Echte *Kanelbullar*[5]?"

---

[5] Schwedische Zimtschnecken

„Sorry, das hätte ich eigentlich. Aber es ist Banoffee Pie." Nick hob entschuldigend die Hände.

„Das nächste Mal!" Liz winkte ab und setzte Teewasser auf. „Erzähl, wie sieht der Kalender aus?"

„Ich habe einen mitgebracht. Warte, ich hol ihn!" Mit seinen langen Beinen hatte er mit einem Satz die drei Stufen zum Flur erklommen. Liz kümmerte sich derweil um das Teegeschirr und schnitt die Torte auf.

„Jedenfalls sind wir wirklich gut vorangekommen", nahm Nick den Gesprächsfaden wieder auf, als er zurückkam. Er legte den Kalender auf den Esstisch und nahm von Liz Teller und Besteck entgegen. „Max' Praktikant ist echt schnell", redete er weiter und erhob allmählich die Stimme, da der Wasserkocher immer lauter wurde. „Deswegen bin ich auch schon hier. Wir haben die erste Auflage schon beinahe zur Hälfte eingepackt."

Liz strahlte ihn an, aber wartete mit der Antwort bis es wieder ruhiger wurde. „Das ist toll, Nick! Ich freu mich für dich!"

„Ja! Wenn es so gut weitergeht, dann sind wir an diesem Wochenende komplett fertig."

„Wenn wir dir noch helfen können, sag Bescheid. Wollen wir uns setzen, der Tee braucht noch eine Weile." Liz wies auf die Couch, das ließ sich Nick nicht zweimal sagen. Er reichte ihr den Kalender und schon lümmelte er in der einen Ecke des großen Sofas. Auch wenn er durch Sport und Yoga auf seine Kondition achtete, das frühe Aufstehen, die lange Anreise und dann noch fast sechs Stunden Kalender in Versandtaschen zu packen und zu frankieren, forderte nun doch seinen Tribut. Er war erledigt.

Auch Liz schloss einen Moment die Augen und schwieg ebenfalls. Diese ruhige Selbstverständlichkeit hatte zwischen ihnen von Anfang bestanden und so genossen sie die Möglichkeit einfach beieinander zu sein. Sie schrieben sich nicht viel und telefonierten auch selten. Dafür hatten sie beide genug zu tun. Nick hatte in den letzten Wochen, zusätzlich zu seiner eigenen Arbeit als Fotograf, beim Um- und Ausbau der Pension geholfen.

„Ich glaube, der Tee ist fertig", sagte Liz leise, rührte sich aber nicht vom Fleck. Erst jetzt merkte sie, wie erschöpft sie war. Dafür stand Nick auf.

„Ich hol ihn!"

„Danke." Nun öffnete Liz doch die Augen und griff nach dem Kalender. „Oh Nick! Er ist wunderschön geworden. Allein das Papier fühlt sich schon fantastisch an."

„Danke schön. Mir war wichtig, dass er sich hochwertig anfühlt und die einzelnen Kalenderblätter nicht bei jedem einzelnen Windstoß herumflattern."

„Er ist toll!", bestätigte Liz und betrachtete jedes Motiv eingehend. „Ist das Millas See?", fragte sie nach einer Weile.

Nick, der gerade den Tee in ihre Tassen goss, sah zu ihr herüber. „Ja, das ist der Steg, der zur Pension gehört."

Liz seufzte. „Es ist wunderschön dort. Ich kann verstehen, warum Milla sich diesen Ort ausgesucht hat."

„Ja, ist es", bestätigte er. Dann sah er Liz von der Seite an. Sie sah wirklich müde aus. „Wie geht es dir?"

„Gut!", antwortete sie automatisch und verstummte mit einem Mal. Dieses unüberlegt ausgesprochene Wort hallte zwischen ihnen nach.

„Und dir? Vermisst du das Reisen?", fragte sie. Sie war noch nicht soweit, über sich zu sprechen. Wenn sie jetzt anfing, ihm die Ereignisse der letzten Tage zu schildern, hatte sie das Gefühl, sie würde mit der Tür ins Haus fallen.

„Nicht so sehr, wie ich es gedacht hatte", gab Nick zu und Liz dankte ihm im Stillen, für sein

Einverständnis das Thema ein wenig zu umschiffen. „Und du?"

„Anscheinend mehr als mir bewusst war." Sie lachte auf. „Als ich dich vorhin mit deinem Koffer gesehen habe, ist mir plötzlich aufgefallen wie sehr es mir fehlt."

„Ja, das kann ich verstehen. Denn dein Leben hat sich ja noch mehr verändert als meins."

„Wie meinst du das? Wir sind doch beide wegen der Liebe in ein anderes Land gezogen." Verwundert sah sie ihn an.

„Ja, aber Max hat schon ein Kind. Ihr lebt ein Familienleben. Die Verantwortung für Lilly trägst du jetzt ja mit", erklärte er.

Sie nickte gedankenverloren. „Weißt du, natürlich könnte ich einfach meinen Koffer packen und irgendeine Pressereise oder so machen, aber ich will auch irgendwie nicht alleine weg, ohne die beiden."

„Willst du nicht ohne sie deine Zeit verbringen oder hast du nur Angst, sie zu verlieren, wenn du dich mehr auf dich konzentrierst?", hakte er nach.

„Wow! Was ist das denn für eine Frage?!" Überrascht sah Liz ihn an. Er hatte sie eiskalt erwischt. Irgendwie hatte sie vergessen, dass Gespräche mit Nick nie an der Oberfläche blieben.

„Du musst sie mir nicht beantworten, wenn du nicht willst. Aber für dich selbst solltest du die Antwort kennen", antwortete er mit einem leisen Lächeln.

„Du hast recht beziehungsweise ich habe keine Ahnung. Ich glaube nicht, dass ich angefangen habe, mich für Max und Lilly zu verbiegen. Er hat es mir am Anfang auch sehr leicht gemacht und eben nicht sofort die Verantwortung für Lilly übergeholfen. Das war ein langsamer und sehr bewusster Prozess. Und Essen für Lilly zu kochen oder sie von der Schule abzuholen, Hausaufgaben zu kontrollieren, etc. ist auch gar nicht das Problem. Meistens jedenfalls." Sie grinste schief.

„Was ist es dann?"

„Dass meine Familie sich nicht scheut mir ihre Unzufriedenheit zu zeigen. Dass ich manchmal doch sehr allein bin, in London. Nigel ist auf Gracewood, Nora arbeitet, singt und hat ihre eigene Familie und Lena und du ihr seid ganz woanders. Ich vermisse es auch mit meiner Oma zu telefonieren, weißt du. Sie hat keinen Internetanschluss, also sind es ‚teure' Auslandsgespräche und egal wie oft ich ihr sage, dass mir die Kosten egal sind, sie würgt mich immer nach ein paar Minuten ab."

„Zweifelst du an deiner Entscheidung?", wollte er wissen und Liz zog die Nase kraus.

Sie überlegte. „Vielleicht", antwortete sie so leise, dass es kaum zu verstehen war.

„Was wäre denn die Alternative?", fragte er. „Wie würde dein Leben denn sonst aussehen"

„Einsamer", antwortete sie prompt.

„Noch einsamer als jetzt, wo du niemanden zum Reden hast?!", zog er sie auf. „Du armes Menschenkind."

„Ja, bemitleide mich ruhig!", entgegnete sie und zog eine Schnute.

Nick legte den Arm um sie und zog sie an sich. Liz genoss die Geborgenheit. Er war der große Bruder, nach dem sie sich immer gesehnt hatte. Selbst immer das große vernünftige Kind zu sein, war manchmal ganz schön anstrengend.

„Weißt du, was ich mache, wenn ich Sehnsucht habe und ein bisschen melancholisch werde, weil mein Leben jetzt so ganz anders ist, als noch vor ein paar Monaten?"

„Nein , was?"

„Ich gehe raus in die Natur. Atme tief ein und aus. Verbinde mich ganz bewusst, mit all der Schönheit und Vollkommenheit um mich. Diese Bäume, die Sträucher, der Himmel, die Erde, das ist alles überall auf der Welt gleich wundervoll und vollkommen. Ja, es sieht in Schweden anders aus als in Namibia, aber der Natur selbst ist das total egal. Ein Baum ist ein Baum ist ein Baum. Die Natur ist immer da und bietet uns überall die Chance zur Ruhe zu kommen, uns selbst zu finden. Das ist es doch, weshalb wir reisen. Letztendlich wollen wir uns selbst finden und das können wir im Krüger Nationalpark genauso gut wie in Beddingsham oder in Frankfurt/Oder.

Liz stutzte. „Du kennst Frankfurt/Oder?!"

Nick winkte ab. „Nein, aber ich bin im Internet auf diesen Song[6] gestoßen und irgendwer hatte den automatischen Untertitel eingeschaltet. Ich mag die Melodie und die Bedeutung. Denn genau darum geht es doch. Dass es egal ist, wo wir sind. Weiterentwicklung und Wachstum geht immer und überall."

Liz nickte. Sie kannte das Lied und mochte es auch sehr.

„Naja, aber jede Pflanze braucht andere Voraussetzungen, um zu wachsen."

„Stimmt." Er nickte. „Aber keine Pflanze ist zufällig da gelandet, wo sie wächst."

„Du glaubst also, alles ist vorherbestimmt?"

„Ich glaube, wir bekommen immer genau die Herausforderungen gestellt, die wir auch meistern können. Manche Pflanzen können durch Beton wachsen."

Sie schüttelte irritiert den Kopf. „Was soll das denn jetzt bedeuten?"

„Dass es sich lohnt durchzuhalten, auch wenn aufgeben oft leichter erscheint."

---

[6] „Frabkfurt/Oder" von Bosse und Anna Loos.

„O Gott, deine Mutter hat so etwas Ähnliches gesagt!", erkannte sie.

„Meine Mutter ist eben eine kluge Frau!", gab er gut gelaunt zurück. „Weißt du, was wir jetzt machen?", fragte er und legte seine Hand auf ihr Bein. „Wir packen jetzt deinen Koffer."

„Was?" Liz lachte auf. „Das wird ja wohl kaum mein Fernweh lindern, wenn ich den doofen Koffer dann noch direkt vor der Nase habe!"

„Das vielleicht nicht, aber vielleicht das, was morgen früh passiert?" Er wackelte vielsagend mit den Augenbrauen.

„Was passiert denn morgen früh?", fragte sie neugierig.

„Das wirst du schon sehen", gab er geheimnisvoll zurück.

„Nick, du weißt schon, dass man erst nach der Hochzeit in die Flitterwochen fliegt."

„Wer sagt denn was von Flitterwochen?", fragte er und grinste frech.

„Das Angebot ist wirklich lieb, aber ich werde jetzt nicht weglaufen, nur weil Max und ich gestritten haben."

„Süße, bis eben wusste ich nicht einmal, dass ihr Streit hattet", stellte er klar.

Liz biss sich ertappt auf die Unterlippe. Richtig, das hatte sie noch nicht erzählt. Anscheinend war es so präsent in ihrem Kopf, dass sie schon gar nicht mehr merkte, was sie sagte und was lediglich in ihrem Kopf war.

„Willst du darüber reden?", erkundigte er sich, aber sie zuckte nur mit den Schultern.

„Keine Ahnung. Muss ich?"

„Du musst gar nichts", stellte er klar. „Aber wenn du möchtest, bin ich für dich da. Er mag ja wie ein Bruder für mich sein, aber zur Not hau ich ihm eine rein."

„Danke, du Dichter." Liz lachte auf.

„Das ist eines meiner verborgenen Talente!", gab er schlagfertig zurück.

„Ach ja, und was ist das andere?" Amüsiert sah sie ihn an, aber da stand er schon auf und zog sie mit einem dicken Grinsen zu sich hoch.

„Kofferpacken! Du ahnst gar nicht, wie sehr mich mein Bruder darum beneidet!"

Kapitel 11

Der Arbeitstag im Büro hatte ihn wirklich geschlaucht. Warum musste das eigentlich immer so sein. Jedes Mal, wenn er in den letzten Jahren in den Urlaub fahren wollte, ging vorher alles drunter und drüber. Wenn er Lilly nicht gehabt hätte, wäre er versucht gewesen, gar nicht erst in den Urlaub zu fahren, weil ihm das vorherige Chaos so auf die Nerven ging. Nicht zum ersten Mal fragte er sich, ob das bisschen Erholung den ganzen Stress wert war.

Wieder fiel ihm das elendige Telefonat mit seiner Mutter ein. Auch wenn Vivien sofort zugesagt hatte, auf Lilly aufzupassen, spürt er jetzt noch die Wut in seinem Bauch. Es war ihm so unangenehm gewesen Vivien und Richard erneut um Hilfe zu bitten. Er wusste, sie machten es gern und erwarteten keine Gegenleistung von ihm, aber dennoch war es ihm jedes Mal peinlich. Sie hatten schon so viel für ihn getan. Schließlich behandelten Sie ihn wie ihren eigenen Sohn. Aber dennoch, wie konnte er das je wiedergutmachen?

Plötzlich schoss ihm ein Satz, den Liz letztens gesagt hatte, durch den Kopf. „Unsere Erwartungen schaffen unsere Realität." Wenn das stimmte, dann hätte er nur deshalb Chaos und Stress, weil es seiner Vorstellung von einem Leben als Unternehmer und alleinerziehender Vater entsprach. Nun allein, war er ja nun nicht mehr. Er überlegte einen Moment und schob dann die Computermaus entschieden von sich. Für heute hatte er genug getan. Er würde jetzt Feierabend machen und ein Stück durch den Park laufen, um darüber nachzudenken. Vielleicht konnte er ja mal anders denken, quasi als Experiment.

***

„Max? Bist du das?"

Max sah sich nicht nach der rufenden Stimme um. Schließlich war er wohl kaum der einzige Max, der in diesem Moment durch London lief. Immerhin standen schon wieder genug Leute auf den Bürgersteigen vor den Kneipen und genossen ihr Feierabendbier. Plötzlich stand ein breitschultriger Kerl mit sehr kurzen Haaren neben ihm. „Maxwell Thompson! Ich glaube es nicht! Wie lange ist das her?"

Max blinzelte irritiert, dann fiel der Groschen. Vor ihm stand Jerry Michaels, ehemaliger Kommilitone und einer der Starspieler des universitären Rugbyteams. „Jerry, was für eine Überraschung", erwiderte Max. „Was machst du in London? Ich dachte, du bist in..."

„Singapur?" Jerry lachte. „Das ist lange vorbei! Aber ich bin trotzdem nur kurz in der Heimat, bevor es wieder weiter geht!" Er legte Max einen Arm um die Schultern und zog ihn zu einem der Stehtische, die vor dem Pub, an dem er gerade vorbeigelaufen war, standen. „Komm! Trink ein Glas mit uns! Dann können wir über alte Zeiten plaudern."

„Eigentlich bin ich auf dem Heimweg", wandte Max wenig erfolgreich ein. Jerry schien immer noch zu trainieren, denn er zog Max trotz seiner Einmeterneunzig mühelos mit.

„Darf ich vorstellen?", verschaffte sich Jerry bei seinen Begleitern Gehör. „Das ist Max. Ein alter Kumpel aus Studienzeiten!" Es gab ein lautes Hallo, das unmissverständlich zeigte, dass keiner der drei Männer bei seinem ersten Drink war. „Das sind Caleb und Ben", fuhr Jerry fort. „Kollegen von mir."

Max nickte. So etwas hatte er sich schon gedacht. Er wandte sich wieder Jerry zu, aber der stand mittlerweile am Nachbartisch und plauderte zwanglos mit einer Gruppe junger, hübscher Frauen. Ehe Max weitere Einwände erheben konnte, hatte Caleb ihm ein kühles Bier in die Hand gedrückt. Was soll's? Er zuckte wie für sich selbst mit den Achseln und trank einen großen Schluck. Ein Bier schadete schon nicht. Entspannt sah er sich um und musste feststellen, dass er die gelöste Atmosphäre richtig genoss. Er konnte sich gar nicht mehr erinnern, wann er das letzte Mal auf einen Feierabenddrink in einen Pub eingekehrt war. Seit Jahren stürzte er pünktlich um halb fünf aus dem Büro, um Lilly abzuholen. Und beinahe jeden Abend hatte er, nachdem er die Kleine ins Bett gebracht hatte, noch bis nachts vor seinem Rechner gesessen. Er hatte sich dieses Feierabendbier so was von verdient! Außerdem hatte er Liz Bescheid gegeben, dass er später kommen würde. Und wenn er ganz ehrlich war, hatte er keine große Lust nach Hause zu gehen. Kaum hatte er diesen Gedanken zu Ende gedacht, da stand Jerry wieder vor ihnen. In jedem Arm eine der Frauen. „Leute, darf ich vorstellen? Das sind Amber, Beth und..." Er wandte seinen Blick zu den zwei anderen, die schräg hinter ihm standen. „Cathrin und Daria." Er warf den Frauen ein gewinnendes Lächeln zu, das mit einem kollektiven Gekicher beantwortet wurde. Einzig Daria lächelte schmal, wie Max feststellte.

„Sie werden uns heute Abend Gesellschaft leisten", erklärte Jerry weiter. Wieder kicherten Beth und Amber und Max stellte wenig überrascht fest, dass Caleb und Ben ebenfalls in archaisches Imponiergehabe verfallen waren. Er hatte Mühe nicht allzu offensichtlich die Augen zu verdrehen. Er wandte sich ab und trank sein Bier aus.

„Und da ist auch schon der Wagen!"

Überrascht sah Max, dass plötzlich eine große, schwarze Limousine am Straßenrand stand. Er ließ sich ein wenig zurückfallen, als die anderen bereitwillig einstiegen. Als nur noch Jerry auf der

Straße stand, sagte er: „Danke für das Bier. Ich werde dann mal wieder."

„Wie bitte? Du kommst natürlich mit!"

„Ich komme mit?", echote Max überrascht.

„Kannst du nicht mehr rechnen?", fragte Jerry. „Ich habe uns extra vier Frauen besorgt."

„Worum ich dich nicht gebeten habe", stellte Max klar.

„Seit wann bist du denn so zugeknöpft? Komm schon Maxwell! Hast du nicht gesehen, wie heiß die sind?"

„Sorry Jerry, aber ich kann nicht. Ich bin verlobt und...", versuchte Max zu erklären, aber Jerry unterbrach ihn mit einem krachenden Schulterklopfer.

„Das ist doch perfekt! Sieh es als deinen Junggesellenabschied! Sag deiner Süßen Bescheid, dass es heute später wird, weil deine Jungs dich entführt haben."

Max zog skeptisch die Augenbrauen hoch. Seine Jungs? Wie alt war er? Dreiundzwanzig?

„Komm schon! Du kannst mich jetzt nicht hängenlassen. Die Bräute sind doch sofort weg, wenn du nicht mitkommst. Glaubst du etwa, ich habe den skeptischen Blick dieser Daria nicht gesehen?!" Jerry sah ihn beschwörend an. Bevor Max ihm klarmachen konnte, dass das kaum sein Problem war, sprach Jerry schon weiter. „Es ist doch nur ein Abendessen und ein paar Drinks. Nichts Verwerfliches. Ich habe einen Tisch in den Sky Gardens! Sag mir nicht, dass du da schon warst."

Tatsächlich war Max noch nicht in dem Hochhaus mit dem höchsten Garten Londons gewesen. Wie so oft machte man die tollen Dinge in seiner eigenen Stadt nie. Dabei war er wirklich neugierig auf die Aussicht über die Stadt und auch auf die Restaurants dort. Der Gedanke an ein mit Raffinesse gekochtes

Essen gab schließlich den Ausschlag. Der Inder um die Ecke begrüßte ihn mittlerweile schon mit Handschlag und einem wissenden Lächeln. Er gab sich einen Ruck.

„Okay, ich komme mit. Aber nach dem Dinner verschwinde ich!"

„Cool!" Breit grinsend klopfte Jerry ihm wieder auf die Schulter. „Du wirst es nicht bereuen, Kumpel!"

***

Es war bereits später Abend als er endlich die Haustür aufschloss. Das Abendessen mit Jerry und seinen Kumpels hatte deutlich länger gedauert, als er gedacht hatte. Erst in der U-Bahn hatte er gemerkt, wie k.o. und betrunken er tatsächlich war. Die frische Luft hatte ein wenig geholfen, aber als er versucht hatte Liz eine Nachricht zu schreiben, damit sie aufhörte sich Sorgen zu machen, war auf einmal sein Smartphone ausgegangen. Das Akku war alle und seine Powerbank lag im Büro. Von außen hatte sein Zuhause dunkel ausgesehen, aber als er in den Flur trat, sah er das kleine Licht im Wohnzimmer. Liz saß auf ihr der Couch, den Computer auf dem Schoß.

Leise, um Lilly und augenscheinlich Nick nicht zu wecken, zog er sich Schuhe und Jacke aus und verschwand im Gästebad. Der Spiegel verriet ihm, dass er genauso müde aussah, wie er sich fühlte. Ergeben zuckte er mit den Schultern und ging zu ihr.

„Hey, du schläfst ja noch gar nicht", sagte er und wollte sie küssen, aber sie wandte sich ab.

„Tja, wir machen eben nicht immer, was von uns erwartet wird", gab sie patzig zurück.

„Was soll das denn heißen?" Max sah verwirrt auf sie hinunter.

„Was ich gesagt habe."

161

Boah, das konnte er jetzt gar nicht. Er war müde und betrunken und alles was er wollte, war sich in sein Bett zu kuscheln. „Warum bist du so sauer? Kriegst du deine Tage oder was?"

Eiskalt sah sie ihn an. „Vielen Dank für diesen qualifizierten Kommentar! Ja, ich bin sauer. Du hast keine Ahnung, wie sauer ich bin."

„Dann verrat's mir doch!" Ergeben hob er die Arme und ließ sich ebenfalls auf die Couch plumpsen.

„Oh ja, ich verrate es dir!" Sie klappte den Laptop zu und funkelte ihn an. „Lilly und ich waren gestern bei Tessa und rate mal, wer mittendrin einfach in das Geschäft geplatzt ist, die bösesten Dinge gesagt hat und Lilly zu Tode erschreckt hat!"

„Oh nein!", rief er aus. Eleonore! Durch die ganze Aufregung auf Arbeit hatte er total vergessen, Liz Bescheid zu geben.

„Genau!", bestätigte sie.

„Schatz, es tut mir leid! Ich habe mehrfach versucht dich zu erreichen, aber immer wieder kam etwas dazwischen...", versuchte er zu erklären, aber Liz unterbrach ihn.

„Dann hättest du dir mehr Mühe geben müssen, anstatt mich ins offene Messer laufen zu lassen!"

„Was hatte ich denn tun sollen, eine Brieftaube schicken?", schnappte er zurück. Er war dieses ganze Thema echt leid.

„Zum Beispiel!", bestätigte Liz. „Ein Brief und ein Kurier, der auch gleich die beschissene Kette mitnimmt und ihnen zurückschickt, wäre eine super Idee gewesen."

„Wie war denn die Anprobe?", fragte er und Liz blieb der Mund offen stehen. War sie im falschen Film gelandet?

„Wie es war?", wiederholte sie fassungslos. „Wie soll es schon gewesen sein? Furchtbar war es! Sie ist..."

„Ach komm schon, so schlimm kann es doch nicht gewesen sein", wandte er ein und Liz platze der Kragen.

„Wie bitte? Sprechen wir eigentlich von derselben Person? Eleonore Kwan? Dem Teufel höchst Persönlich?"

„Schatz, jetzt übertreibst du aber!", antwortete er ruhig.

„ICH ÜBERTREIBE?!" Liz konnte nichts dagegen tun, sie wurde immer lauter. „Ist klar! Jetzt bin ich das Problem!"

„Das sagt doch gar keiner", versuchte Max sie zu beruhigen.

„Doch! Du gerade!", unterbrach sie ihn. „Aber ist okay, dann übertreibe ich eben und ich habe mir nur eingebildet, wie schrecklich diese Person ist. Kein Ding!" Sie holte tief Luft. „Aber du wolltest mit ihr reden und ihr sagen, dass sie mit unserer Hochzeit nichts zu schaffen hat. Stattdessen lädst du sie zu MEINER Anprobe ein!"

„Schatz, es tut mir leid, dass ich dir nicht Bescheid gesagt habe, aber du hättest sie hören sollen..."

„Oh, das habe ich!" Liz schnaubte und diesmal holte Max tief Luft.

„Könntest du mich bitte ausreden lassen?", erkundigte er sich, nur mühsam beherrscht. Wenn es eines gab, das ihn zur Weißglut trieb, dann dass sie ihn, wenn sie sauer war, immer wieder unterbrach. „Sie hat mir zugesichert, dass sie dich nur mal in deinem Kleid sehen möchte und nichts weiter."

„Und das hat dir gereicht?", fragte sie ungläubig. „Hast du dabei vielleicht auch nur einen Moment an mich und meine Wünsche gedacht? Nicht einmal meine eigene Mutter oder meine Schwester oder Lena sehen mich vor der Hochzeit in dem besch... Kleid!", rief sie erbost aus. „Aber für Eleonore Kwan gelten natürlich andere Regeln!"

163

„Liz...", setzte er an, aber sie war noch nicht fertig.

„Das ist echt das Schlimmste daran! Dass dir unsere Abmachung egal war!"

„Liz, das stimmt doch gar nicht!", erwiderte er. „Du siehst das falsch."

„Wie soll ich es dann sehen?", hielt sie dagegen. „Du hast dein Versprechen gebrochen! Du wolltest es klären!"

„Ich habe es geklärt!", fuhr er dazwischen. „Ich habe ihr gesagt, dass die Planungen abgeschlossen sind." Mittlerweile war auch er sauer. Sie hörte ihm überhaupt nicht zu. Stattdessen lachte sie freudlos auf.

„Aber anscheinend hat sie es nicht verstanden!" Mit verschränkten Armen funkelte sie ihn an. „Nun, jetzt musst du dich nicht mehr darum kümmern, das habe ich schon erledigt." Sie kochte noch immer vor Wut.

„Was soll das heißen?", fragte er.

„Das soll heißen, dass ich sie aus dem Laden geworfen habe, deiner Tochter erklären musste, dass das ihre Oma war und dass ich die Kette zurückgesendet habe. Mit einem versicherten Kurier. Weißt du eigentlich, wie scheiße teuer das war?!"

„Schatz, sei nicht mehr böse. Du hast das doch gut hinbekommen! Ich wusste, dass man mit ihnen reden kann."

„Wie bitte?" Liz glaubte, sich verhört zu haben. Hatte er denn gar nichts verstanden?!

„Du hättest natürlich nicht gleich das Collier zurücksenden müssen. Wir hätten es ihnen auch auf der Feier geben können", redete er weiter.

„Hast du mir überhaupt zugehört? Diese Frau ist der Teufel!"

„Liz, ich bitte dich, so schlimm..."

„Nein!", unterbrach sie ihn. „Die Zeit des Bittens ist vorbei. Diese Leute verstehen kein Bitte." Sie sah ihn jetzt das erste Mal genau an. „Wo warst du überhaupt so lange?"

„Nicht so wichtig", winkte er ab, aber sie musterte ihn weiter von oben bis unten und stand schließlich auf, um zu ihm zu gehen.

„Und du stinkst, wie eine ganze Schnapsbrennerei!" Sie schnupperte. „Und du riechst nach einer anderen Frau." Erschrocken wich sie zurück.

„Was?!" Max war ebenso erschrocken und roch an seinem Hemd.

„Wo warst du oder sollte ich lieber sagen, bei wem warst du?", fragte sie ruhig, aber ihr Herz hämmerte wie wild.

„Das ist eine lange Geschichte", sagte er und konnte seinen dummen Spruch selbst nicht fassen. Wo kam der denn auf einmal her?

„Ich habe Zeit", entgegnete sie dann auch prompt.

Max seufzte und begann zu erzählen. „Ich habe einen alten Studienkollegen getroffen. Jerry Michaels. Er hat mich zu einem Abendessen mit seinen Kollegen in den Sky Gardens eingeladen."

„Und da bist du hingegangen?", fragte sie skeptisch nach.

„Ich wollte schon immer mal da hoch. Und ja, da bin ich hingegangen."

„Ohne mich?", rutschte es ihr raus.

„Ich wollte mal wieder rauskommen, okay?! Ich bin auch nur ein Mann!"

Fassungslos sah sie ihn an. Was hatte er da gerade gesagt?! Augenblicklich wusste sie nicht, ob sie ihm noch weiter zuhören wollte. Aber Max redete schon weiter.

„Es ist dort wirklich toll. Wir wussten gar nicht, wo wir zuerst hinsehen sollten. Nach draußen auf die Lichter der Stadt oder zu den krassen Pflanzen."

„Wir?", fragte sie tonlos.

„Ja, Daria und ich", antwortete Max und hätte sich selbst am liebsten getreten. Was erzählte er denn da?! „Und Jerry und seine Kumpel waren natürlich die ganze Zeit dabei zu flirten", berichtete er weiter, in dem Versuch die Situation zu retten.

Liz spürte förmlich wie sie erstarrte. Ihr war schon die ganze Zeit übel, aber nun wurde es zu viel. Sie sprang auf und rannte zur Toilette.

„Liz!" Erschrocken rannte er ihr hinterher. „Alles okay mit dir? Bist du krank?", erkundigte er sich besorgt durch die geschlossene Tür.

Minuten später stand sie blass und mit riesigen Augen vor ihm. „Brauchst du einen Arzt?", wollte er wissen.

Sie schüttelte kaum merklich den Kopf. „Sag mir nur eins", verlangte sie und stützte sich unauffällig am Türrahmen ab. „Hast du mit ihr geschlafen?"

„Was?!" Max fielen vor Überraschung fast die Augen aus. „Nein! Wir waren Abendessen!" Er schüttelte den Kopf, um wieder klar zudenken. „Schatz, ich liebe dich und nur dich! Wir heiraten in ein paar Tagen!"

„Und warum hast du mir dann nicht Bescheid gesagt, dass du heute Abend weggehst?", wollte sie wissen. Sie wusste, dass er die Wahrheit sagte, aber weh tat es trotzdem. Denn ein winziger, nagender Zweifel hatte zugestochen und schmerzte nun, wie eine dieser Wunden, die man kaum sah und dennoch spürte.

„Ich hatte dir doch geschrieben, dass ich später komme", erinnerte er sie. „Ich dachte nicht, dass es so lange dauert und dann war mein Handyakku alle."

„Aha", sagte sie matt und ging an ihm vorbei. Sie musste sich auf die Treppe setzen. Sie fühlte sich etwas schlapp und dass er eben zugeben hatte, dass er sie vergessen hat, machte es auch nicht besser.

„Ich kann es dir zeigen, wenn du willst."

Sie saß nur da, sah ihn an und schüttelte den Kopf.

„Was?", fragte er verunsichert.

„Ich verstehe es einfach nicht", antwortete sie.

Jetzt war es an ihm die Stirn zu runzeln, was genau verstand sie denn jetzt nicht. Dass er Abendessen war oder dass sein Handy den Geist aufgegeben hatte?!

„Noch vor einer Woche war zwischen uns alles in Ordnung, naja mehr als das. Und jetzt..."

„Wie bitte? Was ist denn jetzt?" Max war ehrlich verwirrt. Anscheinend hatte er doch mehr Alkohol im Blut als er dachte.

Müde sagte sie: „Du hast gerade gesagt, du hast mich vergessen und das gleich zweimal. Erst hast du dein Versprechen die Sache mit den Kwans zu klären vergessen und dann mir wegen heute Abend Bescheid zu geben. Ich erkenne dich gar nicht mehr." Wieder schüttelte sie den Kopf.

„Ich bin immer noch ich! Ich liebe dich, wir werden heiraten! Wir stehen auf derselben Seite", rief er aus und kniete sich vor sie.

„Tun wir das?" Liz verschränkte die Arme vor der Brust und sah ihn skeptisch an. „Ich habe nämlich nicht das Gefühl." Vielmehr war sie von den Ereignissen der letzten Tage so verwirrt, dass sie gar nichts mehr fühlte außer Chaos.

„Was soll das denn heißen?" Max sah sie verwirrt an.

„Erst schreibst du ihnen, ohne mir davon zu erzählen. Dann bist du ganz begeistert von dieser beschissenen Kette und schickst mich zu dieser Schlange von Frau. Aber das ist ja scheinbar alles in Ordnung, weil sie ja ihren, ach so kostbaren, Familienschmuck mit uns teilen. Oh ja!" Liz verdrehte abfällig die Augen. „Und dann erzählst du mir, SO SCHLIMM sind sie ja nicht. Nur traditioneller!" Das letzte Wort spie sie beinahe aus. „Und schließlich vergisst du mich. Zweimal!"

„Entschuldige mal!" Mit einem Satz war er wieder auf denen Beinen. Allmählich wurde Max auch wütend. Er hatte schließlich nichts falsch gemacht. Er versuchte schließlich nur, niemanden vor den Kopf zu stoßen! Und außerdem entschuldigte er sich heute Abend ja schon das dritte Mal. „Darf ich etwa keine Mails mehr verschicken, ohne dass du sie vorher absegnest?! Oder weggehen, wenn ich will? Das sind ja wirklich tolle Aussichten auf die Ehe mit dir!"

Liz schnappte erschrocken nach Luft und auch Max riss die Augen auf. *Shit*! Das hatte er nicht gewollt. Aber es war zu spät, der Pfeil hatte sein Ziel getroffen. Wie eingefroren saß sie vor ihm.

„Babe, ich... entschuldige! Das wollte ich nicht!" Mit einem Satz kniete er wieder vor ihr und griff nach ihren Händen.

Aber Liz schüttelte nur stumm den Kopf. Sie war wie betäubt. Der Schmerz war so groß, dass sie ihn noch gar nicht richtig fühlen konnte. Sie entzog ihm die Hände und stand auf.

„Du schläfst besser auf der Couch. Im Gästezimmer liegt schon Nick", sagte sie tonlos und wandte sich zur Treppe.

„Liz, warte! Es tut mir leid, ich weiß nicht, was in mich gefahren ist. Bitte, bleib hier." Max war aufgesprungen und sah sie bittend an.

„Ich bin müde und muss morgen früh raus", erwiderte sie ohne auf seine Entschuldigung einzugehen. Es war, als hätte sie ihn gar nicht gehört.

Fassungslos sah er ihr hinterher.

***

Innerlich wie betäubt ging sie nach oben ins Badezimmer. Mechanisch putze sie sich die Zähne und spürte kaum, dass ihr Tränen über die Wangen liefen. Sie versuchte immer noch zu verstehen, wie es dazu gekommen war, dass er so etwas Gemeines gesagt hatte. War es nicht das Geheimnis ihrer Beziehung, dass sie über alles redeten?! Wie viele Abende hatten sie miteinander gesprochen, erst am Telefon, als sie noch in Deutschland gewohnt hatte und dann in dieser winzigen Wohnung in Kensington. Und auf einmal war ihm das zu viel?! Und überhaupt, ER hatte doch gefragt, ob sie ihn heiraten wollte. Sie hätte nichts an ihrer Beziehung ändern müssen. Sie war so glücklich gewesen! War das jetzt etwa alles vorbei? Sie legte die Zahnbürste beiseite und lief hinüber ins Schlafzimmer. Es war leer. Irgendwie hatte sie gehofft, er würde ihr hinterher gehen. Schniefend sah sie Richtung Tür. Wenn sie ihm wirklich wichtig wäre, würde er sie wohl kaum jetzt hier alleine sitzen und heulen lassen.

Wann war eigentlich alles so schief gelaufen? Erst ihre eigene Mutter, die sich plötzlich gegen sie stellte, dann mischten sich die Kwans ungefragt ein und jetzt auch noch Max. Liz verstand es einfach nicht. Eine Hochzeit war doch ein Grund zur Freude! Sie selbst liebte Hochzeiten. Schon als kleines Mädchen war sie vor jedem Brautmodengeschäft staunend stehen geblieben. Aber jetzt, bei ihrer eigenen Hochzeit, hatte sie das Gefühl, dass sie als Einzige dem großen Tag entgegenfieberte! Sie hatte nie verstanden, warum es Paare gab, die allein in Las Vegas oder auf irgendeiner Südseeinsel heirateten. Bis jetzt.

Die Tränen liefen ihr nun in Strömen übers Gesicht und schon wieder hatte sie kein Taschentuch und bekam kaum noch Luft. Genervt stand sie auf, um sich ein Stofftaschentuch aus ihrer Schublade zu holen. Die verwahrte sie nämlich hier oben auf. Da konnte Nigel sagen, was er wollte! Es war ihr Leben und ihre Entscheidung. Und wenn sie keine Wegwerfprodukte mehr kaufen wollte, dann ging ihn das gar nichts an! Schließlich hatte auch er Max verteidigt. Sie standen eben alle auf seiner Seite! Abgesehen von ihrer Mutter, die wollte den Mistkerl Sven zurück.

Wütend riss Liz die Schublade auf, holte ein Taschentuch raus und schmiss die Schublade voller Wucht wieder zu. Und klemmte sich prompt den Finger. Verdammter Mist! Mühsam unterdrückte sie den Drang laut aufzuschreien. Sie wollte weder Lilly noch Nick wecken, sondern lief so schnell und leise sie konnte, hinüber ins Bad. Scheiße tat das weh! Wieso gab es eigentlich diesen Klemmschutz, wenn er dann doch nicht funktionierte?! Im Bad riss sie an dem Hebel des Wasserhahns. Während sie ihren pochenden Finger unter den kalten Wasserstrahl hielt, fühlte sie sich immer kleiner und einsamer.

Am liebsten würde sie jetzt mit Lena sprechen. Aber eben nicht übers Telefon! Sie wollte in den Arm genommen werden, von ihrer besten Freundin, die sie so gut kannte, wie niemand hier. Was hatte sie nur geritten, einfach so in ein anderes Land zu ziehen?!

Weil sie unbedingt der Liebe hatte vertrauen wollen, saß sie nun allein und traurig in diesem Haus. Das gleiche Haus, das sie so liebevoll eingerichtet hatten. In dem sie Weihnachten und Geburtstage hatten feiern wollen. Sie wusste gar nicht mehr, ob das alles noch galt.

Müde drehte sie das Wasser ab und putzte sich endlich die Nase. Dann schlurfte sie zurück zum Bett.

Wie er das gesagt hatte! Er freute sich auf die Ehe mit IHR! Nie, in der ganzen Zeit hatte er ihr nicht einmal das Gefühl gegeben, dass er sie mit Diana verglich. Aber wer weiß, vielleicht tat er das schon die ganze Zeit. Vielleicht war sie nur eine billige Kopie, nur gut genug fürs Bett und um ab und zu Lilly von der Schule abzuholen. Dieser Gedanke schmerzte so sehr, dass sie sich zitternd zusammenrollte und die Augen schloss.

***

Er konnte nicht glauben, was gerade passiert war. Sie war einfach gegangen. Nur weil ihm einmal etwas Gemeines rausgerutscht war. Aber ehrlich, erwartete sie wirklich, dass er sie über jeden seiner Schritte informierte?! Sie war doch diejenige, die immer sagte dass alles gut werden würde! Es war ja schön, dass sie der LIEBE vertraute, aber scheinbar nicht ihm. Er schnaubte. Er verstand es einfach nicht. Sie ließ sich doch sonst nicht so schnell aus der Bahn werfen. Oder war das ganze positive Gerede nur das gewesen, Gerede?

Verdammt, er merkte selbst, dass er immer nur noch gemeiner und wütender wurde. Der Impuls ihr hinterher zu laufen und ihr alles zu sagen, was ihm einfiel, wurde immer größer. Seine Kiefer mahlten aufeinander, so angespannt war er. Höchste Zeit einen klaren Kopf zu bekommen. Also schnappte er sich seine Schuhe, zog sie an, nahm seine Jacke vom Haken, dachte geistesgegenwärtig an den Schlüssel, bevor er die Haustür aufriss. Mit ausholenden Schritten lief er los, sog gierig die frische Luft ein und konzentrierte sich auf seinen Atem. So wie er es auch in den Nächten getan hatte, als Lilly viel kleiner gewesen war und Zähne bekommen hatte. Die Süße hatte so gelitten und ganze Tage und Nächte nur geweint. Er war damals so fertig gewesen und dass obwohl Diana und er sich abgewechselt hatten. Um vor Müdigkeit und Erschöpfung nicht durchzudrehen, hatte er sich immer wieder vor das geöffnete Fenster gestellt und sich auf seinen Atem konzentriert, so lange bis die Wut, geboren aus Hilflosigkeit, vorbei war.

Es half auch diesmal. Er wusste nicht, wie viel Zeit vergangen war, aber nun konnte er deutlich ruhiger den Blick heben und in den Nachthimmel schauen. Es war schon spät und der Mond längst weitergezogen, aber ein paar Sterne blinkten noch am Himmel. Wie großartig wäre es, einmal einen richtigen Nachthimmel zu sehen. Alle Sterne entdecken zu können, ohne störende Lichter. Vielleicht hatten sie ja Glück und könnten diesen Anblick auf ihrer Hochzeitsreise genießen. Soweit er wusste, war die nächste Stadt eine Stunde mit dem Auto entfernt.

Liz. Vor seinem inneren Augen sah er sie, wie sie damals mit ihrer Kamera durch Gracewood gelaufen war, ständig Fotos gemacht und ihn allmählich mit ihrer beschwingten Art aufgetaut hatte. Sie hatte die Mauern um sein Herz zum Einstürzen gebracht und ihm gezeigt, dass das Leben immer noch Freuden für ihn bereit hielt. Und wie dankte er es ihr?! Plötzlich überflutete ihn eine Welle der Scham. Entschlossen lenkte er seine Schritte nach Hause. Er würde zu ihr gehen und sich mit ihr vertragen!

Sie lag zusammengerollt wie ein kleiner Igel in ihrem gemeinsamen Bett und schlief tief und fest. Bei ihrem Anblick schmerzte es in seiner Brust. Wieso nur, sagte man die schlimmsten Dinge immer zu denen, die man liebte? Sachte strich er ihr über den Kopf. Morgen früh würde er ihr sagen, dass er sie liebte und dass sich nichts und niemand zwischen sie stellen würde.

Freitag
Kapitel 12

Nein! So konnte er sie nicht gehen lassen! Sie durfte nicht gehen! Etwas Schreckliches würde geschehen. Er spürte es genau. Er musste sie zurückholen. Wieder und wieder rief er ihren Namen und lief ihr hinterher. Aber er kam kaum von der Stelle. Irgendetwas Schweres hielt ihn zurück. Er sah an sich hinunter. Er hatte ein Baby vor die Brust geschnallt. Ein rosiges, pausbäckiges Baby. ‚Lilly', dachte er. Aber nein, Lilly hielt er an der Hand. Sie zog an ihm und rief immer wieder „Dad!" Verwirrt drehte er sich um. Wo war Liz? Er sah sie nicht mehr und der Schweiß brach ihm aus. Stattdessen stand auf einmal Diana neben ihm. Sie sagte etwas, dass er nicht verstand. Lilly war einfach zu laut.

„Daddy! Wach auf!"

Er schreckte hoch. Lilly saß neben ihm und rüttelte an seiner Schulter. Erleichtert schloss er die Augen und ließ sich zurück in die Kissen sinken. Es war nur ein Traum gewesen. Ein Glück!

„Dad!", wiederholte Lilly vorwurfsvoll. „Du musst wach werden!"

„Bin ich!", stöhnte er. Blinzelnd sah er sie an und riss dann die Augen auf. Mit einem Satz war er aufgestanden. Es war taghell! Er hatte den Wecker nicht gehört. Liz! Er musste mit ihr sprechen!

„Lilly, wie spät ist es?", rief er aus und fuhr sich fahrig durch die Haare. Erst jetzt sah er sie richtig an. Sie hatte schon ihre Schuluniform angezogen. „Du bist ja schon fertig!", staunte er.

„Es ist ja auch schon sieben Uhr", antwortete sie und verschränkte die Arme. „Du musst mich zur Schule bringen."

„Ja, mach ich!", antwortete er automatisch und sah sich gleichzeitig hektisch nach einer Hose um. „Hast du schon was gegessen?", fragte er, während er die Schranktüren aufriss und eine Jeans rauszerrte.

„Ja, Porridge von Liz", erklärte Lilly.

„Warum habt ihr mich nicht eher geweckt?"

„Haben wir ja versucht, aber du bist einfach nicht aufgewacht", erklärte Lilly, während sie beobachtete wie er wahllos irgendwelche Socken anzog.

Plötzlich ertönte lautes Lachen von unten herauf. „Was ist denn da unten los?" Stirnrunzelnd hielt er auf der Suche nach einem Sweatshirt inne und lauschte.

„Nigel und Nora sind da!", berichtete seine Tochter.

„Was?" Tausend Gedanken schossen ihm durch den Kopf, aber da er endlich sein graues Unisweatshirt gefunden hatte und sich überzog, behielt er sie für sich.

„Ja, sie wollen Liz zu ihrem JGA abholen!", informierte sie ihren Vater und schob ein: „Bist du jetzt fertig?", hinterher.

„Ja!" Max stürzte an ihr vorbei aus dem Zimmer, aber dann fiel ihm etwas ein und er drehte sich nochmal um. „Weißt du überhaupt, was das ist?"

Lilly sah ihn mit schief gelegtem Kopf an. „Natürlich. Das ist eine Vorhochzeitsparty nur mit seinen Freunden und ohne den Bräutigam", antwortete sie altklug.

Max musste sich bei ihrem Anblick ein Grinsen verkneifen, da fiel sein Blick auf die Badezimmertür. „Hast du Zähne geputzt?", wollte er wissen.

„Nein", antwortete Lilly und er hörte förmlich, ihre Enttäuschung darüber, dass er das nicht vergessen hatte.

„Na, dann los!", rief er und rannte die Treppe hinunter, wobei er immer zwei Stufen auf einmal nahm. Er musste unbedingt noch mit Liz sprechen, bevor sie abreiste!

In der Küche war es voll und laut. Die drei Geschwister standen gut gelaunt beieinander, lachten und wirkten überhaupt als hätten sie alle Zeit der Welt. Selbst Nigel, der morgens eher wenig gesellig war, grinste breit. Liz bereitete gerade Kaffee zu. Als sie Max sah, ließ sie die Milchaufschäumdüse aufkreischen.

„Guten Morgen!", rief er in die Runde, bevor er mit einem großen Schritt näher an Liz herantrat. Liz sah ihn nur kurz an, bevor sie ihre Aufmerksamkeit wieder der Milch widmete.

„Ah, der Bräutigam ist auch endlich aufgewacht!", rief Nigel und räusperte sich, als hätte er etwas Wichtiges zu verkünden. „Ich möchte, dass ihr zur Kenntnis nehmt, dass ich, Nigel Bedford, am heutigen Tag nicht nur früher wach war als mein kleiner Bruder." Er warf einen Blick zu Nick, der offensichtlich noch Schlafshirt und -hose trug. „Sondern auch früher aufgestanden bin als Max. Damit sind alle Witze bezogen auf meine morgendliche Verfassung endgültig passé!" Er nickte zufrieden, aber Nora erwiderte:

„Nun, gib mal nicht so an. Erstens bist du nur wach, weil ich dich geweckt habe und zweitens zählt ein einziges Mal gar nichts!"

„Selbstverständlich tut es das!", entgegnete Nigel, woraufhin Nora ihn erbarmungslos in den Arm kniff.

„Aua! Was soll das denn?", quiekte Nigel auf und rieb sich die Stelle.

Während die Geschwister sich stritten, als seien sie noch immer sieben Jahre alt, wandte Max sich an Liz.

„Können wir kurz reden?", fragte er sie leise. „Draußen meine ich."

Wenig begeistert nickte sie und schnappte sich den ultramodernen Kühlbeutel mit dem bunten Einhornmuster, in dem Lillys Brotbox war.

„Selbst wenn, ich sehe tausendmal frischer aus als Max!", triumphierte Nigel lautstark und zeigte mit dem Finger auf seinen alten Schulfreund.

Nora wandte sich um und setzte ihren prüfenden Mutterblick auf. „Beide sehen nicht besonders fit aus", stellte sie fest.

Max und Liz sahen sie erschrocken an. Das war nun wirklich nicht der richtige Moment ihren Freunden zu gestehen, dass sie sich gestern gestritten hatten. Aber auf Nigel war Verlass.

„Ach was!", winkte der ab und trank einen Schluck von seinem Latte Macchiato. „Die beiden sind frisch verliebt. Die haben nachts was Besseres zu tun, als zu schlafen." Er sah seine Schwester mit einem kleinen Lächeln an. „Aber daran erinnerst du dich bestimmt nicht mehr, so lange wie Tim und du schon verheiratet seid!"

„Was soll das denn heißen? Arthur und du seid genauso lange ein Paar, wie wir!" Irritiert runzelte Nora die Stirn.

„Wir sind zwei Männer, das ist was anderes", antwortete Nigel ungerührt.

Liz und Max tauschten ein kleines Grinsen aus, als Nora empört sagte: „Du bist so ein Blödmann! Ich glaub, ich muss dich nochmal kneifen!"

Bevor es zu weiteren Handgreiflichkeiten kommen konnte, schaltete sich Nick ein und Max schob Liz in den Flur.

„Liz, Schatz, ich wollte dir nur sagen, dass es mir schrecklich leid tut. Ich...", begann Max hastig und wurde prompt von Lilly unterbrochen, die lautstark die Treppe hinunter polterte.

„Ich bin fertig, Dad!"

„Super, dann pack dein Frühstück ein und zieh Schuhe und Jacke an", begann Max.

„Liz, was hast du mir eingepackt?", unterbrach die Kleine ihn und blieb direkt neben ihnen stehen.

Bevor Liz antworten konnte, beschied Max: „Das ist heute eine Überraschung! Nun zieh dich an, ich muss noch mit Liz sprechen." Entschieden schob er seine Tochter zur Garderobe, dann sah er Liz an, die die ganze Zeit ruhig dagestanden hatte. Auch jetzt sah sie ihn abwartend an. Mühsam schluckte er.

„Schatz, wirklich. Es tut mir leid. Was ich gesagt habe, habe ich nicht so gemeint. Bitte entschuldige. Es ist nichts passiert, wir waren nur zu sechst essen." Er griff nach ihrem Armen und sprach weiter leise und dringlich. „Ich liebe dich und freue mich auf unsere Hochzeit, ..."

„Ach, wirklich?", entfuhr es Liz. „Das sah gestern Abend aber ganz anders aus."

„Ich sag ja, es tut mir leid." Er seufzte. „Ich bin momentan einfach furchtbar gestresst. Es ist so viel zu tun und..."

„Ja?", hakte sie nach, aber da stand plötzlich wieder Lilly neben ihnen.

„Dad! Du musst dich auch anziehen. Sonst kommen wir zu spät!", erinnerte sie ihn.

„Ja, ja... Mach ich! Geh schon mal raus, dann wird dir nicht zu warm. Ich komme!", beruhigte er sie und wandte sich wieder an Liz. „Können wir reden, wenn ich wieder hier bin?"

Liz zuckte mit den Schultern. „Ich weiß nicht, wann die Zwei mit mir loswollen..."

„Okay, ähm..." Er ließ sie los und griff nach seinen Boots. „Ich würde gern in Ruhe mit dir reden. Aber bitte glaub mir, ich liebe dich!" Er sah sie abwartend an.

177

Viviens Worte kamen ihr in den Sinn, dass man sich immer wieder für den anderen und die Beziehung entscheiden musste, wenn man wollte, dass es hielt. Also würde sie mit ihm reden, ihm sagen müssen, wie sehr seine unbedachten Worte sie verletzt hatten. Und ihn auch fragen, warum er die Kwans so anders sah, als sie selbst.

In diesem Moment klingelte es an der Tür und Liz musste grinsen. Dieses Kind konnte trödeln ohne Ende und dann, von einem auf den anderen Moment, musste es ganz schnell gehen. So war das immer, schoss es ihr durch den Kopf. Und auf einmal war alles ganz leicht. Sie sah Max an, ihren Max und trat einen Schritt auf ihn zu.

„Ich liebe dich auch", sagte sie und küsste ihn leicht. „Und ja, wir werden miteinander reden, aber jetzt musst du los!"

„Ja. Ja. JA!", rief er aus. Gab ihr noch einen Kuss und stürmte schon, die Jacke noch in der Hand aus der Tür.

Sie nahm sich noch einen kleinen Moment und sah sie den beiden durch das Flurfenster nach. Der Anblick wie sie sich auf den Weg machten ließ ihr Herz aufgehen. Dass diese zwei Menschen in ihr Leben getreten waren, war einfach ein großes Geschenk und sie war dankbar dafür. Auch wenn es eben nicht immer einfach war, so wollte sie doch ihr Leben mit ihnen verbringen. Und deswegen würden Max und sie nochmal reden müssen. Aber jetzt ging sie erst einmal zurück in die Küche, um sich in das Abenteuer „Junggesellenabschied" zustürzen.

***

„Nun sagt endlich, wo bringt ihr mich hin?!", rief Liz lachend, als die drei aus dem Taxi stiegen. Sie zog ihren Koffer aus dem Auto und ließ ihn mit einem lauten ‚Plong‘ auf den Boden fallen.

Erschrocken lief Nora ums Taxi herum. „Ist alles okay?", erkundigte sie sich und lächelte dann, als sie sah was passiert war. „Hast du deinen ganzen Kleiderschrank eingepackt?!"

„Ich weiß nicht, warum der so schwer ist. Gestern war er noch um einiges leichter. Nick hatte genaue Vorstellungen davon, was ich brauche und was nicht."

„Oh ja, er ist definitiv der beste Kofferpacker der Familie." Nora lachte, denn sie kannte Nicks minimalistische Art zu reisen. „Aber er ist ja auch ein Mann! Da ist es viel leichter."

„Ach, das geht auch als Frau. Wichtig ist nur, dass man an einen Strand reist!" Liz zwinkerte ihr zu und Nora seufzte sehnsüchtig auf.

„Was ist los? Warum stöhnst du so? Das Wochenende hat doch gerade erst angefangen", wollte Nigel wissen, der nun auch neben ihnen auftauchte. Er hatte noch den Taxifahrer bezahlt.

Nora verdrehte die Augen über Nigels famose Ausdrucksweise, aber sie antwortete trotzdem. „Ich habe nur gerade überlegt, ob es zu spät ist, um nach Mallorca zu fliegen."

„Wer will denn bitte nach Mallorca?", fragte Nigel und bemühte sich erst gar nicht seinen verächtlichen Tonfall zu verbergen.

Bevor die Geschwister wieder anfangen konnten sich zu kabbeln, erklärte Liz: „Abgesehen davon, dass die Insel sehr viel mehr zu bieten hat, als nur Party und Drinks, haben wir nur festgestellt, wie viel einfacher es ist Koffer zu packen, wenn man nur einen Bikini braucht."

„Oder drei", warf Nora ein.

Liz nickte ihr zu und sah dann Nigel prüfend an. „Warst du an meinem Koffer? Das Ding scheint auf wundersame Weise an Gewicht zugelegt zu haben..."

„Ich?" Nigel legte sich mit großer Geste und aufgerissenen Augen die Hand auf die Brust. „Also bitte! Das würde ich nie tun!"

Liz sah ihn abwartend an. „Wie gut, dass ich deinem Gespür für Stil vertraue!", unkte sie.

„Ich weiß, es ist dein Junggesellenabschied, aber könntet ihr nicht wenigstens dieses Wochenende nett zu mir sein?", bat er, doch Nora schüttelte den Kopf.

„Ohne ein bisschen Spaß geht hier nichts, tut mir leid Bruderherz."

„Ich denke, wir sollten jetzt reingehen", wechselte Nigel das Thema und lief auf den Eingang des Bahnhofs zu. „Wir wollen doch unseren CC nicht verpassen!"

Mit gekräuselter Nase sah Liz zu Nora. „CC?" Aber die zuckte nur mit den Achseln und setzte sich ebenfalls in Bewegung.

„Was bitte ist ein CC?", rief Liz und hatte Nigel, trotz des schweren Koffers schnell eingeholt. Dank Nicks Rat hatte sie sich für flache Stiefel zu ihrem Minirock aus dunkelblauem Cord und ihrer Cabanjacke entschieden. Er hatte drauf bestanden, dass sie lauter Klamotten einpackte, die zeitlos schick und dennoch bequem waren.

„Ja bitte, Bruderherz, klär uns auf!", bat nun auch Nora, die dank ihrer langen Beinen keine Probleme hatte ihren Bruder einzuholen.

„CC steht für Check-in-Champagner", verriet Nigel ihnen knapp und wandte dann seine Aufmerksamkeit wieder der Beschilderung zu.

„Check-in?", wunderte sich Liz laut. „Wir sind doch hier in einem Bahnhof." Aber keiner der Beiden antwortete ihr und so lief sie ihnen einfach weiter hinterher. „Also, wo wir gerade beim Thema

Wochenende sind, wo geht es hin?", versuchte sie
wieder, doch Nigel sagte: „Alles zu seiner Zeit!"

Dann nahmen die beiden sie in ihre Mitte und
gingen zusammen durch die große Halle. Liz war froh,
dass sie nichts von dem Streit mit Max wussten.
Dieses Wochenende wollte sie einfach nur Spaß haben
und nicht über Eltern, Schwiegereltern und anderen
Hochzeitskram nachdenken. Sie hatte Max nicht
mehr gesehen, denn kurz nachdem er mit Lilly
losgelaufen war, sind auch sie aufgebrochen.

„Okay, wir müssen hier entlang", dirigierte Nigel sie
nach links und schon standen sie am Ende einer
Warteschlange. „Tadaa, der Check-in!", präsentierte
Nigel. „Mädels haltet schon mal eure Pässe bereit."

„Und wo ist jetzt der Champagner?", wollte Nora
wissen, aber Liz interessierte etwas anderes viel mehr.
„Wieso Pässe? Soweit ich weiß ist Großbritannien eine
Insel. Seit wann braucht man innerhalb eines Landes
seinen Pass?" Fragend sah sie in die Runde und im
selben Moment machte es bei ihr Klick. „Wir fahren
mit dem Eurostar nach Frankreich?!", rief sie
begeistert aus.

„Nicht Frankreich. Wir fahren nach Paris, Baby!",
erklärte Nora mit rauchiger Stimme. „Und deswegen
ist jetzt auch Zeit für das hier!" Sie griff in ihre Tasche
und holte eine dunkle Schachtel raus.

„Echt? Oh, wie cool!" Liz stürzte auf die Zwei zu
und umarmte sie. „Danke! Danke! Danke!" Vor lauter
Freude begann sie auf der Stelle zu hüpfen. „Ich war
erst einmal dort, mit der Schule. Und seitdem habe
ich es nicht mehr hin geschafft!"

Nora befreite sich mit einem dicken Lächeln aus Liz
Umarmung. „Du führst einen Reiseblog und warst
erst einmal in Paris?", wunderte sie sich.

Liz zuckte mit den Achseln. Das Hüpfen hatte sie
eingestellt, die Leute, vornehmlich Geschäftsreisende

guckten schon irritiert. Manchmal vergaß sie, dass die Briten mit ihren Gefühlen eher zurückhaltend waren. „Es hat sich einfach nicht ergeben", antwortete sie Nora auf ihre Frage. „Aber was ist das?", wollte sie nun doch wissen und deutete auf die Schachtel, die Nora noch immer in der Hand hielt.

„Mach sie auf!", antwortete Nora und hielt sie ihr hin.

„Okay…" Neugierig trat Liz einen Schritt näher und musste dann breit grinsen. „Ich fühl mich wie Pretty Women", gestand sie und Nora stöhnte.

„Na toll! Ich wollte Richard Gere treffen, nicht seinen Part einnehmen!"

„Wir bekommen eben nicht immer, was wir wollen", antwortete Nigel trocken.

„Haha!", antwortete diese, aber das ging in Liz überraschtem Ausruf unter. Sie hatte die Schachtel endlich geöffnet und das Diadem entdeckt. „Ein Diadem?!"

„Dreh dich um, ich setze es dir auf!", dirigierte Nora.

„Und? Wie sehe ich aus?", erkundigte sich Liz, untypisch nervös.

„Toll! Wie eine Prinzessin!" Nigel hielt ihr sein Smartphone vor die Nase. Er hatte bereits einen Schnappschuss gemacht.

Liz sah ganz genau hin und fragte dann: „Muss ich das jetzt das ganze Wochenende tragen?"

„Klar!", rief Nigel aus, während Nora „Nein", sagte. Die Geschwister warfen sich einen kurzen Blick zu, während Liz noch einmal unsicher in die Smartphonekamera blickte. Sie freute sich zwar sehr auf das Wochenende, aber wie eine Prinzessin war ihr nicht zumute.

„Nur, wenn du willst, Liebes", antwortete Nora in diesen Moment und legt ihr einen Arm um die Schultern.

„Ich finde es super, dass du erst einmal in Paris warst. So können Nora und ich dir all unsere Lieblingsplätze zeigen", nahm Nigel den Gesprächsfaden von eben wieder auf und scheuchte sie ein gutes Stück weiter, denn plötzlich hatte sich die Warteschlange beinahe halbiert.

***

Als Lilly nach einem letzten Winken im Schulhaus verschwand, schloss Max kurz die Augen. Irgendwie war er immer noch müde. Aber sie hatte ihn ja auch mitten im Traum geweckt. Nach einem tiefen Atemzug, öffnete er die Augen wieder und machte sich auf den Rückweg. Die Möglichkeit sich Zuhause wieder die Decke über den Kopf zuziehen und sich nicht mehr zu rühren, war unglaublich verlockend. Aber dann fiel ihm ein, dass Liz noch da sein könnte und er beschleunigte seine Schritte. Wenn sie schon losgefahren wäre, hatte sie ihm bestimmt eine Nachricht geschickt. Er griff in seine Hosentasche und griff ins Leere. Na toll, er hatte sein Smartphone in der Eile gar nicht eingesteckt.

Als er endlich Zuhause war, war nicht einmal Nick noch da. Aber immerhin war das dreckige Geschirr verschwunden und die Spülmaschine lief. Während er mit der einen Hand sein Mobiltelefon entsperrte, schaltete er mit der anderen Hand die Kaffeemaschine ein. Er war gerade dabei Liz eine liebevolle Nachricht zu schreiben, als es in seiner Hand zu vibrieren begann. In der Hoffnung, es wäre sie nahm er den Anruf sofort entgegen.

„Liz?", fragte er aufgeregt und hörte ein männliches Räuspern.

„Sorry Sportsfreund, hier ist Jerry", sagte ausgerechnet die Person, die Max heute am allerwenigsten hören und sprechen wollte. „Wer ist Liz? Deine Verlobte?"

Max zog es vor, mit Jerry nicht über die Frau seines Lebens zu reden. „Wie kann ich dir helfen?", erkundigte er sich stattdessen höflich, aber distanziert.

„Oh, oh, da hat wohl jemand letzte Nacht zu wenig geschlafen...", unkte Jerry und Max knurrte leise. Noch so ein Kommentar und er würde einfach auflegen.

„Ist ja gut, man wird ja wohl noch einen kleinen Scherz machen dürfen!", entgegnete Jerry und fuhr direkt fort. „Da du gestern so früh verschwunden bist, wollte ich dich zum Lunch einladen. Wir sind ja gar nicht zum Reden gekommen. Was hältst du von 13Uhr?"

„Sorry Jerry, ich kann nicht", blockte Max ab.

„Okay, kein Problem. Ich bin noch die nächsten Tage in der Stadt. Wir können uns auch morgen Abend im Pub treffen. Ich wollte sowieso mal sehen, ob alle Engländerinnen immer so..."

„Du hast mich falsch verstanden", unterbrach ihn Max. „Ich bin die ganzen nächsten Tage dicht mit Terminen."

„Ach komm schon, ein Feierabendbier wird doch drin sein!", antwortete Jerry für Max Empfinden ein wenig zu gut gelaunt. „Wir Männer brauchen doch auch unseren Spaß!"

„Möglich, aber wir zwei haben unterschiedliche Auffassungen von Spaß", gab Max kühl zurück.

„Was? Ist es wegen gestern Abend? Hat dir deine Süße etwa die Hölle heiß gemacht?!" Wieder lachte Jerry. „Kumpel, noch kannst du dir das mit der Ehe überlegen", ergänzte Jerry und Max schüttelte sich angewidert.

„Jerry, ich muss jetzt arbeiten. Mach's gut!" Entschlossen beendete Max das Gespräch. Wieso war er überhaupt mit diesem Typen mitgegangen, fragte er sich zum wiederholten Mal. Auch wenn er Liz heute früh nichts davon erzählt hatte, seit letzter Nacht grübelte er, was denn nur mit ihm los war. Warum auch immer, verhielt er sich anders als sonst. Es ging ja nicht nur um den Abend mit Jerry. Mittlerweile war ihm klargeworden, dass Liz Recht gehabt hatte, als sie sein Verhalten den Kwans gegenüber kritisiert hatte. Normalerweise hatte er doch kein Problem damit seine Meinung zu äußern und für sich, und auch für seine Familie, einzustehen. Nur irgendwann in den letzten Tagen hatte er angefangen, es allen Recht zu machen und dabei völlig aus den Augen verloren, was wirklich wichtig war.

Die Kaffeemaschine klickte, wie immer, wenn sie ihre Betriebstemperatur erreicht hatte und holte ihn damit zurück in den Tag. Er musste sich fertig machen, aber vorher würde er endlich Liz die Nachricht schreiben.

***

„Hey Babe, ich wollte dir nur kurz ein wundervolles Wochenende wünschen! Genieß die Zeit! Ich denke an dich, liebe dich und wir reden, wenn du wieder da bist! 10000 Küsse!"

Immer wieder und wieder las Liz seine Nachricht. Sie klang so... normal. Und sie hoffte, dass es wirklich nur das war. Eine ganz normale Auseinandersetzung auf dem Weg eine Familie zu werden. Aber irgendwie hatte sie sich mehr erhofft. Irgendeine große Geste...

‚Was für ein Quatsch‘, dachte sie. ‚Hollywood lässt grüßen.‘ Sie schüttelte über sich selbst den Kopf und sah aus dem Fenster. Auch wenn man nichts erkennen konnte, so schnell wie der Zug fuhr. Kein Vergleich zu der Reisegeschwindigkeit der deutschen Züge. Die Anzeigetafel zeigte, dass der Zug mit 320 Stundenkilometern durch die Landschaft raste. In einer Viertelstunde würden sie in Paris ankommen. Sie konnte es immer noch nicht glauben. Dieser ganze Trip war schon jetzt einfach unbeschreiblich. Nigel und Nora hatte Businessclass Tickets gekauft und so hatten sie nicht nur den versprochen Check-in-Champagner in der VIP-Lounge am Bahnhof bekommen, sondern auch noch einmal Frühstück in den gemütlichsten Sesseln, die sie je in einem Zug gesehen hatte. Nigel war sogar eingeschlafen und auch Nora war kurz davor. Deswegen hatte sie auch nach ihrem Handy gegriffen. Sollte sie ihm ebenfalls eine Nachricht schicken oder lieber anrufen, wenn sie angekommen waren? Am liebsten würde sie dieses klärende Gespräch sofort führen, aber das ging am Telefon und im Beisein der anderen eher schlecht. Außerdem wollte sie diesen Ausflug wirklich genießen.

Sie seufzte leise. In diesem Luxuszug zu sitzen, kam ihr unwirklich vor. Seit sie den Blog führte, war sie ja schon einige Male gereist, aber nie war der Kontrast zu ihrem eigentlichen Alltag größer gewesen als jetzt. Die verschwommene Landschaft draußen tat ihr übriges. Und so musste sie unwillkürlich an eine Figur aus einem verwunschenen Märchen denken. Kurz gab sie sich der Vorstellung hin, all ihre Probleme würden nicht existieren. Aber dann fiel ihr ein, dass gerade Märchen eine düstere Seite hatten und voll waren von bösen Hexen und schweren Prüfungen. Sie seufzte. So gesehen, bekam sie anscheinend doch noch eine

„Märchenhochzeit". Sie spürte, wie sie bei dem Gedanken ein schiefes Grinsen aufsetzte und fasste einen Entschluss. Sie würde sich jetzt zusammenreißen, schließlich vertraute sie doch auf die Liebe und dass immer nur das Beste auf sie wartete. Jeder Depp konnte positiv sein, wenn alles wunderbar lief. Aber über sich hinauswachsen, konnte man nur in herausfordernden Situationen. Und deswegen würde sie jetzt das beste Wochenende haben, das sie haben konnte. Jawohl!

Kapitel 13

„Max, entschuldige, wenn ich störe, aber da ist eine Journalistin am Telefon." Laura stand im Türrahmen zu seinem Büro.

Max sah sie angestrengt an. Obwohl er sich in Ruhe fertig gemacht hatte und entspannt zur Arbeit gefahren war, hatte er seit Stunden einen diffusen Kopfschmerz. Er hatte schon versucht ihn wegzutrinken, aber leider funktionierte das nicht.

„Sag ihr, ich melde mich Montag!", entgegnete er und rieb sie die Schläfen. Liz hatte nur kurz geantwortet, dass sie gleich in Paris ankommen würden und sie sich melden würde. Auch wenn sie heute früh gesagt hatte, dass sie ihn liebte, fühlte er immer noch die angespannte Stimmung zwischen ihnen. Am allerliebsten, würde er das sofort aus der Welt schaffen, aber sie hatte ein Recht auf dieses freie Wochenende voller Spaß und vor allem auf sein Vertrauen in sie und ihre Beziehung. Er seufzte leise. Sie fehlte ihm einfach.

„Sie sagt es sei dringend", intervenierte Laura.

„Ich habe Montag gesagt!", donnerte er auf einmal und Laura zuckte erschrocken zusammen. Max ging es nicht anders. Er erhob nie im Büro die Stimme. Mit zwanzig hatte er einen cholerischen Chef gehabt und hatte sich geschworen nie so zu werden.

„Entschuldige Laura!", beeilte er sich zu sagen. „Ich bin heute nicht ich selbst."

„Schon gut", antwortete sie, denn sie hatte bereits bemerkt, dass es ihm nicht gut ging. Schließlich arbeitete sie schon seit Jahren hier. „Kann ich dir was bringen? Einen Tee, was aus der Apotheke?"

„Das ist lieb. Tee wäre toll!" Er schenkte ihr ein müdes Lächeln. „Und sag bitte allen, ich bin nicht zu sprechen. Es sei denn es ist Lilly oder Liz oder es brennt", ergänzte er und versuchte sich an einem Grinsen.

„Wird gemacht!" Laura sah ihn aufmunternd an und zog die Tür hinter sich zu. Sie hatten noch eine Packung dieser Schokokekse, die er so mochte. Davon würde sie ihm welche zum Tee bringen. Die änderten zwar bestimmt nichts an der Ursache, dass es Max nicht gut ging. Aber es linderte vielleicht etwas den „Schmerz".

***

„Weißt du eigentlich wie diese Lena aussieht?", erkundigte sich Nigel leise und schlurfte müde neben seiner Schwester den Bahnsteig entlang. Erst kurz vor Paris war er auf einmal eingenickt und fühlte sich jetzt schwer wie Blei. Die Wirkung des Kaffees, den Liz ihm gemacht hatte, war längst verschwunden.

„Wir haben Fotos getauscht", antwortete Nora deutlich munterer, aber ebenso leise. Dass ihre beste Freundin mit von der Partie sein würde, hatten sie Liz noch nicht verraten.

„Warum mussten wir nochmal so früh los?", grummelte Nigel in seinen nicht vorhandenen Bart.

„Bist du etwa müde? Du hast doch eben geschlafen!", wunderte sich Nora.

Er warf ihr zur Antwort lediglich einen mörderischen Blick zu. Selbst ein Luxussessel im Zug war ja wohl kaum mit seinem gemütlichen Boxspringbett auf Gracewood vergleichbar.

Bevor Nora etwas sagen konnte, rief Liz von hinten: „Ich kann es kaum glauben! Wir sind in Paris!"

Die Geschwister sahen sich an und tauschten ein Lächeln, bevor sie sich zu Liz umdrehten, die beschwingt hinter ihnen herlief.

„Es wird das beste Wochenende, das du je erlebt hast! Versprochen!", erklärte Nora und zu Nigel sagte sie: „Wir besorgen dir einen Café au lait und dann sieht die Welt schon ganz anders aus."

„Und ein pain au chocolate", verlangte Nigel. „Die Diät hat Pause!"

„Wie sollte es auch anders sein", gab Nora gut gelaunt zurück. „Wir treffen uns mit ihr sowieso bei „PAUL" im Erdgeschoss. Schließlich kommt ihr Zug dreizehn Minuten nach unserem an", ergänzte sie leise und er nickte.

Liz hatte sich staunend umgesehen und bereits die wunderbare Architektur bewundert. Auch wenn es nur ein Bahnhof war, glaubte sie bereits die besondere Pariser Atmosphäre zu spüren. Sie hatten das Ende des Bahnsteigs erreicht und die Geschwister steuerten zielsicher einen Bäckerstand an und Liz zog verwundert eine Augenbraue hoch. Wollten sie etwa schon wieder etwas essen? Sie selbst war noch satt von dem exquisiten Frühstück, das ihnen im Zug serviert worden war.

„Kaffee ist wirklich ein Geschenk der Götter!", seufzte Nigel und roch genüsslich an seinem Café au lait.

„Sagt man das nicht über Kakao?", überlegte Liz während sie eine kurze Nachricht an Max schrieb.

„Den habe ich hier ja auch!", antwortete Nigel und hielt triumphierend sein Schokoladencroissant in die Höhe, was Liz mit einem Lachen quittierte.

„Willst du wirklich nichts?", erkundigte sich Nora noch einmal bevor sie bezahlte.

„Nein, danke!" Liz schüttelte den Kopf und ließ den Blick schweifen. Sie hatte immer gedacht, es sei ein Klischee, aber jede zweite Frau, die an ihnen vorbeilief strahlte eine elegante Nonchalance aus, die sie nicht wirklich greifen konnte. Nichts an ihnen wirkte bemüht oder aufgesetzt, eigentlich waren einige sogar eher nachlässig gekleidet und doch waren sie unglaublich schön.

„Sie wartet wahrscheinlich auf die richtig guten Sachen", vermutete Nigel, bevor er von seinem Gebäck abbiss.

„Ich freue mich auch schon auf die Macarons von Pierre Hermé!", gab Nora zu und trank ebenfalls dankbar einen Schluck von ihrem Espresso. Zuviel Milch vertrug sie einfach nicht und sie hatte schon einen Latte Macchiato bei Liz getrunken.

„Blair Waldorfs Lieblingsmacarons? Au ja, die probiere ich auch!", antwortete Liz und ließ weiter den Blick schweifen. „Ich dachte ja immer es sei ein Klischee, aber die Pariserinnen sehen tatsächlich...", begann sie ihren Gedanken auszusprechen und geriet ins Stocken. Die dort, die ihr so fröhlich entgegen kam, sah aus wie Lena. Wie ihre beste Freundin Lena. Sie öffnete den Mund, um Nigel und Nora darauf aufmerksam zu machen, schließlich kannten sie sie nicht, aber es kam nur ein aufgeregtes Quieken aus ihr heraus. DAS WAR LENA! Mit einem freudigen Aufschrei stürzte sie auf ihre Freundin zu und fiel ihr um den Hals.

„Du bist hier!", rief sie und bemerkte ihre Freudentränen kaum, die ihr über die Wangen liefen, während sie Lena drückte und nicht mehr losließ. „Ich kann's nicht glauben! Du bist hier!"

„Wo sollte ich sonst sein?", entgegnete Lena lachend und erwiderte die Umarmung. „Ich lasse mir doch nicht den JGA meiner Lieblingsbraut entgehen!"

„Ich freu mich so!" Liz drehte sich zu den Geschwistern um und strahlte sie an. „Danke! Danke! Danke!" Dann fiel ihr etwas ein und sie drehte sich erschrocken zu Lena um. „Bist du etwa mitten in der Nacht aufgestanden?"

„Quatsch! Ich habe bei meiner Cousine in Köln geschlafen und im Zug. Mach dir keine Sorgen", winkte Lena ab. Dann wandte sie sich an Nora und Nigel. „Hallo ihr Zwei! Schön, euch endlich persönlich kennenzulernen." Lena ging einen Schritt auf sie zu und drückte beide. Schließlich hatte Liz so viel von den Geschwistern erzählt, dass sie ihr bereits sehr vertraut waren.

„Die Freude ist ganz meinerseits", erwiderte Nigel galant.

„Hallo Lena! Ich freu mich auch. Vor allem, dass das so gut geklappt hat!", antwortete Nora. „Willst du noch einen Kaffee oder etwas zu essen?"

„Das kommt darauf an, was der Plan ist."

„Der Plan ist", begann Nigel dramatisch und Liz beugte sich neugierig vor. „Dass wir als allererstes unser Quartier beziehen, um die Koffer loszuwerden", fuhr er fort.

„Je nachdem wie fit ihr seid, können wir uns erst etwas ausruhen oder die Stadt erkunden, bevor wir um 19 Uhr essen gehen, in einem der tollsten Restaurants von ganz Paris!"

„Ich bin eindeutig für den Erkundungstrip!", erklärte Liz und Lena nickte zustimmend.

„Na dann!" Nora machte eine auffordernde Handbewegung. „Lasst das Wochenende beginnen!"

***

Eleonore hielt sich im Hintergrund und beobachtete, wie ihr Mann mit der Journalistin sprach. Sie sollte einen Artikel schreiben, der aufzeigte, dass es unmöglich war ein Kind angemessen aufzuziehen und zu fördern, wenn beide Eltern als selbständige Unternehmer arbeiteten. Besonders gefährdet seien natürlich Kinder, die in sogenannten Patchworkfamilien aufwuchsen. Das Ziel war, so viel Zwietracht wie möglich zwischen Max und dieser Bloggerin säen und ihnen Selbstzweifel einpflanzen. Selbstverständlich würde dieser Artikel ihren eigenen Argumenten den nötigen wissenschaftlichen Rahmen geben, sodass Max sich gezwungen sehen würde, Lillys Erziehung in ihre Hände zu geben. Eigentlich sollte sie höchst zufrieden sein, dass Peter nun endlich eingesehen hatte, dass sie etwas unternehmen mussten, aber mit einem Mal hatte Eleonore einen schalen Geschmack im Mund. Ihr fiel ein Satz ein, den Diana einmal zu ihr gesagt hatte. „Es ist immer gut, mal etwas anderes zu machen." Damals hatte sie es anmaßend gefunden, denn schon als kleines Kind war ihr beigebracht worden die Traditionen zu ehren. Natürlich hatten sie sich damals gestritten. Es war ihr letzter Streit gewesen. Eleonore hatte ihr vorgehalten, dass noch niemand in der Familie Medizin studiert hatte. Die Kwans und ihre Angehörigen waren alle Unternehmer oder Anwälte. Einige waren Technikexperten, die ihr Genie in die Firmen der Familie einbrachten. Aber Medizin oder irgendetwas Ähnliches hatte noch niemand studiert. Wenn ihre Tochter Künstlerin hätte werden wollen, hätte sie das ja noch irgendwie verstehen können, aber an alten, kranken, schmutzigen Menschen rumzudoktern?! Und dann auch noch in Europa! Es hatte sie geschüttelt und das hatte sie Diana auch zu verstehen gegeben. Das und noch mehr. Sie erinnerte sich nicht mehr an jedes ihrer Worte. Aber den Blick, den ihr einziges Kind ihr zugeworfen hatte, den würde sie nie vergessen. Sie hatte sich entblößt gefühlt, als hätte Diana bis auf ihre Seele geblickt und dort etwas gesehen, was sie sich selbst nicht traute anzuschauen. Ehrliches Mitgefühl hatte in Dianas Gesicht gestanden und dann hatte sie sanft diesen Satz gesagt. „Es ist immer gut, mal etwas anderes zu machen."

Danach hatten sie nie wieder so sehr gestritten. Bevor es eskalieren konnte, hatte Diana immer genickt und die Unterredung abgebrochen.

Erst jetzt fiel ihr auf, dass Diana seitdem nicht nur ihre eigenen Entscheidungen getroffen hatte, ohne auf ihre Vorstellungen und Wünsche einzugehen. Ab diesem Moment war Diana die Zuneigung und Anerkennung ihrer Eltern nicht mehr wichtig gewesen. Das war der Tag gewesen, als sie ihre Tochter verloren hatte. Nicht Max oder der Unfall hatten ihr die Tochter entrissen, das war sie selbst gewesen. Diese Erkenntnis kam so plötzlich und schmerzte so sehr, dass sie beinahe laut aufgeschluchzt hätte.

Tränen stiegen in ihr auf und blieben an ihren Wimpern hängen. Wie durch einen Schleier sah sie wie Peter die Zerstörung eines weiteren Lebens plante und plötzlich bekamen die Mauern um ihr Herz Risse. Feine Verästelungen entstanden, durch die ein wundervolles weißgoldenes Licht aus ihrem Herzen in sie hineinströmte. Als Peter den Telefonhörer auf das altmodische Hoteltelefon legte, war es, als sprengte dieses Geräusch die Mauern, die sie vor vielen Jahren, als sie noch ein kleines Mädchen gewesen war, errichtet hatte.

Eleonore fühlte das Licht, spürte wie sie selbst größer wurde, über sich hinaus wuchs. Ungläubig sah sie auf ihre Hände. Aber die sahen genauso aus, wie immer und doch wusste sie mit Gewissheit, etwas war geschehen, das sich nicht mehr rückgängig machen ließ und sie zum Handeln zwang.

***

„Eure Großmutter hatte eine Wohnung in Paris? In diesem Haus?", überrascht sah Liz an der prachtvollen Fassade eines typischen Pariser Altbaus hinauf. Nur dass dieses Haus im quirligen Marais stand. „Gebt es zu! Ihr habt ein Appartement bei Air BnB gebucht."

„Warum sollten wir dich anlügen, Lizzie?", erkundigte sich Nigel und tippte den Zugangscode ein. Ein leises Summen ertönte und Nora stieß die schwere Holztür auf. Kaum waren sie eingetreten, tauchte eine ältere Frau mit missmutigem Gesichtsausdruck vor ihnen auf. Lena und Liz sogen überrascht die Luft ein. Die Geschwister hingegen schienen nicht im Mindesten erschrocken.

„Bonjour Madame Durand", sagte Nigel dann auch. „Comment allez-vous?"

Es folgte ein wahrer Schwall grummliger Worte, bei denen Liz mit ihrem Schulfranzösisch beim besten Willen nicht mitkam. Trotz des unwirschem Gesichtsausdrucks und der vielen Ähms schien alles in Ordnung zu sein und so bedankte sich Nigel mit einem strahlenden Lächeln von der Concierge. „Merci beaucoup Madame Durand. Nous restons jusqu'à dimanche", sagte er und bedeutete ihnen ihm zu folgen.

Merci" und „Au revoir" murmelnd liefen sie ihm hinterher durch eine weitere raumhohe, kunstvoll gestaltete Tür und standen plötzlich vor dem kleinsten Fahrstuhl, den Liz jemals gesehen hatte. Wenn Nigel nicht davor stehen geblieben wäre, hätte sie ihn niemals wahrgenommen. Er war nachträglich in das Treppenhaus eingebaut worden. Als sie den Blick nach oben wandern ließ, sah sie, dass die winzige Kabine tatsächlich in der Mitte des Treppengeländers nach oben fuhr.

„Was ist los? Wieso geht's nicht weiter?", erkundigte sich Lena, die hinter ihnen war und mit der automatisch zufallenden Tür kämpfte.

„Wir warten auf den Fahrstuhl", informierte Nigel sie.

„Nigel wartet", berichtigte Nora und wandte sich nach rechts, um die Treppe zu nehmen.

Automatisch folgte Liz ihr, denn egal wie, sie würden niemals alle in den Aufzug passen. Erst recht nicht...

„Mit dem Koffer?", fragte Nigel entgeistert. „Bis in den fünften Stock?"

„Ich werde nicht warten, bis wir alle nacheinander nach oben gefahren sind. Das ist doch albern!", erklärte Nora und Liz begann zu grinsen. Die Vorstellung wie eine Entenfamilie hinter einander den Aufzug zu benutzen, war schon komisch.

„Also ich laufe nicht!", antwortete Nigel bestimmt, aber Nora schnaubte nur: „Das war ja klar."

In diesem Moment machte es pling. Der Fahrstuhl war angekommen und er war entzückend. Wundervolle, schmiedeeiserne Blätterranken und Blüten bildeten die Kabine.

„Wie wäre es, wenn Nigel mit unseren Koffern nach oben fährt?", schlug Lena vor. „Das müsste doch passen!"

„Lena, das ist eine prima Idee!", rief Nora. Mit einem Satz stand sie wieder neben ihnen, riss die vordere Tür auf und schubste ihren Bruder samt seinem Koffer hinein. Ehe er sich versah, standen die drei anderen Trolleys auf seinem Koffer und versperrten ihm die Sicht. „Danke, Bruderherz!", flötete sie, drückte den richtigen Knopf und zog die Kabinentür zu.

„Hallo?! Was soll das?", beschwerte sich Nigel, aber schon setzte sich der Fahrstuhl ruckelnd und stöhnend in Bewegung.

„Du wolltest doch den Aufzug nehmen", entgegnete Nora und begann schwungvoll mit dem Aufstieg. Sie nahm immer zwei Stufen auf einmal und war damit genauso schnell, wie der Fahrstuhl, der aussah, als könnte er nicht noch langsamer fahren. Lena und Liz folgten ihr und vermieden es dabei tunlichst sich anzusehen. Sie wussten, sie würden sonst lauthals in Gelächter ausbrechen und nicht mehr aufhören können. Nigels überraschter Gesichtsausdruck hatte einfach zu komisch ausgesehen. Liz biss sich sogar auf die Lippe.

Im Fahrstuhl verdrehte Nigel genervt die Augen. Das war wieder typisch! Aber mit ihm konnte man es ja machen. Es war so eng in der Kabine, dass Lenas Koffer direkt vor seinem Gesicht stand. „Aber ich sehe gar nichts mehr!", entfuhr es ihm vorwurfsvoll.

„Dafür sehen wir dich", antwortete Nora trocken und Lena begann zu kichern. Auch Liz entfuhr ein Prusten, denn auch sie sah aus den Augenwinkeln wie die Kabine sich schaukelnd nach oben kämpfte. Schnell biss sie sich wieder auf die Lippe.

In diesem Moment machte der Aufzug wieder einen Ruck und mit einem Mal fielen ihm die Koffer entgegen und schubsten ihn gegen das Metallgitter, dessen Verzierungen sich schmerzhaft in seinen Rücken bohrten.

„Ah! Ich krieg keine Luft mehr!", rief er erschreckt. Aber Nora erwiderte nur mitleidlos: „Sei nicht so ein Weichei! Das ist ein Aufzug aus Metall, der ist offen."

Da prusteten die Freundinnen endgültig los. Liz und Lena lachten bis ihnen die Tränen kamen. Irgendwo zwischen dem dritten und fünften Stockwerk (Wer konnte dabei noch Etagen zählen?) mussten sie sich sogar einen Moment hinsetzen.

Nora hingegen kam tatsächlich gleichzeitig mit Nigel an und befreite ihn.

„Vielen Dank!", sagte Nigel patzig, als er endlich auf den Hausflur trat.

„Da siehst du mal, wie nett ich bin! Ich habe mich extra beeilt. Schließlich wollte ich nicht, dass jemand unten aufs Knöpfchen drückt und du den ganzen Weg noch einmal, nein zweimal fahren musst", entgegnete

Nora zuvorkommend. Liz und Lena, die sich inzwischen einigermaßen beruhigt hatten und nur noch ein paar Stufen von ihnen entfernt waren, wieherten wieder los.

„Manchmal weiß ich wirklich nicht, warum ich euch alle eigentlich so liebe und unterstütze", erklärte Nigel steif und sah Nora vorwurfsvoll an. „So oft, wir ihr euch auf meine Kosten amüsiert."

„Nun, sei nicht beleidigt!", gab Nora ohne jegliches Schamgefühl zurück. „Du wolltest doch nicht laufen."

Und mit einem Mal tat Nigel Liz leid. Er hatte ja nicht unrecht, sie kicherten wirklich häufig über ihn und seine manchmal tollpatschige Art. Sie nahm sich vor, ihm einmal ganz deutlich zu zeigen, wie wichtig er ihr war.

Nora unterdessen wedelte ungeduldig mit der Hand. „Schließt du jetzt auf?"

Nigel warf seiner Schwester einen letzten vorwurfsvollen Blick zu, bevor er die Wohnungsschlüssel zückte. Keine Minute später öffnete er schwungvoll die Tür. „Bitte einzutreten", sagte er und warf Liz einen verschmitzten Blick zu. Er würde seiner Schwester in einer ruhigen Minute klarmachen, dass ihn das verletzte, aber jetzt wollte er dass Liz ein wundervolles Wochenende bekam. Deswegen hatte er Madame Durand auch gebeten für sie ein paar Kleinigkeiten einzukaufen und auch frische Blumen zu besorgen. Er sah auf den ersten Blick, dass sie nicht zu viel versprochen hatte. Bereits auf dem kleinen Tischchen im Flur stand ein hübscher Strauß violetter und weißer Astern.

Nora lief zügig in die Wohnung, kickte nachlässig ihre Stiefeletten von den Füßen und stellte ihren Koffer bereits in das Zimmer, in dem sie immer schlief, wenn sie hier war. Liz und Lena folgten ihr deutlich langsamer. Staunend sahen sie sich um und

Nigel konnte es ihnen nicht verdenken, denn in Nanas Pariser Altbauwohnung schien die Zeit stillzustehen.

„Wow! Das ist ja wie...", begann Liz drehte sich langsam um sich selbst. „in ‚der große Gatsby'!", beendete Lena den Satz.

„Ich wollte eigentlich sagen, wie in einem Märchen. Aber das trifft es auch."

Am gegenüberliegenden Ende des Flurs hing ein prunkvoller Spiegel, dessen goldener Rahmen sich kontrastreich von den petrolfarbenden Wänden abhob und wundervoll mit dem honiggoldenen Parkett harmonisierte. Unzählige Bilder, gemalte Portraits und Landschaften, Fotografien und Kohleskizzen, Kerzenleuchter und sogar eine Violine hingen an den Wänden rechts und links von ihnen. Liz wusste nicht, wo sie zuerst hinschauen sollte. Neben dem kleinen Tischchen, auf dem Nigel den Schlüsselbund ablegte, entdeckte sie sogar einen Hocker in Form eines indischen Elefanten.

**

In London stand Max am Fenster seines Büros und sah hinaus in den Regen. Seit Liz abgefahren war, regnete es ununterbrochen. Es war beinahe so als vermisste selbst die Stadt die Frau seines Lebens. Ihre Nachricht war deutlich kürzer, als normalerweise und hatte daher seine Unruhe nur wenig gedämpft. Am liebsten würde er sich sofort in den Flieger oder auch Zug setzen, um zu ihr fahren und das klärende Gespräch sofort hinter sich zu bringen. Und vor allem sehnte er sich danach sie in den Arm zu nehmen und nie wieder loszulassen.

Als es vorsichtig an seiner Tür klopfte, murmelte er nur undeutlich ein „Herein."

„Max? Die Journalistin ist da." Laura stand in der Tür uns sah ihn fragend an. Ihr Boss war wirkte zwar

199

nicht mehr so verkniffen, scheinbar hatte der Tee ein wenig geholfen, aber in Topform war er noch immer nicht. Ob sie sich Sorgen machen musste?

„Wie, sie ist da? Hat sie gesagt, was sie will?", erkundigte er sich überrascht.

„Sie schreibt an einem Artikel über die Auswirkungen des Brexit auf die mittelständischen Unternehmen der Digitalbranche", antwortete Laura.

Max seufzte. Normalerweise würde er sich über das Interesse der Presse sehr freuen, aber so wie er sich jetzt fühlte, würde es ein großer Kraftakt werden, den erfolgreichen Unternehmen zu mimen. Bevor er sich zu einer Antwort durchgerungen hatte, schob sich die Journalistin an Laura vorbei und in sein Büro. Sie lächelte und streckte ihm die Hand hin.

„Bitte entschuldigen Sie den Überfall Mr. Thompson. Mein Name ist Celine Monroe, ich war gerade in der Gegend und dachte, ich versuch einfach mal mein Glück. Wenn Sie keine Zeit haben, gehe ich wieder."

Max musterte sie irritiert. Sie war unglaublich jung. Er konnte sich kaum vorstellen, dass sie bereits die Uni abgeschlossen hatte.

„Für welche Zeitung sagten Sie, schreiben Sie?", erkundigte er sich, noch immer wenig angetan.

„Ein neues Onlinemagazin. Hier ist meine Karte." Sie trat noch einen Schritt näher und stand damit endgültig im Raum.

Er musterte sie mit zusammengezogenen Augenbrauen und blitzenden Augen, aber sie ließ sich davon nicht einschüchtern. Im Gegenteil, selbstbewusst lächelte sie ihn an und seine Abwehr schmolz dahin, denn auf einmal sah sie aus wie eine ältere Version seiner Tochter.

„Gut, wenn Sie schon mal da sind", brummelte er und sah auf die Uhr. „In 45 Minuten habe ich einen Termin." Es brachte ja nichts, wenn er sich weiter in

Selbstmitleid und Liebeskummer suhlte. Schließlich trug er Verantwortung. Viele Menschen verließen sich auf ihn, also konnte er jetzt auch dieses Interview machen, wer wusste schon, wozu es noch gut sein könnte.

„Super! Danke! Das reicht völlig!" Sie freute sich so sehr, dass es aussah als wollte sie in die Luft springen.

Max musste sich ein Schmunzeln verkneifen und wandte sich an seine Assistentin. „Laura, bitte bring uns einen Tee."

„Selbstverständlich", antwortete sie knapp und drehte sich auf dem Absatz um. Sie wusste nicht wieso, aber sie konnte dieses junge Ding nicht leiden. Irgendetwas stimmte nicht mit der und es ärgerte sie, dass es ihr nicht gelungen war, sie abzuwimmeln.

Max runzelte kurz die Stirn. Für eine Sekunde fragte er sich, ob Laura sauer war, dass er sie vorhin angefahren hatte, aber dann wandte er sich an die junge Frau. „Setzen wir uns doch", sagte er und wies auf die Sitzgruppe gegenüber vom Schreibtisch.

„Vielen Dank! Ich weiß es zu schätzen, dass Sie sich die Zeit nehmen", sagte sie, aber er winkte ab.

„Wo sie schon mal da sind. Also, was möchten Sie wissen?"

***

Entschlossen stand Eleonore auf. Sie musste es jetzt tun, bevor es zu spät war. Nur, wo fing sie an?

„Wo willst du hin?", fragte Peter plötzlich.

„Ich habe noch einen Termin", antwortete sie und hoffte, er hatte nicht bemerkt, dass er sie erschreckt hatte. „Bei einem Dermatologen. Ich habe dir davon erzählt", log sie.

„Hattest du?", fragte er stirnrunzelnd.

„Wie auch immer", gab sie achselzuckend zurück und zwang sich zu einem sanften Blick. „Ich muss jetzt los. Bis nachher!" Sie nickte kurz und ging nach nebenan, um ihre Tasche und ihren Mantel zu holen.

Als sie aus dem Hotelfoyer trat, befahl sie dem Portier: „Rufen Sie mir ein Taxi! Ich habe es eilig!"

***

„Ich stehe hier nie wieder auf", seufzte Lena und ließ sich noch tiefer in den überraschend bequemen Sessel rutschen. „Ich hab ja immer gedacht, alte Möbel seien unbequem."

„Wie bitte?" Nigel schaute Lena an. Nora und er kamen gerade aus der Küche zurück, wo sie die Köstlichkeiten, die Madame Durand besorgt hatte, aus dem Kühlschrank geholt hatten.

„Hmm?", machte Lena und sah ihn fragend an und Liz musste lachen. Je länger sie mit den dreien zusammen war, desto unbeschwerter fühlte sie sich. London, die Kwans und das ganze Hochzeitsdrama waren unglaublich weit weg. Bevor die Vor- und Nachteile von Antiquitäten weiter erörtert werden konnten, reichte Nora jedem ein Glas Champagner. Nigel stellte eine Platte mit Baguette, verschiedenen Käse, Weintrauben und sogar dunkler Schokolade auf den kleinen Tisch zwischen den Sesseln.

„Das sieht ja wundervoll aus!", freute sich Liz und griff beherzt zu. Jetzt hatte sie auch wieder Hunger. Sie stopfte sich gerade ein Baguette mit irgendeinen köstlichen Aufstrich in den Mund, als Lena meinte:

„So Süße, jetzt erzähl doch mal! Was macht die Hochzeitsplanung? Verrätst du uns endlich wie das Kleid aussieht?"

Liz gute Laune sank in sich zusammen. Sie spürte sogar, wie ihr alles Blut aus dem Gesicht wich.

„Lizzie, was ist passiert?" Erschrocken war Lena aus dem Sessel gesprungen und vor Liz auf die Knie gesunken. „Süße, was ist denn los?", fragte sie und griff nach ihrer Hand.

„Nichts!", nuschelte Liz und versuchte den großen Happen hinunter zu schlucken.

„Wem willst du etwas vormachen?!" Lena sah sie skeptisch an. „Ich kenne vielleicht nicht viele Bräute, aber ich kenne dich. Überglücklich siehst du anders aus."

„Ist es immer noch wegen der Kwans?", wollte jetzt auch Nigel wissen.

„Welche Kwans?", fragte Lena verwirrt und Nora rief gleichzeitig aus: „Dianas Eltern?!"

Wenn die ganze Geschichte nicht so verwirrend wäre, hätte Liz beinahe lachen können. So schluckte sie nun endlich das Baguette hinunter und bemühte sich um eine feste Stimme. „Ach, es ist einfach alles ein bisschen viel." Sie sah Lena an. „Ich hatte dir ja schon erzählt, dass meine Großeltern jetzt wohl doch nicht kommen. Dann sind Max ekelhafte, manipulative Ex-Schwiegereltern aufgetaucht und dann..." Sie holte tief Luft. „Haben wir uns auch noch schlimm gestritten."

„Wer wir?", fragte Nora verwirrt.

„Max und ich", antwortete Liz kleinlaut.

„Ach so." Nora hob erleichtert ihr Glas und trank einen großen Schluck.

Liz und Lena sahen sich verwirrt an, als auch Nigel seelenruhig begann sich eine Weintraube nach der anderen in den Mund zu stecken.

„Sich vor der Hochzeit zu streiten ist ganz normal", fuhr Nora fort, bevor Liz beunruhigt nachhaken konnte. „Tim und ich hätten uns beinahe wieder getrennt, weil seine Schwester mich fast wahnsinnig gemacht hat, die doofe Kuh!"

„Oh ja, ich erinnere mich!", bestätigte Nigel und schauderte. Dann sah er Liz warm an. „Lizzie, auch Arthur und ich haben uns damals fast jeden Tag in den Haaren gehabt. Es war schrecklich!", sagte er und musste dennoch kichern. „Wegen allem und jedem. Ich wollte eine riesengroße Party, aber ihm war wichtig, dass wir wirklich das machen, was uns als Paar entspricht. Das habe ich damals gar nicht verstanden."

Liz holte tief Luft und versuchte selbstsicherer zu klingen, als sie sich fühlte. „Na, wenn ihr das sagt wird es wohl nicht so schlimm sein." Sie versuchte ein lakonisches Lächeln aufzusetzen und scheiterte grandios, denn plötzlich schossen ihr Tränen in die Augen.

Erschrocken sahen sich die drei an. Lena drückte Liz Hand, die sie noch immer hielt, während Nigel aufstand und sich auf die Armlehne von Liz Sessel setzte.

„Ach Liebes, was ist denn passiert?", fragte er und legte seinen Arm um sie.

„Es war einfach alles zu viel in letzter Zeit", schniefte Liz an seiner Seite. Auch wenn sie nicht im Streit abgefahren war, zerrte diese ungeklärte Situation an ihren Nerven. Sie hob den Blick und sah die drei an. „Entschuldigt. Ich bin echt eine Nuss, da fahren wir extra nach Paris und ich heule nur rum!"

„Ach was, mach dir mal darum keinen Kopf!", winkte Nora ab und reichte ihr ein Taschentuch.

„Süße, willst du nicht der Reihe nach erzählen?", bat Lena.

***

„Entschuldigung, was sind denn das für Fragen?", erkundigte sich Max irritiert. „Ich denke, es geht in ihrem Artikel um die Auswirkungen des Brexit."

„Natürlich wird zu jedem Unternehmer auch ein persönliches Profil erstellt", erklärte die junge Journalistin.

„Und dazu gehören Fragen zu meinem Privatleben?" Max hob die Augenbrauen.

„Unsere Leser lieben das!", entgegnete Celine begeistert. „Dadurch können sie sich viel besser mit Ihnen verbinden, also identifizieren und..."

„Oh, das glaube ich", fuhr Max dazwischen und fasste einen Entschluss. Er würde auf seine Intuition vertrauen, denn sie hatte ihn noch nie im Stich gelassen. „Ms Monroe, ich denke, es ist besser, wenn wir das Interview an dieser Stelle abbrechen."

„Moment mal! Sie können da jetzt nicht rein!" Laura sprang von ihrem Bürostuhl auf und stellte sich der elegant gekleideten Frau in den Weg. „Mister Thompson ist in einem Interview."

„Ich kann und ich werde", antwortete Eleonore befehlsgewohnt und setzte ihren herablassendsten Blick auf. „Glauben Sie mir, wenn Ihnen Ihr Job lieb ist, treten Sie zur Seite."

Laura zögerte. Max hatte eigentlich nie unangekündigte Besucher, irgendetwas lag eindeutig in der Luft. Schließlich war er selbst ganz anders als sonst.

„Sofort", knallte Eleonores Stimme, so dass Laura zusammenzuckte. Sie trat beiseite. Sollte ihr Chef sich doch mit diesen merkwürdigen Damen herumschlagen. Sie öffnete die Tür.

„Entschuldige Max, hier ist...", weiter kam sie nicht, denn Eleonore schob sie einfach beiseite und trat ein.

„Eleonore, was tust du denn hier? Möchtest du nicht einen Moment draußen warten. Wir sind gleich fertig", schlug er vor.

„Nein, möchte ich nicht", antwortete sie. Dann drehte sie sich zu Laura um. „Sie können gehen. Wir kommen zurecht", befahl sie.

Wieder zuckte Laura zusammen und zog, nach einem Nicken von Max, die Tür wieder zu. Draußen schüttelte sie den Kopf. Woher kannte Max bloß diese Schreckschraube?

„Gib mir das Handy!", wandte sich Eleonore an die Journalistin, sobald die Tür geschlossen war.

„Eleonore, was soll das?", verlangte Max zu wissen und stand auf. „Du kannst nicht einfach in mein Büro stürmen und..."

„Maxwell, ich bitte dich. Ich habe keine Zeit für Erklärungen. Du musst mir einfach vertrauen." Sie sah ihn eindringlich an, aber er schnaubte nur.

„Warum sollte ich? Seitdem du hier bist, läuft nichts mehr so, wie es soll", entgegnete er.

„Wenn du willst, dass sich alles wieder einrenkt, dann bleibt dir keine andere Wahl als mir zu vertrauen", beschwor sie ihn.

„Ich bin durchaus in der Lage das selbst zu regeln, Eleonore", antwortete Max eisig.

„Das sehe ich", entgegnete Eleonore und warf ihm einen mitleidigen Blick zu. „Du bist einfach ein netter Mensch, Maxwell. Das warst du schon immer und das wird sich auch nie ändern. Ich kann verstehen, warum Diana dich so geliebt hat." Auf einmal fuhr sie zu der jungen Frau herum, die ebenfalls aufgestanden war. „Handy her. Jetzt."

„Ich denke nicht daran", erwiderte die Journalistin trotzig. Sie hatte ihre Aufzeichnungen zusammengerafft und eilig in ihre Tasche gestopft. Das Handy hielt sie fest in der Hand.

Eleonore ging auf sie zu und blieb dicht vor ihr stehen. Leise, so dass Max Mühe hatte sie zu verstehen, zischte sie: „Mein Mann ist ein Schoßhündchen gegen mich und wenn du nicht für den Rest deines Lebens Toiletten putzen willst, dann gibst du mir jetzt das Handy und all deine Notizen."

Max sah, wie Celine schluckte und im Zeitlupentempo die Hand ausstreckte.

„Braves Mädchen!", lobte Eleonore, als sie auch noch die Papiere zurück auf den niedrigen Tisch gelegt hatte. „Und nun verschwinde und sieh zu, dass das hier unter uns bleibt. Es ist in deinem eigenen Interesse."

„Aber... der Auftrag...", stammelte Celine und wirkte überhaupt nicht mehr wie die junge, taffe Journalistin, die Max bis eben gegenüber gesessen hat.

„Zerbrich dir darüber nicht den Kopf", wies Eleonore sie an. „Hast du die Datei kopiert oder versendet?"

„Nein!", kam es wie aus der Pistole geschossen. „Äh... weder noch."

„Bist du dir sicher?" Eleonore warf ihr einen ihrer berühmten, einschüchternden Blicke zu, aber die junge Frau blieb dabei. Heftig schüttelte sie den Kopf.

Eleonore nickte und begann in den Zetteln zu kramen. Die Journalistin war vergessen. Max stand einigermaßen fassungslos daneben. Eine dunkle Ahnung stieg in ihm auf, aber das konnte doch nicht wirklich sein, oder doch?! Er spürte wie die Wut, die bereits bei ihrem ersten Wiedersehen in ihm gebrodelt hatte, kurz davor war auszubrechen. Er beobachtete wie seine ehemalige Schwiegermutter sich die Papiere ansah. Die junge Frau verließ fluchtartig sein Büro. Kurz war er versucht sich einzureden, dass das Ganze nur ein nicht enden wollener Albtraum war. Aber nein, das hier geschah wirklich.

„Eleonore, wärst du bitte jetzt so freundlich, mir zu erklären, was das alles zu bedeuten hat?", presste er mühsam beherrscht hervor.

Eleonore hob den Kopf und sah ihn an. „Ich habe nicht viel Zeit, ich muss unsere Abreise vorbereiten..."

„Ihr reist ab? Ich dachte, ihr wollte unbedingt bei der Hochzeit dabei sein", unterbrach er sie.

„Nein, es ist besser wenn wir sofort nach Hongkong zurückkehren, sonst kommt es zu keiner Hochzeit."

„Wie bitte?" Max glaubte sich verhört zu haben.

„Maxwell." Sie trat einen Schritt näher und sah ihn eindringlich an. „Peters, und auch mein, Plan war es deine Hochzeit zu verhindern, damit wir dich leichter überzeugen können uns Lilly zu überlassen."

„Was?" Überrumpelt von dieser Neuigkeit trat er einen Schritt zurück. „Das... das wird niemals geschehen. Ich..." Er hielt einen Moment inne, um die Ungeheuerlichkeit der Nachricht zu verdauen. „Wieso hast du deine Meinung geändert?", verlangte er zu wissen und sah sie misstrauisch an. „Oder ist das nur ein weiterer Trick, um mich an der Nase herumzuführen?!" Abwehrend verschränkte er die Arme vor der Brust.

„Ich habe erkannt, dass es falsch ist, dich und Lilly um ihr Glück zu betrügen. Allerdings würde ich es immer noch gutheißen, wenn Lilly ihr Erbe als eine Kwan antritt, aber sie soll es selbst wollen", bekannte sie offen.

„Und dass soll ich dir glauben? Das du so aus dem Nichts heraus deine Meinung geändert hast?", warf er ihr entgegen. „Nachdem ihr mir eine manipulative Journalistin auf den Hals gehetzt habt und Liz und mich ganz bewusst entzweit habt. War der Abend mit Jerry etwa auch eure Idee?"

„Wer ist Jerry?", fragte Eleonore, winkte dann aber ab. „Auch egal." Sie holte tief Luft. „Ich weiß, es war nicht richtig. Aber der Verlust von Diana... Ich habe erst jetzt begriffen, dass ich sie schon viel früher verloren habe und dass ich dafür die Verantwortung trage. Weil ich zu stolz und unnachgiebig war. Ich will denselben Fehler nicht auch bei dem Kind machen." Sie ließ die Schultern hängen und Max kniff irritiert die Augen zusammen. So hatte er sie noch nie gesehen.

„Sie sieht aus wie Diana, findest du nicht?", fuhr Eleonore fort. „Max, es tut mir wirklich leid." Sie hob den Blick und sah ihm offen ins Gesicht.

„Ich weiß nicht, ob ich euch verzeihen kann. Ihr habt schreckliche Dinge getan!", antwortete er kühl.

„Ja, das haben wir und damit ist Schluss! Aber damit ich dieses Versprechen halten kann, muss ich jetzt los." Abwartend sah sie ihn an, aber seine Miene blieb verschlossen. „Mach's gut, Max", sagte sie leise, bevor sie ihre Haltung straffte und genauso selbstbewusst wie gewohnt sein Büro verließ.

Erst Minuten später sackte er in einem der Sessel in sich zusammen.

Kapitel 14

„Das war's", schloss Liz und lehnte sich erschöpft zurück. Sie hatte ihnen alles erzählt. „Danke! Aber ehrlich gesagt, hätte ich lieber ein Wasser", sagte sie, als Nora ihr ein frisches Glas Champagner reichte. Ohne zu zögern tauschte Nora die Sektflöte gegen eines der Wassergläser, die längst auf dem Tisch standen.

„Um deine Großeltern habe ich mich schon längst gekümmert!", verkündete derweil Lena.

„Was? Warum hast du denn nichts gesagt?" Ruckartig setzte sich Liz aufrecht hin und kleckerte dabei natürlich. „Mist!", fluchte sie und wischte auf ihrem Pullover rum.

„Es ist kein Rotwein", bemerkte Lena und reichte ihr ein Taschentuch.

„Lenk nicht vom Thema ab", gab Liz zurück und tupfte an der feuchten Stelle herum. „Was ist mit meinen Großeltern?"

„Es ist alles geklärt. Sie werden natürlich kommen. Ich konnte sie davon überzeugen, dass wir sowieso alle zusammen fliegen. Sie also nicht allein über die Flughäfen laufen und so weiter." Lena lächelte sie sehr selbstzufrieden an. „Ich konnte sogar deinen Opa überzeugen seine Strümpfe anzuziehen."

„Lena, du bist die Beste!" Liz beugte sich vor und drückte sie.

„Das macht man eben, wenn man seine beste Freundin schon sein ganzes Leben lang kennt", antwortete sie.

„Sooo lange kennt ihr euch?", bemerkte Nora. „Ich dachte, ihr habt euch auf der Uni getroffen."

„Nein!" Beide schüttelten den Kopf, als sie die Umarmung auflösten. „Wir sind zusammen aufgewachsen. Unsere Eltern sind Nachbarn", erzählte Liz.

„Das erklärt natürlich auch, warum du einfach so mit den Großeltern sprechen konntest", erkannte Nigel. „Ich habe mich schon gewundert."

„Ich war nicht nur dort!", verkündete Lena und zwinkerte.

„Wo denn noch?" Liz sah sie fragend an.

„Direkt danach habe ich deine Ma besucht, ihr von dem Erfolg bei deinen Großeltern berichtet. Dann habe ich ihr vorgeschwärmt wie gut Max zu dir ist und wie wundervoll es ist, dass du endlich die Beziehung bekommen hast, die du verdient hast. Ich habe ihr ins Gewissen geredet, dass sie sich gefälligst für dich freuen soll und dass es dein Leben und deine Entscheidungen sind und dass die rein gar nichts mit ihr zu tun haben."

„Und das hat sie sich einfach so angehört?" Liz zog die Augenbrauen hoch, schließlich ließ sich ihre Mutter nicht gern etwas von anderen Leuten sagen, egal wie lange sie die schon kennt.

„Sicher. Du weißt doch, dass sie mich liebt." Lena grinste. „Es könnte allerdings auch sein, dass die Eierlikörtorte einen kleinen Beitrag geleistet hat", fügte sie hinzu und alle mussten lachen.

„O Gott, jetzt musstest du meine Ma schon betrunken machen." Liz schüttelte ungläubig, aber auch sehr erleichtert den Kopf. Sie wusste zwar, dass ihre Mutter es immer noch schöner fände, wenn sie im selben Land leben würden, aber sie würde sich nun mit solchen Äußerungen zurückhalten. Zumindest bis nach der Hochzeit.

„Wenn's hilft", bemerkte Nigel lakonisch. „Mütter sind eben manchmal komisch."

„Warum siehst du dabei mich an?", erkundigte sich Nora interessiert, aber bevor Nigel irgendetwas antworten konnte, fuhr Lena dazwischen.

„Deine Familie wäre nun geklärt. Was ist mit diesen Kwans?"

„Ja, hat Max irgendwas gesagt, was sie eigentlich wollen", erkundigte sich auch Nigel.

„Nein, das ist ja das Merkwürdige daran! Ich habe keine Ahnung, was sich geändert haben soll! Wieso sie sich jetzt auf einmal für uns interessieren", brach es aus Liz heraus, aber Nigel hob nur eine Augenbraue.

„Oh Mann, bin ich blöd! Die Hochzeit...", erkannte sie.

„Aber wieso interessiert die das? Max ist doch Witwer. Sie haben mit ihm doch gar nichts mehr zu tun", wollte Lena wissen.

„Mit Max vielleicht nicht, aber mit Lilly", bemerkte Nora, die nun erkannte worauf Nigel hinaus wollte.

„Niemals! Sie interessieren sich kein bisschen für sie!" Liz schüttelte kategorisch den Kopf. „Sie melden sich nie! Und zum Geburtstag hat sie das unpersönlichste und unpassendste Geschenk bekommen, dass ich je gesehen habe!"

„Sie wollen ja auch gar keine Großeltern-Enkel-Beziehung zu ihr", erklärte Nigel. „Lilly ist für sie interessant, weil sie ihre direkte Erbin ist."

„WAS?" Liz riss die Augen auf. Daran hatte sie noch gar nicht gedacht.

„Shit", murmelte Nora. Lena nickte zustimmend.

„Sie brauchen natürlich jemanden, der die Firma übernimmt. Und wie immer möchten sie, dass sie in der Familie bleibt. Da gibt es nur eine Schwierigkeit, Lilly wächst nicht in Asien mit ihren Traditionen auf, sondern hier bei euch. Ich kann mich natürlich irren, aber mir fällt kein anderer Grund für ihr Verhalten ein."

„O mein Gott! Ich glaub, mir wird schlecht." Liz schlug sich erschrocken die Hand vor den Mund. „Sie wollten dass Max und ich uns streiten. Sie wollen die Hochzeit verhindern!", erkannte Liz. „Dann hat Max diesen Typen auch nicht zufällig getroffen."

„Vielleicht", antwortete Nigel. „Es ist doch schon sehr merkwürdig, dass ausgerechnet jetzt Jerry in London auftaucht und Max über den Weg läuft. Zumal Jerry hauptsächlich in Asien Geschäfte macht." Er schüttelte sich. „Ich konnte ihn noch nie leiden."

„Was machen wir denn jetzt? Immerhin HABEN Max und ich uns gestritten!" Liz sah fragend in die Runde.

„Das heißt, wir brauchen einen Plan!" Lena klatschte in die Hände.

„Ja!" Nigel sprang auf. „Aber erst mal hole ich noch eine Flasche Champagner. Diese hier ist alle!"

„Es ist doch eigentlich ganz einfach. Max und du, ihr müsst euch versöhnen und dann schlagen wir diese Kwans in die Flucht", erklärte Lena, als Nigel den Champagner einschenkte.

„Wenn es weiter nichts ist!" Liz lachte freudlos auf. Dann schüttelte sie entschlossen den Kopf. „Aber ohne mich! Ich meine, ich schaffe wirklich gern diesen Streit mit Max aus der Welt, aber..."

„Liz...", begann Lena, aber sie unterbrach sie.

„Nein! Ich mach das nicht! Vergesst es! Ich kann das nicht! Ich will diese Frau nie wieder sehen. Allein bei dem Gedanken wird mir ganz anders."

„Seit wann bist du feige?", warf Nora betont provokant ein.

Liz erstarrte kurz, dann zuckte sie betont lässig mit den Schultern. „Dann bin ich eben feige. Mir egal, aber mir reicht's. Schließlich sind es nicht meine Schwiegereltern. Soll er doch sehen, wie er damit zurecht kommt." Ja, sie war feige. Aber nur, weil Max Verhalten sie so verletzt hatte. Sie war sich einfach nicht mehr sicher, ob er sie wirklich noch heiraten wollte, ob er sie wirklich so sehr liebte, wie er immer behauptet hatte. Sie fragte sich, was all seine Versprechen wert waren? Hatte er nicht beteuert, dass er immer an ihrer Seite war? Aber gleich beim ersten Mal, als er für sie einstehen sollte, hatte er es nicht getan.

„Süße, du bist doch nicht allein! Wir sind alle bei dir. Und Max ist doch auch noch da." Tröstend legte Lena ihre Hand auf Liz Arm.

Liz sah sie an und ihre Augen fühlten sich mit Tränen. Schon wieder. Ärgerlich blinzelte sie sie weg. „Du bist die Beste", sagte sie und sah dann auch Nigel und Nora an. „Ihr seid die Besten! Ich freue mich unendlich, dass ihr da seid. Aber..." Sie schluckte mühsam.

„Aber was?", hakte Nigel alarmiert nach.

„Ich weiß einfach nicht, ob das auch noch für Max gilt." Sie hob abwehrend die Hand, als die Geschwister protestieren wollten. „Er hat, seitdem die Kwans angekommen sind,... So wie er sich verhalten hat, kenne ich ihn gar nicht. Was, wenn er so tatsächlich ist und ich es noch gerade rechtzeitig erkannt habe? Wenn er wirklich denkt, dass ich übertreibe und zu empfindlich bin oder das die Ehe mit mir..." Wieder schluckte sie den dicken Kloß hinunter, der sich in ihrem Hals gebildet hatte. „Eine Zumutung ist?"

Nigel und Nora sahen sich erschrocken an. Gleichzeitig riefen sie: „WAS?" und „Das glaubst du doch selbst nicht!"

„Das ist ja das Problem. Ich weiß überhaupt nicht, was ich noch glauben soll." Resigniert ließ sie den Kopf sinken. „Ich mein, es ist super dass ihr mich mit einem Junggesellinnenabschied überrascht habt und dass ihr mir mit den Kwans und meiner dusseligen Familie helfen wollt, aber was, wenn es überhaupt nicht nötig ist. Was, wenn Max und ich besser nicht heiraten sollen? Was, wenn hinter all diesen Geschehnissen eine höhere Botschaft steckt?"

„Jetzt reicht es aber!", protestierte Nigel lautstark. „Den Quatsch glaubst du doch nicht wirklich! Ihr Zwei gehört zusammen! Und Nora hat recht, seit wann lässt du dich so leicht einschüchtern?" Er wies mit dem Zeigefinger auf sie. „So kenne ich dich gar nicht."

„Aber...", versuchte Liz einzuwenden.

„Nix aber", unterbrach sie Nora. „Ihr habt euch einmal so richtig gestritten, na und?! Weißt du eigentlich, wie oft Tim und ich streiten? Oder wie oft bei unseren Eltern die Fetzen geflogen sind, vor allem als wir noch klein waren? Ich würde mir eher Sorgen machen, wenn ihr nicht mehr streiten würdet!"

„Genau!", bekräftigte Nigel und nickte heftig. „Du kennst doch Max, der frisst erst mal alles in sich rein und dann bricht es aus ihm raus."

„Nein!", rief Liz aus. „So kenne ich ihn eben nicht! Wir haben immer über alles offen geredet! Und dann hat er mich und unsere Vereinbarungen einfach so in den Wind geschlagen."

„Ja, weil sich jetzt eben immer mehr der Alltag einschleicht. Du hast viel zu tun und er hat viel zu tun und ihr habt weniger Zeit für euch und dann kamen die Kwans mit ihrem perfiden Plan und ...boom!" Nigel klatschte laut in die Hände.

„Süße, wir verstehen dich. Du bist verletzt und traurig, aber mach nicht den Fehler und verwechsel Max mit Sven", beschwor sie Lena.

„Lizzie, Max hat schon immer versucht stets das Richtige zu tun", ergänzte Nigel. „Er fühlt sich einfach oft verantwortlich für Dinge und Menschen, für die er gar nicht verantwortlich ist. Außerdem fällt es ihm schwer Menschen, vor allem wenn sie böse Absichten haben, zu durchschauen." Er holte tief Luft. „Weißt du, es hat Jahre gedauert, bis er mal so richtig wütend auf seine eigenen Eltern werden konnte. Er hat als

Junge immer wieder Entschuldigungen für sie und ihr Verhalten gefunden hat."

„Oh ja, es hat mich verrückt gemacht, wie er sie immer und immer wieder in Schutz genommen hat!", erinnerte sich Nora.

„Aber warum hat er das getan?", wollte Liz wissen.

„Na, um sich zu schützen", antwortete Lena. „Kinder reden sich alles Mögliche ein und entwickeln verschiedene Verhaltensmuster, um – im wahrsten Wortsinn – zu überleben. Schließlich sind sie abhängig von ihren Eltern."

Nigel warf ihr einen überraschten Blick zu. „Woher weißt du das?"

„Ihr glaubt also, ich übertreibe?", fragte Liz unsicher.

„Nein, wir glauben, du bist gerade nicht ganz du selbst und hast Angst. Und aus Angst trifft niemand gute Entscheidungen", entgegnete Nora liebevoll.

„Dem kann ich nur zustimmen!", sagte Nigel und auch Lena nickte.

Liz sah ihre drei Freunde nacheinander an. Sie hatten recht, das wusste sie. Schließlich hatte sie selbst doch ihr Leben der Liebe, als größter Kraft im Universum, verschrieben. Auf einmal erkannte sie, dass sie die ganze Zeit Max Vorwürfe gemacht hatte, dabei war auch sie eingeknickt. Sie hatte plötzlich nicht mehr darauf vertraut, dass immer das Gute siegt. Wie hatte sie das nur vergessen können? Selbst in Lillys Lieblingsfilm, deren Songs im Kinderzimmer in Dauerschleife liefen, erkannte Elsa, dass die Liebe stärker als alles andere ist.

„Und was soll ich jetzt tun?", fragte Liz und richtete sich ein wenig auf.

„Jetzt rufst du Max an und sprichst mit ihm!", bestimmte Nigel. „In so einer Stimmung können wir unmöglich deinen Junggesellenabschied feiern."

„Wie, jetzt? Er arbeitet doch bestimmt noch", gab sie zu Bedenken.

„Na und?", entgegnete Nora und Lena war sogar schon aufgesprungen, um Liz Smartphone aus deren Tasche zu holen.

In Liz brodelten die unterschiedlichsten Gefühle. Vorsichtig nahm sie Lena das Handy aus der Hand und hätte es beinahe fallengelassen, denn in diesem Moment begann es zu klingeln.

„Es ist Max", sagte sie nach einem Blick aufs Display.

„Siehst du!" Nigel drückte ihr Mut machend die Schulter, während die anderen sie nur auffordernd ansahen.

Mit einem tiefen Atemzug wischte sie übers Display und sagte: „Hallo?"

„Hey", sagte er und dann fuhr er schnell fort, so als hätte er Angst, sie könnte auflegen. „Du hattest recht. Du hattest mit allem recht! Sie sind durchtrieben und hinterhältig und schrecken wirklich vor nichts zurück. Es tut mir so leid..."

„Wovon redest du?", unterbrach sie ihn und runzelte die Stirn. Nora und Lena tranken direkt noch einen Schluck Champagner, als sie Liz angespanntes Gesicht sahen. Nigel hatte vor lauter Nervosität angefangen an seinen Nägeln zu kauen, was er sich eigentlich irgendwann in der Pubertät abgewöhnt hatte. Angestrengt versuchten die drei zu verstehen, was Max am anderen Ende sagte.

„Eleonore war eben hier."

„Eleonore war bei dir?", wiederholte Liz ungläubig und hörte wie die anderen überrascht nach Luft schnappten. Tonlos fragte sie: „Was ist passiert?" Und Max begann zu erzählen.

„Du hattest so recht. Ich weiß wirklich nicht, was in mich gefahren ist. Naja, doch schon. Ich habe versucht alle zufrieden zu stellen und alles richtig zu machen und habe dabei völlig aus den Augen verloren, um was es wirklich geht", kam er zum Ende seines Berichts.

Liz war irgendwann aus dem Zimmer gegangen, weil sie allein mit ihm hatte sprechen wollen. Jetzt saß sie in einem der Schlafzimmer auf einer sehr femininen Chaiselongue und wischte sich, bestimmt zum hundertsten Mal, die Tränen vom Gesicht. Das Taschentuch war schon längst unbrauchbar geworden und ein Neues hatte sie nicht.

„Ich habe uns aus den Augen verloren. Es tut mir so leid!" Er holte tief Luft. „Elizabeth, kannst du mir verzeihen?"

„Kannst du mir denn verzeihen?", fragte sie ihn mit zitternder Stimme. Je länger er gesprochen hatte, desto klarer war ihr geworden, dass auch sie Anteil an ihrem Streit gehabt hatte. Sie hatte ihm gar nicht richtig zugehört und nur das wahrgenommen, was zu den schlimmen Vorstellungen in ihrem Kopf gepasst hatte.

„Was soll ich...? Du hast doch gar nichts...", begann er stockend.

„Kannst du mir verzeihen, dass ich das Vertrauen verloren habe? Dass ich bei der ersten Herausforderung, die sich uns entgegenstellte, sofort angefangen habe zu zweifeln?" Schniefend holte sie Luft.

„Babe, du hast nichts falsch gemacht. Ich bin derjenige, der sich nicht an unsere Abmachung gehalten hat", rief er aus. „Es tut mir so leid. Du ahnst gar nicht wie sehr. Ich hatte dir versprochen, immer über alles offen und ehrlich mit dir zureden...Ich habe dich enttäuscht, das wollte ich nie." Die letzten Worte hatte er beinahe geflüstert.

„Und ich habe beinahe vergessen, dass du vor mir stehst und nicht... jemand anderes. Ich hätte besser zuhören sollen", schluchzte sie.

„Ich bin nicht er. Ich werde nie so sein!", versprach er ihr und sie schniefte noch lauter.

„Ich weiß."

Sie so zu hören und dabei nicht in den Arm nehmen zu können, brach ihm beinah das Herz. „Ich wünschte, ich könnte dich in den Arm nehmen!", sprach er seinen Gedanken aus.

Seufzend lehnte sie sich zurück. „Ja, das wäre schön!"

Einen Moment schwiegen beide. Dann fasste er sich ein Herz und stellte die Frage, die ihm unentwegt durch den Kopf ging.

„Also,... willst du mich noch heiraten?"

„Was?" Erschrocken richtete sie sich wieder auf. „Willst du die Hochzeit absagen?" Allein beim Gedanken, ihn zu verlieren setzte ihr Herzschlag aus.

„Nein! Natürlich nicht!", rief er. „Du bist die Eine für mich. Ich kann mir ein Leben ohne dich nicht mehr vorstellen."

Liz griff sich ans Herz und atmete erleichtert aus. „Warum fragst du denn dann? Du hast mir einen riesigen Schreck eingejagt", gestand sie.

„Entschuldige Schatz!", beeilte er sich zu sagen. „Ich weiß auch nicht, ich... Ich liebe dich so sehr. Ich..."

„Ich liebe dich auch und natürlich will ich dich heiraten", unterbrach sie ihn, denn sie hatte schon verstanden. Sie brauchten wohl beide, nach der ganzen Aufregung, eine Art Bestätigung. „Ich freue mich auch schon sehr auf unsere Hochzeit." Sie lächelte.

„Dabei kommt das Beste erst danach!", antwortete er und grinste.

„Ach ja? Was denn?", wollte sie wissen und war unendlich froh, dass sie nun wieder unbeschwert miteinander sprechen konnten.

„Das ist eine Überraschung und wird nicht verraten. Du wirst mir wohl vertrauen müssen."

Wieder lehnte sich Liz zurück, deutlich entspannter diesmal. „Ich vertraue dir."

Es war unerklärlich, aber sie spürten beide dass sie wieder im Einklang miteinander waren und genossen in Ruhe diesen Moment.

„Und, wie gefällt dir Großmutter Bedfords Wohnung?", erkundigte er sich und sie hörte das Lächeln in seiner Stimme.

„Du wusstest davon?"

„Klar!" Er lachte. „Ich freue mich so für dich!"

„Die Wohnung ist der Hammer! Ich muss unbedingt noch Fotos machen." Endlich sah sie sich genauer in dem Zimmer um. „Ich dachte immer, die Oma war so eine stocksteife Britin. Aber diese Wohnung sieht aus, als gehörte sie einem waschechten Partygirl."

Max lachte laut auf. „Wer weiß, vielleicht hast du gerade ihre dunkle Seite entdeckt... Soweit ich weiß, hat sie die Wohnung von ihrer Tante geerbt. Die war wohl mit einem Juden verheiratet und ist mit ihm nach Amerika geflohen, kurz bevor die Nazis kamen."

„Uh! Das klingt ja, als stecke eine unglaubliche Geschichte dahinter." Unwillkürlich richtete sie sich auf.

„Vielleicht hast du ja irgendwann mal Gelegenheit Richard auszuhorchen."

„Das wäre toll! Oder meinst du, Nigel oder Nora wissen mehr darüber?"

„Vielleicht. Frag sie doch einfach!", schlug er vor.

Sie seufzte noch einmal. Erleichtert diesmal. „Schatz, ich glaub, ich muss jetzt zurück zu den anderen."

„Tu das. Genieß dein Wochenende. Ich liebe dich sehr und ich freue mich unglaublich auf unsere Hochzeit und mein Leben mit dir!"

„Ich liebe dich auch so sehr! Ich schicke dir tausend Küsse! Grüß die Süße von mir", antwortete sie gut gelaunt.

„Mach ich!", antwortete Max mit hörbar mehr Energie, als zu Beginn ihres Telefonats, und legte auf.

Liz stand auf und streckte sich. Ihr Blick fiel durch das Fenster auf das geschäftige Wuseln unten auf der Straße und mit einem Mal konnte sie es kaum abwarten, selbst hinaus zu gehen.

**

„Und? Was hat er gesagt?", wollte Nigel wissen, kaum dass Liz zur Tür hereinkam.

„Es ist alles geklärt", antwortete Liz und das gewohnte Lächeln lag auf ihrem Gesicht. „Die Kwans sind eben abgereist und... wir haben uns ausgesprochen!"

„YES!", rief Nora und stieß siegreich die Arme nach oben.

„Siehst du, alles ist gut!", sagte Lena und nahm sie in die Arme.

„Dann können wir ja jetzt endlich mit dem Programm beginnen!", freute sich Nigel und schickte Liz eine Kusshand, die sie lächelnd auffing.

„Ja, können wir!", bestätigte sie. „Das heißt, wie verheult sehe ich aus?"

„Überhaupt nicht!", schwindelte Lena.

„Ein wenig", gab Nora gleichzeitig zu. „Warte! Ich habe da was!" Sie rannte zu ihrem Koffer und holte die Sachen raus, die sie in London besorgt hatte. „Schmier dir davon was drauf!"

„Was ist das?" Neugierig betrachtete Liz den hübschen Flakon und all die anderen Sachen.

„Das ist ein unglaubliches Serum mit Hyaluronsäure. Ich benutze nichts anderes mehr!"

„Und du siehst toll aus!", bestätigte Lena. „Ich habe mich schon die ganze Zeit gefragt, wie du das machst, dass du so strahlst, obwohl wir alle so früh aufgestanden sind."

„Danke schön! Du kannst dir auch was nehmen, schließlich habe ich das Zeug extra für uns gekauft!", erklärte Nora sichtlich erfreut.

„Dankeschön! Wie cool!", antworte Lena und sah sich alles ganz genau an.

Nora wandte sich an Liz. „Nun benutz es schon! Worauf wartest du?"

„Ich würde mir lieber vorher mein Gesicht waschen...", wandte Liz ein und musste schmunzeln.

„Natürlich!" Nora schüttelte über sich selbst den Kopf. „Komm mit, ich zeig euch euer Bad."

„Unser Bad?", erkundigte sich Lena interessiert und lief den beiden hinterher. „Wie groß ist diese Wohnung denn?"

***

„Willst du mir damit etwa sagen, es gibt gar keinen Notfall in Hongkong?", fragte Peter ruhig, aber Eleonore sah seine Halsschlagader pochen. Sie hatte sich entschieden, ihm die Wahrheit zu sagen, sobald sie abgehoben hatten. Nun saßen sie sich in dem Privatjet gegenüber.

„Ja, das möchte ich damit sagen und nein, es gibt keinen Notfall", antwortete sie und er explodierte.

„Eleonore!", donnerte er. „Was soll das? Erst überredest du mich, nach London zu reisen, Maxwell zu verunsichern, zu irgendwelchen Tricks zu greifen und dann, als ich das Ruder in die Hand genommen, einige Gefallen eingefordert habe und überhaupt meinen Namen eingebracht habe, dann entscheidest

222

du einfach um?! Was denkst du wer ich bin? Eine deiner Marionetten?"

„Natürlich nicht! Für wen hältst du mich?", entgegnete sie.

„Ja, das ist die Frage...", murmelte er, aber sie beschloss nicht darauf einzugehen. Das war jetzt nicht wichtig. „Ich habe erkannt, dass unsere Vorgehensweise vielleicht früher funktioniert hat, aber jetzt nicht mehr", sagte sie.

Überrascht sah Peter sie an, täuschte er sich oder war da plötzlich ein Hauch von Unsicherheit in ihrer Stimme.

„Es war falsch Maxwell so unter Druck zu setzen. Er ist ein guter Vater. Ich habe das Kind gesehen, sie ist reizend. Sie sieht aus wie... Diana." Sie schluckte sichtbar.

Peter antwortete nicht. Er wusste nicht, was er sagen sollte. Sie sprachen nie über ihre Tochter. Aber er dachte an sie, jeden einzelnen Tag. Und in diesem Moment verschob sich etwas in ihrer Beziehung. Plötzlich war da Raum für mehr. „Sie fehlt mir", gestand er leise.

„Mir auch." Eleonores Stimme war nicht mehr als ein Flüstern.

„Und was ist mit der Bloggerin?", fragte er nach einer Weile.

Eleonore sah ihn an. „Ich finde sie immer noch übertrieben und anstrengend, aber sie hat Schneid. Sie hat mich aus dem Brautmodenladen geworfen", erzählte sie und so etwas wie Anerkennung huschte über ihr Gesicht. „Die Zeiten ändern sich", fuhr sie fort und Peter stellten sich die Nackenhaare auf.

„DU spürst es auch?", fragte er und riss vor Überraschung die Augen auf.

„Ich weiß es", antwortete Eleonore. „Und ich habe keine Ahnung, woher. Ich weiß nur, dass die Welt im Begriff ist, sich zu ändern." Sie machte eine allumfassende Handbewegung und er nickte. Jetzt wo sie es aussprach, war es für ihn auch mehr als nur ein diffuses Gefühl.

„Was denkst du, was können wir tun?"

Eleonore sah ihn an und zuckte hilflos mit den Schultern. „Vermutlich das, was alle Philosophen und Weisen seit Urzeiten sagen. Das Alte loslassen..."

„..und offen für alles Neue sein", beendete er den Satz und griff nach ihrer Hand.

***

„Habe ich schon gesagt, dass ich froh bin, dass wir hier seid?", fragte Liz seufzend und ließ den Blick durch das schicke Restaurant schweifen. Sie hatten das ganze Marais erkundet und waren in sämtliche der kleinen Geschäfte gewesen. Sie hatte einen unglaublich dicken und kuschligen Kaschmirpulli gesehen und nicht widerstehen können. Das Blau brachte ihre Augen zum Strahlen und außerdem war er genau das Richtige für Flitterwochen im Herbst. Sie hoffte nur, dass Max sie nicht doch an irgendeinen Traumstrand entführen würde. Jetzt saßen sie in einer der schönsten Brasserien von ganz Paris, der Brasserie Bofinger, genossen die französische Lebensart und warteten auf ihr Essen. „Aber eines fehlt noch zum perfekten Glück ", bekannte sie und ließ den Wein in ihrem Glas kreisen. Er roch köstlich, aber trotzdem hatte sie kaum etwas davon getrunken. Sie wollte irgendwie nicht. Sie stellte das Glas hin und griff nach dem Wasser.

„Ich wusste es!", bemerkte Nigel trocken. „Sie will doch einen Stripper!"

„Wie bitte?!", rief Liz aus und begann zu lachen. „Ich dachte eher an einen Masseur! Meine Füße kochen."

„Ein strippender Masseur ist eine großartige Idee!",
bekannte Nora ernst und wedelte mit ihrem leeren
Rotweinglas vor Nigel. Liz Lachen steigerte sich
langsam zu einem ausgewachsenem Lachanfall.

„Masseure", ergänzte Lena mit einem dicken
Grinsen. „Wenn schon, denn schon!"

„Ob es so was gibt?", überlegte Nigel und griff nach
seinem Smartphone, nachdem er Nora eingeschenkt
hatte.

„Hättet ihr nicht euren heißen Bruder einfliegen
lassen können?", erkundigte sich Lena beiläufig.

„Nick ist dieses Wochenende in London und packt
seine Kalender ein", warf Liz ein.

„Und da habt ihr ihn nicht gleich mitgebracht?"
Lena wackelte verwegen mit den Augenbrauen.

„Ich bin mir nicht sicher, ob mir die Wendung
dieses Gesprächs zusagt!" Nigel schüttelte sich.

„Ja, das ist wirklich irritierend", bestätigte Nora.
„Abgesehen davon bin ich mir nicht sicher, ob Milla
ihn freiwillig rausrücken würde."

Lena grinste. „Du sagst das so, als er wäre er ihr
Lieblingsspielzeug."

„Wenn dem nicht so wäre, würde ich mich sehr
wundern", antwortete Nigel trocken und alle lachten.

Samstag
Kapitel 15

Fahles Licht stahl sich zwischen den Spalt der Vorhänge und ließ die Staubkörnchen funkeln. Blinzelnd öffnete Liz die Augen und war schlagartig hellwach. Sie war in Paris! Mit Lena, die neben ihr noch tief und fest schlief und Nigel und Nora. Sie hatte unglaublich gut geschlafen, was aber auch an der überraschend bequemen Matratze gelegen hatte. Auch wenn im Rest der Wohnung die Zeit stillzustehen schien, die Bedfords mussten zumindest die Betten auf den neuesten Stand gebracht haben. Was für ein Luxus! Mit einem leisen Seufzer kuschelte sie sich ein wenig tiefer ein und schloss noch einmal die Augen. Eine Welle der Dankbarkeit durchfloss sie, als ihr bewusst wurde, dass zwischen ihr und Max nicht nur alles wieder gut war, sondern dass sie heiraten würden. Nichts und niemand würde sie von ihrem Glück abbringen können. Sie gehörten einfach zusammen, dass hatten sie bewiesen! Aber nicht nur das war aufregend und wunderschön, sie war auch noch in einer der berühmtesten Städte der Welt, wie konnte sie da ruhig im Bett liegen bleiben? Dann fiel ihr eine Lösung für ihr „Dilemma" ein. Sie würde einfach Frühstück für alle besorgen! Also stand sie leise auf und ging ins Bad.

***

„Mildred, was machst du hier? Sitzt du immer noch an der Torte für Max und Liz?" Walter Cuthbert trat wie jeden Morgen in die Küche von Gracewood Hall, um gemeinsam mit seiner Frau zu frühstücken. Heute allerdings war der Tisch übersät von Backbüchern und Zetteln.

„Ach, hör auf. Ich kann mich einfach nicht für eine Füllung entscheiden." Mildred Cuthbert seufzte.

„Ich dachte, du wolltest Schoko-Kirsch machen. Weil das auch gut zu Liz deutscher Herkunft passt", wunderte Walter sich und nahm sich eine Tasse Tee. Unauffällig sah er sich in der Küche um. Irgendwas war anders als sonst.

„Naja, das dachte ich auch. Aber dann habe ich überlegt, ob das nicht zu langweilig ist", antwortete sie und begann hektisch zu blättern. „Was sagst du dazu?" Sie zeigte ihm ein Bild einer dreistöckigen Torte, auf der frische Feigen, Granatapfelkerne und irgendwelches Grünzeug zu sehen waren.

„Hm, da sieht man ja die Tortenböden", gab er zu Bedenken und sah sich wieder in der merkwürdig leeren Küche um. „Sieht ein bisschen nackig aus."

„So nennt man das auch. Naked Cake. Ist ganz modern!" Mildred hatte Mühe nicht die Augen zu verdrehen. „Und wie findest du die?"
Dieses Mal war die Torte komplett weiß ummantelt und mit gepressten Blüten verziert. Sie erinnerte ihn irgendwie an die Bastelarbeiten in der Grundschule. Eine Art Herbarium in Zylinderform. Walter runzelte die Stirn. „Kann man die Blumen auch essen?"

„Mensch Walter, du bist mir wirklich keine große Hilfe!", entfuhr es ihr. Mit mehr Wucht als nötig schlug sie das Buch zu.

„Das liegt ja nur daran, dass mir alle deine Torten sehr gut schmecken!" Er nahm sie in den Arm. „Was ist los? Du bist doch sonst nicht so perfektionistisch."

„Ich bin nicht perfektionistisch!", begehrte sie auf. „Ich... will nur dass alles perfekt ist", sprach sie ihren Gedanken aus und musste über sich selbst lachen. Auch Walter grinste. „Gütiger Himmel, langsam benehme ich mich wie eine dieser hysterischen Frauen im Fernsehen!"

„Nicht doch!", widersprach er und strich ihre eine Strähne aus dem Gesicht. Liebevoll sah er sie an. „Warum ist dir gerade diese Torte so wichtig? Du hast doch schon so viele gebacken."

Mildred sah ihn an und gab sich einen Ruck. Er war seit so vielen Jahren ihr Mann, hatte Freud und Leid und alles dazwischen mit ihr geteilt, da konnte sie auch ehrlich sein.

„Diese Torte ist wichtig, weil es wahrscheinlich die letzte Hochzeitstorte sein wird, die ich backen werde", sagte sie und seufzte leise.

„Was? Will Nigel jemand anderen beauftragen?", fragte er mit leichter Panik in der Stimme. Hatte er etwas verpasst? Sollten sie sich etwa zur Ruhe setzen und durch ein jüngeres Paar ersetzt werden?!

„Nein! Nein, das meine ich nicht." Sie holte tief Luft. „Es wird wahrscheinlich die letzte Torte sein, die ich für eins unserer ‚Kinder' backen werden. Wenn Claire oder Lilly heiraten, bin ich womöglich schon zu alt."

„Ach Liebling, setz dich doch nicht so unter Druck. Ja, eine Hochzeitstorte ist besonders, aber sie ist auch nur eine Sache von vielen, die du zubereitest. Glaubst du nicht, dass du und deine Rezepte über die vielen, vielen Jahre, die du schon hier in dieser Küche kochst und bäckst einen festen Platz in ihren Herzen und ihrer Erinnerung haben? Es wäre doch auch deinen Scones gegenüber mehr als unfair sie als minderwertig zu bezeichnen, nur weil du sie jede Woche bäckst."

„Du und deine komischen Vergleiche!" Mildred kicherte. Dann legte sie ihren Kopf an seine Schulter. Er passte immer noch genau dorthin. „Danke", murmelte sie und genoss seine Nähe.

Er gab ihr einen Kuss auf die Stirn, wie er es schon viele Male getan hatte. „Vielleicht fragst du doch Max oder zumindest Liz nach ihren Wünschen", schlug er vor. „Oder du bittest Nigel um seine Meinung."

„Nigel ist in Paris", antwortete sie und löste sich, nach einem letzten Innehalten und Spüren, sanft von ihm.

„Hm", machte er und sah sich noch einmal in der Küche um. „Ähm, Mildred, ist das Frühstück schon im Salon?", fragte er vorsichtig. Denn er sah weder einen Brotkorb, noch einen großen Topf Porridge oder sonst irgendetwas, das auf eine baldige Mahlzeit hindeutete.

Mildred riss erschrocken die Augen auf. „Du meine Güte! Wie spät ist es denn? Acht Uhr! Warum hast du nichts gesagt?!" Panisch sah sie sich um. Gleich würden die Bedfords aufstehen und nichts war fertig. Das war ihr noch nie passiert. Wirklich, noch nie!

„Liebling, Stopp!" Walter nahm ihre Hände. „Tief einatmen. Alles ist gut. Niemand stirbt, wenn er mal 10 Minuten auf sein Essen warten muss." Sie wollte ihm widersprechen, aber er schüttelte nur den Kopf. „Ich helfe dir!"

Lächelnd sah sie an. Was hatte sie für ein Glück mit diesem Mann!

***

„Dad! Bist du wach?", fragte Lilly und zupfte ihn am Ohrläppchen.

„Nein", brummelte Max und drehte sich zur Seite. Wann durfte er eigentlich mal ausschlafen?

„Aber Dad, wir wollten doch einen Ausflug machen!", erinnerte sie ihn.

„Machen wir auch, wenn ich wach bin", gab er müde zur Antwort. Er war gestern Abend ewig nicht eingeschlafen, weil ihm so viel durch den Kopf gegangen war und dann hatte er natürlich noch wild geträumt.

„Du bist doch wach", entgegnete Lilly und warf sich auf ihn. „Du redest mit mir. Jetzt musst du nur noch die Augen aufmachen."

„Umpf!", stöhnte Max. Seine Tochter war zwar eher eine Elfe, aber wenn sie sich ohne Vorwarnung auf ihn fallen ließ, merkte er es doch. „Na warte, du Frechmops!" Ohne Vorwarnung schnappte er sie und begann sie zu kitzeln.

„Daddy, uuuh!" Lilly wand sich lachend und sein Herz ging auf.

Er machte eine Pause, um ihr einen Schmatzer auf die Wange zu geben. „Guten Morgen, Süße!"

Als hätte sie genau darauf gewartet, verlagerte sie ihr Gewicht und begann nun ihn abzukitzeln. Mittlerweile hatte sie den Dreh wirklich raus und vor allem kannte sie diese eine Stelle, an der er wirklich kitzlig war, so dass nun er kicherte. Sie hörte gar nicht mehr auf, also blieb nur ein Ablenkungsmanöver.

„Was hältst du von Pancakes[7]?", japste er.

„Au ja! Pancakes zum Frühstück!", rief sie und war im Nu aus dem Bett gesprungen und rannte noch im Schlafanzug die Treppe hinunter.

Max nutzte die Gunst der Stunde, legte sich noch einmal bequem hin und schloss die Augen. Bevor er wieder einschlafen konnte, klopfte es an der Schlafzimmertür und Nick fragte: „Habe ich etwas von Pancakes zum Frühstück gehört?"

Max öffnete die Augen einen Spalt breit. „Guten Morgen."

Nick grinste. „Schafft sie das allein oder soll ich schon mal die Feuerwehr rufen?"

„Haha", antwortete Max und setzte sich auf. „Ich glaube, das Gästebett ist eindeutig zu bequem, so gut wie deine Laune heute früh ist."

---

[7] Kleine, dicke Pfannkuchen/ Eierkuchen

„Ja danke, ich habe hervorragend geschlafen. Anscheinend im Gegensatz zu dir." Nick musterte ihn. „Ich habe es schon einmal zu dir gesagt, aber ich wiederhole mich gern: Sie kommt ja wieder!"

Anstatt zu antworten warf Max ein Kissen nach ihm. Aber Nick wich geschickt aus.

„Wenn es recht ist, mache ich noch eine Runde Yoga vor dem Frühstück..."

„Jaja", brummte Max und stand endgültig auf, um seiner Tochter, die schon eifrig in der Küche klapperte, zur Hand zu gehen.

***

„Wo kommst du denn her?", fragte Nigel erstaunt und öffnete Liz die Wohnungstür. Er hatte sie mit den Schlüsseln klappern hören, als er gerade aus dem Bad gekommen war.

„Ich habe Frühstück besorgt!", antwortete sie munter, aber ein wenig aus der Puste. Irgendwie war sie nicht so fit, wie sonst.

„Wow!" Nigel schielte auf die große Papiertüte, die sie im Arm hielt. „Manchmal weiß ich gar nicht, ob ich dich bewundern oder bemitleiden soll."

„Hä?", machte sie und sah ihn verwirrt an. „Was soll das denn heißen?"

„Naja, ich könnte dich bemitleiden, weil du immer so früh aufstehst", antwortete er und nahm ihr vorsichtig die Tüte ab, damit sie ihre Jacke und Stiefel ausziehen konnte. „Oder bewundern und dir ewige Dankbarkeit schwören, weil du nicht nur Pain au Chocolates mitgebracht hast, sondern auch Kaffee!"

Liz lachte auf. „Dann nehme ich die immerwährende Dankbarkeit, denn ich stehe gern früh auf!"

„Habe ich da Kaffee gehört?", fragte Lena und trat in den Flur, anders als Nigel, bereits komplett angezogen. „Ich hatte gehofft, du bringst welchen mit. Eure Madame Dubois hat ungefähr 5 Flaschen Champagner, 10 Flaschen Rotwein und jede Menge Käse eingekauft, aber keinen Kaffee!"

„Da hat sie wohl Prioritäten gesetzt", antwortete Liz und reichte Lena einen Becher.

„Oder sie hat ganz genaue Vorstellungen davon, wie so ein Junggesellenabschied aussieht", bemerkte diese grinsend. „Vielleicht hat sie ja noch mehr Überraschungen auf Lager."

„Also ich habe keinen sexy Klempner im Wandschrank entdeckt." Nigel zog eine Schnute und ging entschlossen in die Küche, um sich dort auf einen der kleinen Bistrostühle fallen zu lassen.

„Hast du denn nachgesehen?", wollte Liz wissen und begann ihre Einkäufe auszuräumen. Sie hatte nicht nur Schokocroissants, sondern auch frisches Baguette, Eier und ein paar frische Trauben und Feigen gekauft.

„Was denkst du denn? Das ist IMMER das Erste, das ich mache, wenn ich irgendwo hinkomme. Ich überprüfe, welches Material vorhanden ist", antwortete er übertrieben und schnappte sich ein erstes süßes Teilchen.

„Material?!" Lena zog die Augenbrauen hoch und Liz bemerkte: „Wie gut, dass Arthur nicht hier ist!"

„Lizzie, ich bitte dich! Als wenn er sich nicht gern einen knackigen Jüngling ansieht."

„Können wir bitte NACH dem Frühstück von knackigen Jünglingen sprechen?", bat Nora, die gerade herein geschlurft kam und sich betont vorsichtig an den Tisch setzte.

„Seit wann bist du so spießig?", erkundigte sich Nigel.

„Ich bin nicht spießig, ich bin müde", gab Nora zurück.

„Wohl eher verkatert", stellte Nigel fest, was ihm nur ein leises Knurren einbrachte.

Liz und Lena sahen sich nur schmunzelnd an. Nora hatte gestern Abend den Champagner tatsächlich sehr genossen. Lena wandte sich um, füllte ein großes Glas mit Wasser und reichte es Nora. Liz legte noch eine Kopfschmerztablette aus ihrer Handtasche dazu. Lena hatte schon sämtliche Schränke geöffnet und holte das Geschirr heraus.

„Nigel, wenn du willst, kannst du dich fertig machen gehen. Liz und ich machen Frühstück."

„Schmeißt ihr mich etwa raus?" Er sah entrüstet von einer zu anderen.

„Nein. Natürlich nicht!", stammelte Lena. „Liz und ich haben nur schon Übung im gemeinsamen…" Weiter kam sie nicht.

„Ich mache Spaß, Lena Schätzchen", unterbrach Nigel sie und stand flink auf. „Ich überlasse euch sehr gern das Schlachtfeld."

Kurze Zeit später saßen sie an dem kleinen Tischchen in der Küche und ließen es sich schmecken. Auch Nora war mittlerweile deutlich munterer.

„Na, wieder wach?!", fragte Nigel dann auch prompt und selbst Lena sah das triumphale Glitzern in seinen Augen. Von Liz wusste sie, dass sich die Geschwister immer über Nigels Morgenmuffligkeit lustig machten. Betont lässig strich er etwas Butter auf sein Baguette und erkundigte sich wie beiläufig: „Solltest du nicht langsam Übung im Feiern haben? Ich dachte, ihr Rockstars seid kurze Nächte gewohnt."

„Als Mutter von zwei Kindern habe ich mir schon mehr Nächte um die Ohren geschlagen, als du dir vorstellen kannst", entgegnete sie schlagfertig.

„Ha, da habe ich letztens so eine coole Karte gesehen! Moment, wie war das noch…" Lena überlegte. „Ach ja, Mamas seien wie Rockstars, sie machen die Nächte durch, ihre Fans wollen zu ihnen ins Bett und sein sind umgeben von Geschrei."

„Siehst du, Bruderherz!" Nora zeigte auf Lena. „Die Frau hat keine Kinder und kennt sich trotzdem aus."

„Aber Claire und Henry sind aus dem Alter doch längst raus." Nigel machte eine wegwerfende Handbewegung.

„Meinst du?!" Nora sah ihn nur mit hochgezogenen Augenbrauen an und trank einen Schluck von ihrem Kaffee.

„Was mich viel mehr interessieren würde", fuhr Liz dazwischen, „ist, was wir heute machen. Darf ich mir etwas wünschen oder habt ihr einen festen Plan?"

„Wir haben einen festen Plan, der Platz für Wünsche frei lässt", antwortete Lena und zwinkerte ihr zu und Liz strahlte.

„Perfekt!"

***

„Und, wie läuft das Einpacken der Kalender?", erkundigte sich Max bei Nick und hob die letzten vier Pancakes aus der Pfanne und platzierte sie auf einem Teller.

„Sehr gut! Wir sind richtig gut vorangekommen. Dein Praktikant ist so flink, dass wir vielleicht sogar schon heute fertig werden", antwortete Nick und trank einen großen Schluck Tee. Nach einer intensiven Yogaeinheit, freute er sich nun sehr auf ein gutes Frühstück. Max und Lilly hatten wirklich einiges aufgefahren. So gab es nicht nur die versprochenen Pancakes, sondern auch noch einen großen Obstteller, Joghurt und Müsli.

„Das klingt doch gut. Und morgen fliegst du wieder zurück?", fragte Max weiter und setzte sich zu den beiden an den Tisch.

„Ja, aber erst abends. Ich wusste ja nicht, wie schnell wir alle Kalender eingepackt und versandt haben werden. Dein Praktikant hat mich zugesichert, dass er alles, was wir heute nicht bei der Post abliefern können, Montagmorgen wegbringt. Ich hoffe, das ist okay für dich?"

„Wenn er das Wochenende durcharbeitet, kann er erst Mittwoch wieder ins Büro kommen", entgegnete Max.

„Alles klar, ich richte es ihm aus." Nick baute sich einen Pfannkuchenturm, drapierte Heidelbeeren und Banane darauf und beträufelte alles mit Ahornsirup. „Und was macht ihr heute, wo die süße Lizzie nicht da ist?", wollte er wissen.

„Daddy und ich gehen in den Zoo!", verkündete Lilly mit vollem Mund. Sie hatte als Erste mit dem Frühstück angefangen, weil sie es nicht abwarten konnte und schon „sooo einen großen Hunger" gehabt hatte.

Max warf einen besorgten Blick aus dem Fenster. „Süße, ich glaube, wir werden etwas anderes machen müssen. Es sieht nach Regen aus. Wir könnten ins London Museum gehen oder auch ins V&A Childhood Museum, da gibt es jede Menge altes Spielzeug zu sehen", schlug er lächelnd vor.

Aber Lilly zog die Nase kraus. „Altes Spielzeug?", wieder holte sie skeptisch und Nick hustete auf einmal los. Auch Max hatte Mühe seine Erheiterung nicht allzu sehr zu zeigen.

„Entschuldige, da habe ich mich falsch ausgedrückt. In diesem Museum kann man sich ansehen, womit die Kinder früher gespielt und wie sie gelebt haben. Ich glaube, manche Dinge darf man auch ausprobieren."

„Ach so!" Erleichtert aß sie weiter.

„Du darfst aussuchen, wohin wir gehen. Heute ist dein Tag", sagte Max und begann zu essen.

„Echt? Darf ich dann auch bestimmen, was wir essen?" Lilly riss begeistert die Augen auf und beide Männer schmunzelten über so viel Begeisterung.

„Ja", nickte Max. „Darfst du!"

„Juchu!", rief seine Tochter und ihm ging das Herz auf, bei so viel Lebensfreude. „Dann will ich zu Gourmet Burger Kitchen!"

***

„Ich fühle mich wie eine Prinzessin in einem Film!", sagte Liz und berührte vorsichtig ihr Diadem. Sie trug es heute doch den ganzen Tag. Sie hatte beschlossen, dass ihr alles recht war, um sich gut zu fühlen und wenn es ein kleines albernes Krönchen war. „Ich kann kaum glauben, was wir heute alles gemacht haben! Und haben wir nicht unfassbar gutes Wetter?!" Sie saßen in einem süßen Straßencafé in Montmartre in der Sonne und machten eine Kaffeepause.

„Ich finde es auch krass! Ich habe das Gefühl, wir haben alles gesehen", antworte Lena matt. Sie wollte es ungern zugeben, aber trotz des leckeren Kaffees mit diesen köstlichen Eclairs war sie geschafft. So viele Eindrücke auf einmal.

„Haben wir auch fast. Die Kirche Saint-Germain-des-Prés, Notre Dame, die Bastille, den Friedhof Père Lachaise, Sacre Coeur und Montmartre!", sagte Nora und machte eine ausladende Handbewegung. Es war Nigels Idee gewesen einen Wagen für den Tag zu mieten, der sie durch die ganze Stadt fahren und überall halten und auf sie warten würde, wo sie aussteigen wollten.

„Du hast das Musée D'Orsay vergessen", erinnerte Nigel seine Schwester.

„Ja, das war so ein großartiger Start. Danke, danke, danke, dass ich mir die Van Goghs ansehen durfte!" Liz strahlte sie an.

„Das war doch selbstverständlich!", antwortete Nora. „Nachdem Lena uns erzählt hatte, wie enttäuscht du warst, als ihr seine Sonnenblumen in München verpasst habt, konnten wir sie dir doch nicht vorenthalten."

„Ja, das war wirklich Pech", bestätigte Liz und auch Lena nickte. „Umso schöner, dass ich heute gleich so viele Bilder von ihm sehen konnte. Sie sind so wundervoll. Da kommt wirklich kein Druck mit."

„Was ich nie verstehen werden, sind Menschen die Fotos von den Gemälden machen", warf Nigel kopfschüttelnd ein.

„Genau! Hast du gesehen wie viele ein Foto mit dem Handy knipsen und dann einfach weiter gehen?! Wenn sie wenigstens ein Selfie machen würden!" Lena lachte. „So nach dem Motto: 'Ich war da!'"

„Ich muss zugeben, das habe ich als Teenie auch gemacht." Nora lächelte schief, aber Liz winkte ab. „Haben wir doch alle!" Ihr Gesicht nahm einen nachdenklichen Ausdruck an. „Es hat beinahe den Eindruck, als hätten sie Angst davor, was passieren könnte, wenn sie sich so ein Bild genauer ansehen."

„Das hat, glaub ich, weniger mit Angst zu tun, als vielmehr mit der Fähigkeit sich auf etwas zu konzentrieren und wirklich einzulassen. Die meisten von uns lassen sich mittlerweile so schnell ablenken", antwortete Nigel. „Mir passiert das auch. Es gibt ja auch so viel Verlockendes..." Grinsend hielt er sein Handy hoch und alle lachten.

„Du hast uns erwischt!", bekannte Liz. „So sehr ich das ganze Technikzeug liebe und so großartig es ist, dass ein Gerät fast alles kann, manchmal wünschte ich doch, ich hätte nicht den ganzen Tag das Handy in der Hand. Ich weiß wirklich nicht, ob ich auch noch damit bezahlen will."

„Aber den Blog führst du doch vom deinem Computer zu Hause", wandte Nora fragend ein.

„Ja, aber nur weil es bequemer ist. Rein theoretisch ginge das auch hiermit", antwortete Liz.

„Je mehr Sachen das Ding kann, desto großer ist meine Angst, es könnte mal verloren oder kaputt gehen", bemerkte Lena, aber Nigel winkte ab.

„Sämtliche Daten sind doch in einer Cloud in den Weiten des Internet gespeichert, da hast du doch von jeden neuen Gerät sofort Zugriff. Alles was du brauchst, sind deine Passwörter", versuchte er Lena zu beruhigen, aber die grinste nur schief. All die Passwörter waren ein Thema für sich und jetzt auch nicht wirklich interessant genug, sie zu erörtern.

Nigel sah fragend in die Runde. „Wie sieht's aus? Seid ihr bereit für die nächste Etappe? Denn unser Tag ist noch nicht Ende! Das Beste kommt erst noch!", prophezeite er und zwinkerte ihnen zu.

„Ich wusste es, du willst dich von einem Straßenkünstler malen lassen!", unkte Nora und alle lachten.

„Hahaha", gab Nigel zurück. „Abgesehen davon, dass wir dafür keine Zeit haben, bin ich mir sicher, dass Liz wunderbare Fotos gemacht hat!"

„Hach, danke!", warf Liz ein und erntete eine Kusshand von ihm.

„Also los. Vite! Vite[8]!", scheuchte er die Mädels auf. „Es gibt noch viel zu sehen."

***

„Oh, ein Crêpes-Stand. Ich hole mir schnell eins!", rief Liz aus, als sie am Grand Palais mit seinem unglaublichen Glasdach auf die andere Seineseite wechseln wollten. Sie waren am Louvre aus dem Wagen gestiegen und von dort aus durch die

---

[8] Sprich „Wiet! Wiet!" Französisch für „Schnell!" Wir würden „Hopp! Hopp!" sagen.

Tuilerien, dem Garten des ehemaligen Schlosses, und dann entlang der Seine gelaufen, um noch die letzten Sonnenstrahlen zu genießen. „Wollt ihr auch etwas?", fragte sie.

„O Mann! Sie isst schon wieder was", murmelte Nigel in seinen nichtvorhandenen Bart.

Nora stieß ihn verstohlen in die Seite und rief: „Nein, danke Süße!"

Lena warf den beiden einen amüsierten Blick zu und ging Liz hinterher. „Ich begleite dich!"

„Hast du nicht gesehen, was sie heute schon alles verdrückt hat?", fragte Nigel leise und rieb sich seine Seite.

„Doch, aber es ist ihr Tag, da darf sie das. Wenn wir Alkohol trinkend und grölend mit einem Handwagen durch die Gegend ziehen würden, würden wir auch viele Kalorien zu uns nehmen", erinnerte Nora ihn. „Du bist ja nur neidisch, weil du auf Diät bist."

„Kann sein", gab Nigel freimütig zu. „Aber ich habe irgendwie den Eindruck, etwas ist anders als sonst."

„Was soll denn anders sein? Sie genießt den Tag, das war doch der Sinn der Sache." Nora schüttelte den Kopf und sah sich um. Langsam ging die Sonne unter und die ersten Lichter an. Sie freute sich selbst so sehr auf ihren nächsten Programmpunkt. Und auch auf Liz' Augen, wenn ihr klar wurde, wohin sie gehen würden.

***

Entspannt lehnte Max sich zurück und beobachtete seine Tochter, die begeistert neben ihm saß und den Abenteuern der Disneyschwestern folgte. Natürlich kannte sie den Film längst auswendig. Max lächelte, sie hatten einen wirklich wundervollen Tag gehabt. Lilly hatte sich für das Kindheitsmuseum entschieden und es hatte ihnen beiden richtig gut gefallen. Selbst er hatte noch etwas Neues gelernt. Danach hatte es nicht nur Pommes und Burger gegeben, sondern auch noch für jeden, inklusive Nick und Liz, eine Tüte Toffees und Lakritz aus dem altmodischen Süßigkeitenladen auf der Columbia Road. Weil sich die Sonne doch noch hatte blicken lassen, waren sie noch ein wenig durch die Straßen von Shoreditch gebummelt. Und nun saßen sie eingekuschelt auf dem Sofa, sahen der Eiskönigin beim Einfrieren der Welt zu und warteten auf den Pizzaboten. Nick würde heute erst spät kommen, er wollte sich noch mit einem alten Freund treffen. Gerade wollte er auf seinem Handy nach der Uhrzeit sehen, als lauter Nachrichten von Liz eintrafen. Es waren hauptsächlich Fotos, die eine strahlende Liz vor diversen Pariser Wahrzeichen zeigten. Es war wundervoll, sie so glücklich zu sehen! Vor allem nachdem die letzten Tage wirklich nicht einfach für sie gewesen waren.

Hey Schatz! Paris ist toll. Ich fühle mich, wie in einem Film und kann es kaum erwarten, dir alles zu erzählen! ;) Unser Essen kommt, bis morgen. Küsse für dich und Lilly!!!

Als er die Bilder sah, merkte er erst wie sehr er sie vermisste. Es war ein klein wenig lächerlich, schließlich war sie nur zwei Tage weg, aber er konnte nichts dagegen tun. Und irgendwie wollte er auch nicht. Er genoss ihre Gegenwart so sehr, dass er es sofort in seinem ganzen Körper spürte, wenn sie nicht da war. Es war keine krankhafte Eifersucht, er hatte lange Zeit bewiesen, dass er auch allein leben konnte, aber mit ihr zusammen zu sein, machte alles einen Tick heller und leichter. Lächelnd wählte er das Selfie von Lilly und sich von ihrem heutigen Ausflug aus und begann zu tippen.

Das klingt toll! Wir vermissen dich auch! Genieß deinen Abend, Küsse an dich und Grüße an alle zurück.

***

Glücklich betrachtete Liz das süße Bild ihrer Zwei und drückte ihr Handy instinktiv an ihr Herz. Oh, wie sie die beiden liebte! Was war sie doch für ein Glückspilz!

„Jetzt steck endlich dein Handy weg, dein Essen wird ja ganz kalt!", sagte Lena. „Du siehst ihn ja morgen wieder."

„Ach, kaltes Essen stört unsere Liz doch nicht, das weißt du doch!", bemerkte Nigel trocken und steckte sich ein Bissen seiner Quiche in den Mund. Sie saßen in einem kleinen Lokal, das versteckt lag, aber unglaublich leckere französische Gerichte zu akzeptablen Preisen anbot und sogar die Bedienung war nett. Ein echtes Juwel!

„Haha!", entgegnete Liz und streckte ihm gutgelaunt die Zunge raus. Trotzdem konnte sie es nicht lassen ihr Essen zu fotografieren, um es mit ihren Followern zu teilen. Sie hatte sich das ganze Wochenende bereits zurückgehalten und nur wenig gepostet. Aber sie liebte ihre Community sehr. Für sie waren es nicht irgendwelche Zahlen auf einer Plattform. Sie war sich bewusst, dass es echte Menschen waren, die ihr folgten und für die sie ein fester Bestandteil ihres Lebens war. So verrückt das klang, sie empfand es als großes Privileg.

Nora und Lena hatten ebenfalls begonnen zu essen. Sie kannten Liz nicht anders und hatten akzeptiert, dass sie öfter als andere ihr Handy in der Hand hielt. Sie wussten, dass ihr diese Arbeit auch viele Freiheiten ermöglichte. Zum Beispiel ohne große Probleme von Deutschland nach London zuziehen, ohne auf ihr Einkommen zu verzichten oder ihnen mal coole Klamotten auszuleihen, die sie von irgendwelchen Firmen zur Verfügung gestellt bekommen hatte.

„Habe ich euch schon gesagt, wie sehr ich diesen Tag genieße?", fragte Liz in die Runde. „Ich habe wirklich die besten Freunde, die ich mir wünschen kann!"

„Ach Süße!" Lena, die neben ihr saß, nahm sie in den Arm. „Wir lieben dich auch sehr! Und wünschten, wir würden uns viel öfter sehen!"

„Ja!", rief Nigel und nickte wie wild. „Selbst wir sehen uns viel zu selten!"

„Entschuldigung?! Ihr habt euch in den letzten Monaten viel öfter getroffen, als wir!", entgegnete Nora.

„Bei deinem Rockstarleben, wundert dich das?", konterte Nigel und kassierte dafür einen Kniff von seiner Schwester.

„Geht das schon wieder los", murmelte Lena und Liz begann zu kichern. Sie war in diesem Moment so glücklich, dass sie kaum glauben konnte, wie verzweifelt sie vorgestern Abend noch gewesen war. Als hätte sie das ganze Drama mit den Kwans und die Streitereien mit Max nur geträumt.

„So", sagte sie und zog die Aufmerksamkeit wieder auf sich. „Lasst uns über meine Hochzeit reden! Wie sehen eure Kleider aus? Tessa verrät einfach nichts! Was schenkt ihr uns und, am allerwichtigsten, wehe ihr plant irgendwelche peinlichen Spiele!"

Liz hatte sich entschieden, Tessa und ihr kleines Geschäft mit dem Kauf ihres Brautkleides und der zwei Brautjungfernkleider für Lena und Nora zu unterstützen. Nigel hatte ihr versichert, er würde sich an das Farbschema halten, sie solle sich keine Sorgen machen. Aber natürlich war sie äußerst gespannt, was für ein Outfit er sich für ihren großen Tag und als Max' Trauzeuge aussuchen würde. Max selbst war zum Schneider seines Vertrauens gegangen, der alle besonderen Anzüge für ihn herstellte.

„Wir verraten nichts!", entgegnete Lena entschieden und mit einem Funkeln in den Augen.

„Nein, nein. Darauf kannst du lange warten!" Nora schob sich den nächsten Bissen in den Mund und zwinkerte ihr zu.

„Wir sagen nur, dass es GROßARTIG wird!", ergänzte Nigel und hob dabei so spontan und theatralisch die Arme, dass er beinah dem vorbeilaufenden Kellner das Tablett aus den Händen geschlagen hätte. Sie erstarrten für einen Moment. Dann redeten alle gleichzeitig los. Nigel und Liz entschuldigten sich bei dem Kellner. Nora schimpfte mit Nigel. Nur Lena bemerkte trocken: „Ich glaube, wir brauchen noch mehr Champagner."

Sonntag
Kapitel 16

„Am liebsten würde ich dich mitnehmen!", flüsterte Liz in Lenas Ohr und drückte sie noch ein bisschen fester. Sie standen auf dem Bahnsteig am Gare du Nord und verabschiedeten sich.

„Und ich erst!", antwortete Lena. „Aber wir sehen uns in ein paar Tagen ja schon wieder!"

„Ich weiß, aber danach sehen wir uns dann ganz lange nicht. Erst Weihnachten!" Liz schniefte ein wenig und Lena gab ihr einen Kuss auf die Wange.

„Vielleicht sollten wir es wie die Amerikaner machen und auch Thanksgiving feiern", schlug sie Liz vor und wie erwartet lächelte Liz.

„Ich nehme dich beim Wort!", sagte sie. Durch die Lautsprecheransagen, wurde die Einfahrt des Zuges angekündigt und automatisch traten sie einen Schritt zurück, obwohl es eigentlich nicht nötig gewesen wäre.

„Pass auf dich auf und grüß deinen Verlobten von mir!" Lena drückte ihre beste Freundin ein letztes Mal.

„Und du auf dich!", antwortete Liz. „Melde dich, wenn du angekommen bist!"

„Dito!", rief Lena, als der Zug laut zischend in den Bahnhof fuhr. Schnell verabschiedete sich noch einmal von Nora und Nigel, die ebenfalls mit den Hufen scharrten. Sie mussten zum Check-in ihres Zuges. Liz warf Lena eine letzte Kusshand zu und drehte sich dann entschieden um. Abschiede hielt sie lieber kurz. Zumal sie Lena tatsächlich in ein paar Tagen sehen würde, denn sie und ihre Familie kamen schon am Donnerstag an. Gemeinsam würden sie dann nach Beddingsham fahren, weil natürlich alle auf Gracewood Hall schlafen würden. Ja, die nächsten Tage würden ziemlich voll werden.

„Und Lizzie, wie hat dir dein erster JGA gefallen?“, wollte Nigel wissen, als sie es sich im Eurostar gemütlich gemacht hatten.

„Mein Erster? Habe ich was verpasst?“, fragte Liz lachend und auch Nora lehnte sich interessiert vor. „Das würde ich jetzt auch gern wissen!“

„Mann, ihr wisst doch wie ich das gemeint habe!“, beschwerte sich Nigel. „Man wird sich ja wohl mal versprechen dürfen.“ Er zog eine Schnute und Liz erinnerte sich an ihren Gedanken bei ihrer Ankunft in der Pariser Wohnung. Sie griff nach seiner Hand und lächelte ihn an.

„Es war einfach wundervoll! Ich bin euch so dankbar für diesen grandiosen Tag!“, sagte sie und sah von einem zum anderen. „Und gleichzeitig bin ich dankbar, dass ihr schon verheiratet seid, denn das könnte ich niemals toppen!“

„Das ist doch kein Wettbewerb!“, entgegnete Nigel und Nora nickte heftig.

„Ja, zum Glück!“, antwortete Liz. „Stellt euch das sonst mal vor!“

„Also, was hat dir am besten gefallen?“, kam Nigel auf seine Ursprungsfrage zurück.

„Mmh...“ Liz überlegte kurz, dann grinste sie. „Einfach alles! Der Eifelturm, das Museum, das Essen... Wie soll ich mich da entscheiden!“

***

„Es war einfach unglaublich schön! Die ganzen Lichter und Paris bei Nacht! Im Dunkeln oben auf dem Eifelturm zu stehen und diese Lichtershow. Es war... du kannst es dir nicht vorstellen!“, schwärmte Liz Max am Sonntagabend auf der Couch vor. „Die Bilder zeigen das nicht einmal annähernd, obwohl ich mir große Mühe gegeben habe.“ Sie legte ihren Kopf auf seine Schulter. „Ich wünschte, du wärst dabei gewesen."

„Dann wäre es kein Junggesellinnenabschied mehr gewesen", erinnerte er sie und drückte ihr einen Kuss auf die Stirn. Es tat so gut, sie wieder im Arm zu halten. „Ich bin froh, dass du wieder da bist."

„Ja, ich auch." Sie gähnte. „Aber ich bin auch so müde. Ich würde dir so gern noch mehr erzählen, aber ich glaub, ich schaff das nicht", sagte sie und gähnte schon wieder. Dabei war Lilly erst vor einer halben Stunde ins Bett gegangen.

„Ihr habt ja auch viel erlebt", antwortete Max mitfühlend. „Geh schlafen. Du kannst mir morgen alles erzählen. Wenn du willst, bleibe ich morgen im Homeoffice, dann können wir uns nochmal zusammensetzen, wenn Lilly in der Schule ist."

„Das klingt himmlisch!" Liz seufzte und schloss die Augen. Sie könnte auf der Stelle einschlafen. Allein bei dem Gedanken daran, noch Treppen steigen zu müssen, wurden ihre Beine schwer.

„Na komm, Schatz, so bringt das ja nichts." Max stand auf und zog sie ebenfalls auf die Beine.

„Du hast recht. Ich geh ja...", begann sie murmelnd, der Rest des Satzes ging in einem überraschten Quieken unter. Er hatte sie hochgehoben und trug sie aus dem Zimmer und die Treppen hoch, wie in ihrer ersten gemeinsamen Nacht. Die Erinnerung daran ließ Liz wohlig schaudern. Schade, dass sie so müde war.

***

Als er seine schlafende Verlobte betrachtete, fiel ihm wieder ein, was er heute Vormittag beim Putzen des Badezimmers gefunden hatte. Er hatte es abgetan und im Laufe des Tages wieder vergessen. Aber wenn er sie jetzt so ansah... Klar, es würde alles auf den

Kopf stellen und ja, sie hatten noch nie so richtig darüber gesprochen, aber er spürte bereits, wie sehr er sich freuen würde. Vorsichtig strich er ihr über den Kopf.

„Ich liebe dich unendlich", flüsterte er. Leise verließ dann den Raum und ging ins Bad, um seinen Fund gut sichtbar auf ihre Seite des Badschränkchens zu legen. Sie würden morgen früh wohl über mehr als nur Paris sprechen.

***

„Paris ist toll, aber ich bin wirklich froh wieder Zuhause zu sein", schloss Nora ihren Bericht. „Wie war es denn bei euch?"

„Du weißt doch, wir sind ein eingespieltes Team. Streiten können unsere Kinder auch ganz hervorragend ohne ihre Mutter", gab Tim lakonisch zur Antwort und trank einen Schluck von seinem Wasser. Seit drei Wochen trank er, als Experiment, keinen Alkohol mehr und musste feststellen, dass er deutlich besser schlief.

„Oh nein! Du Ärmster!" Mitfühlend kuschelte sich Nora näher an ihn. „Ich hoffe, es war nicht das ganze Wochenende so."

„Nicht ganz, aber beinahe", seufzte er. „Vermutlich ging ihnen der Regen auf den Keks. Gestern Nachmittag kam zwar die Sonne raus und wir sind gleich auf den Spielplatz gegangen, aber heute hat es dann wieder durchgehend geregnet."

„Ich glaube, du brauchst ganz dringend eine Aufmunterung…", schnurrte Nora und begann ihm kleine Küsse auf den Hals zu hauchen.

„Ja, die brauche ich tatsächlich", antwortete er und stellte endlich das Wasserglas ab, das er die ganze Zeit festgehalten hatte, ohne es richtig zu bemerken. Er wandte sich zu ihr um und küsste sie leidenschaftlich.

Der letzte ungestörte Abend zu zweit war schon viel zu lange her.

„Schatz", murmelte sie an seine Lippen. „Liz hat erzählt, dass sie kein gemeinsames Lied haben. Nur Weihnachtslieder..." Sie kicherte.

Tim begann ihren Hals zu küssen und gleichzeitig ihre Seite zu streicheln. „Und?", fragte er leise.

„Ich dachte, wir könnten...", antwortete sie und räkelte sich wohlig seufzend in eine bequemere Position, als seine Hand unter ihr Shirt wanderte.

„Alles, was du willst, Liebling!", versprach er ihr und senkte seine Lippen auf ihre.

Montag
Kapitel 17

Ungläubig starrte Liz in das Schränkchen. Das konnte doch nicht wahr sein! Waren die zehn Stunden Schlaf doch zu viel gewesen? Halluzinierte sie deshalb? Entschlossen kniff sie die Augen zusammen und schüttelte den Kopf, bevor sie vorsichtig einen weiteren Blick riskierte. Das Bild blieb dasselbe. Wie in Trance griff sie nach dem Pillenstreifen. Sie hatte sie vergessen. Einfach vergessen. Und sie wusste nicht einmal mehr wann sie sie das letzte Mal genommen hatten. An einem Dienstag, das konnte sie sehen, aber an welchem?! Und in Paris hatte sie sie definitiv nicht mitgehabt. Insgesamt war der Tablettenstreifen noch ziemlich voll, was er eigentlich nicht sein sollte.

Wieder schloss sie die Augen. Die Versuchung alles zu verdrängen, so zu tun, als hätte sie nichts gesehen, war da. Sie stand genau neben ihr und wurde immer größer und größer. Unglaublich verlockend ließ sie Bilder von einer ausgelassenen Hochzeit vor ihrem inneren Auge aufblitzen. Der Alkohol floss in Strömen, sie tanzten und feierten bis zum Morgengrauen. Und warum auch nicht, sie war jung und frei und...

Wem wollte sie etwas vormachen? Sie war vielleicht noch jung, aber frei war sie eben nicht mehr. Und wollte es ja auch gar nicht sein. Schließlich war sie im Begriff zu heiraten.

Völlig in Gedanken versunken, ließ sie sich auf dem Badewannenrand nieder. Was sollte sie denn jetzt tun? Sie würde mit ihm reden müssen. Über alles. Unsicher biss sie sich auf die Unterlippe, aber dann schoss ihr Noras Bemerkung aus Paris in den Kopf. Nein, sie war nicht feige. Ja okay, vor nicht einmal 5 Minuten hatte sie gedacht, ihre Welt sei wieder in Ordnung und jetzt das! Aber sie würde ja wohl ein

Gespräch mit ihrem Bald-Ehemann hinkriegen! Und war die Ehe nicht dazu da, Kinder zu bekommen, also zumindest zum Teil?! Ihre Gedanken schossen hin und her, überschlugen sich und drehten sich im Kreis. Sie war völlig durcheinander.

Wie viel hatte sie am Wochenende eigentlich getrunken? Viel war es bestimmt nicht gewesen, aber war nicht schon jeder Schluck eigentlich zu viel??? Naja, vielleicht war ja auch gar nichts passiert. Sie würde einen Schwangerschaftstest besorgen und dann wüsste sie Bescheid. Vielleicht war das auch endlich die Gelegenheit darüber nachzudenken, welche Verhütungsmethode in der Zukunft die Richtige für sie war. Denn verhüten wollte sie schon noch. Schließlich war sie noch nicht bereit für..., schließlich hatten sie und Max noch nicht wirklich darüber gesprochen... O Gott! Sie riss die Augen auf, als ihr die Tragweite bewusst wurde und sah an sich hinunter. Instinktiv legte sie ihre Hand auf ihren Bauch. War da schon etwas? Sie versuchte in sich hinein zu spüren, aber alles was sie fühlte, war nur ihr eigener, wild hämmernder Herzschlag.

***

„Guten Morgen Mrs. Cuthbert!", rief Nigel und tänzelte gut gelaunt in die Küche. Die Hände hinter sich versteckt.

„Nigel! Guter Gott! Hast du mich erschreckt!" Mrs. Cuthbert stand schockgefroren am Herd und hielt sich die Hand ans Herz. „Warum bist du so früh auf? Du wirst doch wohl nicht etwa krank?"

„Nein! Wieso?", fragte er verwirrt.

„Es ist noch nicht einmal halb neun! Und du bist..." Sie zeigte anklagend mit dem Rührlöffel auf ihn. „Hellwach!"

„Na, vielen Dank auch! Jetzt fangen Sie auch noch damit an." Er stemmte die Hände in die Hüfte und vergaß beinahe, dass er eine Geschenktüte in der Hand hielt. „Ich dachte, Sie und ich, wären so etwas wie Freunde!"

„Aber Junge, was ist denn los?" Jetzt war Mrs. Cuthbert diejenige, die nicht irritiert aussah. „Ich habe doch nur... Ich meine, weil du doch sonst..." Sie legte den Löffel, mit dem sie den Porridge gerührt hatte beiseite, zog den Topf vom Herd und wandte sich wieder zu Nigel. „Was ist passiert?"

„Wieso muss denn etwas passiert sein, nur weil ich zur selben Uhrzeit aufstehe, wie alle anderen?! Ich habe viel zu tun! Schließlich feiern wir in sechs Tagen eine Hochzeit und Donnerstag kommen schon die ersten Gäste!"

„Deswegen bin ich heute auch hier", bemerkte eine junge, gutgelaunte Stimme, bevor Mrs. Cuthbert antworten konnte. „Guten Morgen Nigel! Wie war es in Paris?"

„Guten Morgen Annie. Wie schön, dass du da bist!", antwortete Nigel. „Wirst du die Gästezimmer fertig machen?"

„Das hatten wir doch so abgesprochen", antwortete Annie und warf ihm einen fragenden Blick zu.

„Jaja, bitte mach alle Zimmer fertig. Vielleicht brauchen wir doch alle. Man weiß ja nie." Nigel holte tief Luft und erinnerte sich an seine gute Laune von eben. „Paris war fabelhaft! Wie eh und je!" Er lächelte. „Und deswegen habe ich auch etwas mitgebracht!" Er griff in die Tüte und streckte beiden Frauen einen kleinen, hübsch verpackten Karton hin.

„Ist es das, was ich vermute?", fragte Mrs. Cuthbert aufgeregt. Auch Annie trat neugierig näher.

„Ist es! Macarons von Pierre Hermé", bestätigte Nigel. „Ich weiß doch, wie sehr Sie sie lieben!"

„Ach, du bist ein guter Junge." Dankbar tätschelte Mrs. Cuthbert Nigels Wange, als wäre er wieder acht Jahre alt.

„Danke, Nigel! Das wäre wirklich nicht nötig gewesen." Annie war gerührt. Sie arbeitete nur aushilfsweise auf Gracewood Hall und das auch erst zwei Jahre.

„Papperlapp. Das ist doch nicht der Rede wert." Nigel machte eine wegwerfende Handbewegung, aber die Beiden sahen doch, wie sehr er sich freute, dass seine Überraschung gelungen war. „Nach dem Frühstück setzen wir uns zusammen und besprechen die letzten Dinge. Annie, ich möchte, dass du auch dazu kommst."

„Selbstverständlich! Aber ich kann schon sagen, dass ich alles fertig organisiert habe. Liz und Max werden das beste Buffet bekommen, das du jemals gesehen hast!" Sie strahlte ihn an und Nigel fühlte wie seine Vorfreude auf die Feier, von der er so lange geträumt hatte, immer größer wurde. Er hatte eine gigantisch schöne Hochzeit geplant!

***

Als Max endlich nach Hause kam, er war vor der Schule noch kurz von Lillys Lehrerin aufgehalten worden und hatte anschließend ein paar Kleinigkeiten besorgt, saß Liz in der Küche, vor sich einen Tee.

„Hey, du bist schon wach!", begrüßte er sie und gab ihr einen zärtlichen Kuss. „Hast du schön ausgeschlafen? Ich habe extra noch ein paar Sachen besorgt, um nicht zu früh zurück zu sein." Er stellte die Tasche mit den Einkäufen auf der Arbeitsplatte ab und wusch sich die Hände.

„Ich habe fast zehn Stunden geschlafen! Kannst du das glauben?", antworte sie und versuchte zu lächeln.

„Und du hast Yoga gemacht", sagte er und deutete auf ihre Kleidung. Er schenkte ihr ein Lächeln und nahm sich selbst eine Tasse Tee.

„Ja." Sie nickte. „Ein wenig. Ich musste einen klaren Kopf bekommen."

„Okay und worüber hast du nachgedacht?", fragte er vorsichtig, vergessen war der Tee.

Sie sah ihm in die Augen und entschied sich für die Holzhammermethode. „Darüber", antwortete sie und legte den Anti-Baby-Pillenstreifen auf den Tisch.

Max atmete tief ein und aus. „Heute ist nicht Mittwoch", stellte er ruhig fest. Er war erleichtert, dass sie ihn gefunden hatte, aber auch aufgeregt. Schließlich führte man nicht alle Tage so ein Gespräch und er wusste nicht, ob sie sich freuen würde. Irgendwie hatten sie immer über alles geredet, nur nie wirklich darüber. Warum eigentlich nicht?

„Nein." Sie schüttelte den Kopf.

„Und er ist noch ziemlich voll", ergänzte er und wieder antwortete sie nur mit einem Wort.

„Ja." Sie war nervös, dass sah er. Also griff er in seine Einkaufstasche.

„Dann brauchen wir vielleicht das hier", sagte er und legte einen Schwangerschaftstest neben das Medikament.

„Woher?", fragte sie ihn mit großen Augen und mit einem Satz kniete er vor ihr und nahm ihre Hand.

„Ich habe gestern das Bad geputzt und deine Pille gefunden, da hatte ich schon so eine Ahnung. Weil ich mich auch nicht erinnern konnte, wann ich gesehen habe, dass du sie das letzte Mal genommen hast. Und dann warst du so müde und ich hatte so ein Gefühl... Naja, ich dachte, schaden kann es ja nicht." Er sah sie unsicher an. „Bist du böse?"

„Du hattest ein Gefühl?", fragte sie ungläubig zurück.

„Äh ja." Abwartend sah er sie an. Ihre Gedanken schienen zu kreisen. „Hast du keins? Also Gefühl, meine ich."

„Ganz im Gegenteil, ich habe tausend Gefühle!", entgegnete sie und wusste nicht, ob sie lachen oder weinen sollte. Sie konnte ihm nicht mal in die Augen sehen, so verwirrend fand sie alles. Auch wenn sie sich wieder vertragen hatten und sich alles aufgeklärt hatte, lag ihr der Streit irgendwie noch im Magen.

„Elizabeth?" Er drückte ihre Hand, um ihre Aufmerksamkeit zu bekommen.

„Ja?" Jetzt sah sie ihn doch an. Ihren Max mit den dunklen Wuschelhaaren, die immer ein wenig zu lang waren und ihr Herz begann wie wild zu pochen. Sie liebte ihn so sehr, sie hatte nicht gewusst, dass man so sehr lieben konnte, dass es Einem Angst machte. Was wäre, wenn sich auf einmal alles ändern würde? Würde sie ohne ihn leben können?

„Ich würde mich unglaublich freuen", sagte er mitten hinein in ihre wirren Gedanken, so dass sie einen Moment brauchte, um zu verstehen, was er gesagt hatte.

„Du würdest dich... freuen?", wiederholte sie leise und kaum nickte er, breitete sich ein strahlendes Lächeln auf ihrem Gesicht aus. Ihr Herz öffnete sich weit und flog ihm zu, buchstäblich, denn sie landete in seinen Armen und küsste ihn. Erst jetzt begriff sie, wie viel Angst sie vor seiner Zurückweisung gehabt hatte und wie unnötig sie gewesen war. Erleichtert ließ sie sich tiefer in die Umarmung sinken.

„Also freust du dich auch?", fragte er ein wenig atemlos und zog sie richtig auf seinen Schoß.

„Ja! Ich denke schon!" Sie lachte ihn an und spürte, wie sich Tränen in ihren Augen sammelten.

„Warum haben wir eigentlich nie darüber gesprochen?" Er schüttelte über sich selbst den Kopf und sie lachte, während gleichzeitig Tränen über ihre Wange rollten.

„Ich habe keine Ahnung!", gab sie zu. „Vielleicht hatten wir Angst vor zu viel..."

„Nähe?", probierte er ein Wort aus.

„Oder Realität?" Voller Liebe sah sie ihn an und er schaute zurück.

Dann küsste er sie wieder, sachte und unendlich zärtlich. „Hast du jetzt Angst?", fragte er nach einer Weile und ließ seine Stirn gegen ihre sinken.

Liz überlegte einen Moment und spürte in sich hinein. „Ich bin aufgeregt und ich könnte Angst haben, aber ich will einfach nicht."

„Du bist unglaublich, weißt du das?" Wieder gab er ihr einen Kuss. „Ich liebe dich so sehr!"

„Und ich liebe dich!", antwortete sie und strahlte ihn an mit diesem Lächeln, das ihn noch immer umhaute.

„Dann willst du jetzt diesen Test machen?"

„Ja!" Sie nickte nachdrücklich. „Und ich will noch etwas!"

„Was denn?" Er sah sie überrascht an. Was kam denn jetzt noch?

„Ich will Lillys *Mum* sein", sagte sie und fuhr schnell fort. „Ich meine natürlich nur, wenn sie es will. Aber ich will keine halben Sachen mehr. Meinst du, wir können die Adoption auch direkt am Samstag mitmachen?"

Diesmal war er derjenige, dem Tränen in die Augen stiegen. „Ich rufe gleich beim Amt an und frage nach", versprach er und drückte sie fest an sich. „Und ich weiß, dass Lilly sich nichts sehnlicher wünscht. Sie hat es mir am Wochenende wieder gesagt", flüsterte er in ihr Ohr.

„Wieder gesagt? Ihr habt schon mehrmals darüber gesprochen?", schniefte sie.

„Ja, haben wir", bestätigte er und suchte ihren Blick. „Sie liebt dich sehr."

„O Gott, ich sie auch!" Jetzt lachten und weinten sie beide gleichzeitig und wussten, dass egal wie die Hochzeit werden würde, dieser Moment war ihre eigentliche Familienzusammenführung.

Samstag
Kapitel 18

Der Morgennebel hing noch in den Büschen und Sträuchern von Gracewood Hall, als Liz sich leise aus dem Bett stahl, um Max und Lilly nicht zu wecken. Vorsichtig zog sie an einer der dicken Decken und kuschelte sich in eine Fensternische, um einen letzten Moment Ruhe zu genießen. Auf Gracewood war es noch still, aber sicherlich waren Mrs. Cuthbert, Annie und eine Reihe von Aushilfen schon fleißig, auch wenn sie hier oben in ihrem alten Zimmer nichts davon hörte.

Heute war er endlich da, der Tag der Tage. Sie konnte es noch gar nicht fassen, dabei hatten sie gestern schon alle miteinander zu Abend gegessen, nachdem Nick und Milla aus Schweden angekommen waren. Es war ein unkonventioneller und sehr lustiger Abend gewesen, da Nigel den großen Saal für geschlossen erklärt hatte und sie sich im Frühstückszimmer und im Salon verteilen mussten. Sie hatten die großen Schiebetüren geöffnet, ein fantastisches Buffet aufgebaut, dass Liz sich immer noch fragte, wie Mrs. Cuthbert und Annie das noch toppen wollten und unzählige Kerzen angezündet. Liz hatte gesehen, dass ihre Mutter sehr beeindruckt gewesen war. Sie hoffte, dass das endlich sämtliche Zweifel ihrer Mutter zerstreut hatte. Aber selbst wenn, es waren nicht ihre Zweifel. Sie würde heute den wunderbarsten Mann auf der Welt heiraten und zugleich Lillys *Mum* werden. Eine sehr nette Standesbeamtin hatte ihren Wunsch verstanden und alles unverzüglich in die Wege geleitet. Beim Gedanken daran erschien ein Lächeln auf ihrem Gesicht. Es fügte sich eben doch alles! Entspannt ließ sie den Blick schweifen. Die Sonne stieg langsam höher und der Morgennebel legte sich wie ein romantischer Filter über die Wiese und den Wald von Gracewood Hall. Da knarzte hinter ihr der Parkettboden. Max kam leise auf sie zu.

„Hey, was machst du denn hier?", fragte er. „Ist dir nicht kalt?"

Sie strahlte ihn an und schüttelte den Kopf. „Ich habe doch die Decke." Einladend hob sie sie an einer Seite hoch. Aber Max nahm stattdessen ihr Gesicht in seine Hände und gab ihr einen sanften Kuss.

„Guten Morgen, meine wunderbare Fast-Ehefrau. Du wirst mit jedem Tag schöner, weißt du das eigentlich?" Er sah ihr in die Augen, gab ihr noch einen Kuss und zog sie hoch, um sie auf den Schoß zu nehmen und die Decke über sie beide auszubreiten.

„Im Bett wäre es gemütlicher!", bemerkte er und versuchte seine langen Beine möglichst bequem zusammenzufalten.

„Aber da schläft Lilly und außerdem sehen wir von dort aus nicht den wundervollen Morgen", entgegnete sie.

„Der Morgen ist mir relativ egal, ich möchte nur dich spüren." Er zog sie noch etwas näher an sich heran. Seine großen, starken Hände legte er sanft auf ihren Bauch. Sie lehnte sich an ihn und schloss genießerisch die Augen. Einen Moment waren beide still und spürten einfach nur. Sie hatten eine aufregende Woche hinter sich. Nach dem positiven Testergebnis, war Liz sofort zum Arzt gegangen, der die Schwangerschaft bestätigt hatte. Sie wusste nun auch, dass Max dieses verrückte Versprechen von damals an der Steilküste wahr gemacht hatte. Sie würden nach Kanada fliegen. Mit einem Baby im Bauch! Sie konnte es immer noch kaum glauben. Für Max hingegen war das kein Problem. Er sah sich schon im nächsten Mai mit einem Kinderwagen durch den Park spazieren.

„Wie geht es dir?", erkundigte er sich nun.

„Ich kriege nur langsam Hunger", gestand sie und sofort wollte er aufspringen.

„Ich hol dir was!" Aber sie hielt ihn zurück.

„Bleib! Ich halte es schon noch aus. Der Moment ist einfach zu schön. Wenn erst einmal alle wach sind, sehen wir uns stundenlang nicht."

„Auch wieder wahr", erkannte er und begann kleine Küsse auf ihren Hals zu verteilen. „Warum dauert das eigentlich so lange? Wir hätten doch durchbrennen sollen."

„Las Vegas ist nicht wirklich romantisch", gab sie zu Bedenken.

„Gretna Green schon, schließlich wollten dort auch Jane Austens Heldinnen den Bund fürs Leben eingehen."

„Die gefallenen Mädchen, meinst du", berichtigte sie, aber bevor er sie weiter necken konnte, kam Lilly verschlafen aus dem anderen Zimmer.

„Hey Süße", sagte Liz. „Komm her! Wir kuscheln!" Wortlos krabbelte die Sechsjährige in die Fensternische.

Max genoss es einen Augenblick seine ganze Familie im Arm zu halten, aber dann stand er auf. Es war einfach zu eng. „Ich hole dir Tee und Toast", verkündete er und verschwand. Glücklich blieb Liz mit Lilly im Arm sitzen, schnupperte an ihrem Kinderhaar und genoss die letzten ruhigen Minuten, bevor die Kleine richtig wach war und anfangen würde zu erzählen. Zumindest bis Vivien sie abholte. Richard und sie hatten angeboten, sich heute den ganzen Tag um die Kinder zu kümmern, bis sie irgendwann vor Erschöpfung einschlafen würden. So hatte Richard es ausgedrückt, aber Liz war sich nicht sicher, wen er damit genau gemeint hatte. Sie grinste in sich hinein und drückte Lilly einen Kuss auf den Scheitel.

***

„O mein Gott! Seht ihr toll aus!", rief Liz als Lena, Nora und auch Milla zu ihr ins Zimmer traten. Die drei trugen lange, fließende Kleider, die ihre Vorzüge perfekt hervorhoben. Sie selbst war noch im Morgenmantel. Fragend sah sie Bree Sullivan, die ihr gerade die Haare machte, im Spiegel an.

„Einen Moment, ich muss noch zwei Nadeln feststecken", sagte Bree und konzentrierte sich ganz auf Liz' Haare. Dass ihre Freundin Milla auch eingetreten war, hatte sie noch gar nicht bemerkt. Sie ließ die Hände sinken. „So, jetzt kannst du aufstehen."

Mehr brauchte Liz nicht zu hören. Mit einem Satz stand sie vor den dreien und bewunderte jedes noch so kleine Detail. Nora trug ein tannengrünes Gewand mit gekordelten Trägern und einem tiefen Ausschnitt. „Nora, du siehst aus wie eine römische Waldgöttin!"

„Genau das habe ich ihr auch eben gesagt!", bestätigte Lena und zog damit Liz Aufmerksamkeit auf sich. Ihr Kleid hatte die Farbe von einem Herbstblatt im Indian Summer. Der herzförmige, trägerlose Ausschnitt betonte ihre zarten Schultern.

„Leni, du... du... Mir fehlen die Worte!", stammelte Liz. „Warum trägst du diese Farbe nicht öfter? Sie steht dir hervorragend!"

„Ja, nicht wahr?" Lena drehte sich übermütig im Kreis. „Ich weiß wirklich nicht wie Tessa das hinbekommen hat."

„Ja!", sagte Milla, die gerade Bree umarmte. „Sie ist eine Künstlerin!"

Auch Bree nickte. „Wie sie das...", sie trat von Milla weg und bewunderte ihr salbeigrünes Kleid, mit den halblangen Flügelärmeln, das bei jeder Bewegung eine andere Schattierung aufwies. „... auf die Entfernung hinbekommen hat!"

„Mit unzähligen Videocalls." Milla lachte. „Ich weiß gar nicht, wie oft ich nur in Unterwäsche vor dem Bildschirm stand!"

„Du auch?!" Lena grinste. „Ich habe immer gehofft, dass die Leitung sicher ist und sich niemand reinhackt."

Liz verdrehte die Augen. „Du nun wieder!" Nun umarmte sie auch Milla und trat dann einen Schritt zurück. „Ihr seht alle drei aus, als wärt ihr eben aus einem verzauberten Herbstwald zu uns gekommen."

„Jetzt wollen wir dich aber in deinem Kleid sehen!", ließ Nora verlauten und alle stimmten ihr zu.

Nur Bree bremste die Euphorie ein wenig. „Ladies, wir müssen euch fertig machen. Nora, ich fange mit deinen Locken an." Sie schob ihr auffordernd den Stuhl hin und Nora setzte sich. Milla zog sich ebenfalls einen Stuhl heran und begann mit ihrer Freundin zu quatschen. Sie hatten sich in Asien, wo Milla ihre Ausbildung zur Yogalehrerin abgeschlossen hat, kennengelernt und waren danach gemeinsam durch die Welt gereist.[9]

„Ich helfe dir bei deinem Kleid", sagte Lena zu Liz und drückte ihre Hand. „Wie geht es dir?"

Liz strahlte ihre Freundin an. „Ich bin unglaublich glücklich und auch etwas aufgeregt." Sie blinzelte heftig ein paar aufsteigende Tränen zurück. Bree hatte ihr nicht nur die Haare gemacht, sondern sie auch schon geschminkt.

„Ach Süße, wäre auch irgendwie komisch, wenn du es nicht wärst", entgegnete Lena trocken und Liz musste lachen. „Also, lass uns loslegen!"

Beinahe ehrfürchtig öffnete Liz den Kleidersack. Verträumt fuhr sie über den Stoff. Obwohl sie schon viele tolle Outfits getragen hatte, war dies doch ein

---

[9] Die ganze Geschichte wird in „Sommerfrische auf Gracewood Hall" erzählt.

besonderer Moment. Irgendwann war dieser Gedanke in ihr aufgeploppt, sie würde sich an diesem Tag womöglich wie auf irgendeinem Fotoshooting für den Blog fühlen, aber Gott sei Dank, war das nicht wahr.

„Lass mich das machen!", sagte Lena, die etwas größer war und befreite mit Leichtigkeit den Bügel vom Kleidersack und legte das Kleid vorsichtig aufs Bett.

„Wow! Es ist jetzt schon wunderschön", hauchte sie.

„Ja", bestätigte Liz leise.

„Los! Zieh es schon an!" Auf einmal wurde Lena ungeduldig und zupfte auffordernd an Liz seidigen Morgenmantel.

„Ich mach ja schon!", Liz lachte und öffnete die Bänder. „Du darfst es mir über den Kopf... äh... ziehen." Sie zog die Stirn in Falten. „Jetzt fehlen mir schon die richtigen Worte! Das fängt ja gut an."

„Solange du nachher in der Kirche weißt, was du sagen musst", erwiderte Lena und machte sich daran das Kleid so zu drapieren, dass sie es Liz über ihren Kopf halten konnte.

„I do", antwortete Liz und sofort sangen Nora, Bree und sogar die sonst eher ruhige Milla: „Yes, I do. I do, I do, I do, I do, I do..."[10] und kicherten.

Auch Lena wackelte kurz mit dem Po, ließ sich aber ansonsten nicht aus dem Konzept bringen, sondern dirigierte Liz in die richtige Position. „Arme strecken und ein wenig nach vorn beugen." Sie raffte das Kleid vorsichtig zusammen und schon floss ein Meer aus Tüll und Spitze an Liz hinab und verwandelte sie in eine Braut.

---

[10] Der Refrain von „I DO, I DO, I DO, I DO, I DO" von Abba.

„Lizzie, es ist der Wahnsinn!" Lena bekam tatsächlich feuchte Augen, als sie ihre beste Freundin vor sich stehen sah.

„Nicht weinen, dann muss ich auch!" Liz blinzelte schon wieder heftig.

„Ich doch nicht!", schniefte Lena und machte eine auffordernde Handbewegung. „Dreh dich um, ich mach es dir zu." Durch den tiefen Rückenausschnitt musste sie nur ein paar Knöpfe schließen und die Satinbänder zu einer kleinen Schleife binden. „Wo ist dein Schleier?", erkundigte sie sich und wie aufs Stichwort drehten die drei anderen sich zu ihnen um.

„Liz, du bist wunderschön!", seufzte Bree und griff sich ans Herz. „Warte, ich stecke dir den Schleier ein." Sie eilte auf sie zu, griff nach dem zarten Tüll, den Lena ihr reichte und kletterte auf die Bank, die vor dem Bett stand. Von dort befestigte sie den Schleier in Liz' Hochsteckfrisur und ein kollektives Seufzen war zu hören. Auch Bree war sich sicher, dass Liz eine der schönsten Bräute war, die sie je herrichten durfte. Einen Augenblick war es ganz still, irgendwo klickte es leise, aber niemand schien es wirklich wahrzunehmen.

„Einfach bezaubernd", sagte Nora und musste mit einem Mal an ihren großen Tag denken. Auch wenn er schon so lange her war, sie konnte sich noch gut an ihr flatterndes Herz erinnern.

Milla ging es ähnlich. Zwar hatte sie in den Hotels ihres Vaters schon einige Hochzeiten gesehen, aber noch nie war sie so mit dem Herzen dabei gewesen wie heute. Auch wenn sie Liz noch nicht lange kannte, aber in diesem Moment dabei zu sein, mit Bree und Nicks großer Schwester, vor der sie zugebenermaßen ein wenig Respekt hatte, war ganz anders. Viel persönlicher, als würde sie durch eine Glaskugel in ihre eigene Zukunft sehen. Schließlich hatte sie sich immer eine große Familie gewünscht und mit Nick an ihrer Seite könnte dieser Traum in Erfüllung gehen. Plötzlich hörte sie wieder ein leises Klicken und sah sich um.

Nick stand grinsend in der Tür vom Bad und hielt den besonderen Moment mit seiner Kamera fest. Sie spürte, wie ihr das Blut unwillkürlich in die Wangen schoss. Hoffentlich sah er ihr nicht allzu deutlich an, woran sie gerade gedacht hatte. Sie hatten zwar schon über ihre gemeinsame Zukunft gesprochen, aber es wäre ihr doch irgendwie peinlich, wenn er gesehen hätte, wie sie die Braut sehnsüchtig anglotzte.

„Ladies, ihr seht hinreißend aus!", verkündete er laut und schlenderte entspannt in den Raum.

„Nick! Da bist du ja!", rief Liz erfreut und ließ sich von ihm auf die Wange küssen.

„Mannomann Lizzie, Max werden die Augen ausfallen, wenn er dich sieht!" Er besah sie sich von allen Seiten. Dann wandte er sich an die anderen. „Wie weit seid ihr? Kann ich schon Fotos machen?", fragte er, sah dabei aber nur Milla an.

„Milla und Lena bekommen noch die Haare gemacht", antwortete Liz. „Aber du kannst gern bleiben, oder?"

„Du bist die Braut", antwortete Nora und damit war alles gesagt. Lena setzte sich vor Bree an den Spiegel, Nora zog ihren Lippenstift nach und Liz suchte ihre Schuhe, während Nick auf Milla zuging. Er konnte kaum seinen Blick von ihr abwenden. Die Kamera legte er achtlos aufs Bett.

„Habe ich dir schon gesagt, wie wunderschön du aussiehst?", sagte er leise und zog sie in seine Arme, um sie leidenschaftlich zu küssen. Nicht nur Milla schmolz dahin. Auch Liz ging das Herz auf, als sie die beiden sah. Nur zu gut erinnerte sie sich, wie Nick noch vor ein paar Monaten auf ihrer Terrasse gesessen hatte, wie ein Häufchen Elend.

„Ist es nicht herrlich, die Zwei so glücklich zu sehen?", wisperte Nora und setzte sich neben sie.

„Ja!" Liz nickte. „Ist es."

„Hey, kleiner Bruder, wolltest du nicht Fotos machen? So schön werden wir nie wieder zusammen kommen!", rief Nora und im gleichen Augenblick ging die Tür auf und Liz Mutter trat mit Liz Oma ein.

„*Hier muss es sein!*", hörte Liz sie auf Deutsch sagen, da rief Liz Oma auch schon: „*Ja mei Lizzie, bist du schön!*"

„*Da seid ihr ja!*" Liz sprang auf und lief auf sie zu, begleitet vom eifrigen Klicken von Nicks Kamera.

***

„Wie oft, willst du denn noch auf die Uhr gucken? Seit wann trägst du überhaupt eine?", fragte Nigel, während er gelassen in der ersten Bankreihe saß und Max dabei zuguckte, wie der vor dem Altar auf und ab lief.

„Sie gehört zum Outfit", konterte Max.

„Haha. Jetzt hör auf, dich wie ein Tiger im Zoo zu benehmen, sonst müssen wir der Kirche einen neuen Fußboden stiften, weil du eine Kuhle hineingelaufen hast."

„Du warst schon mal witziger!", antwortete Max und sah schon wieder auf die Uhr.

„Und du entspannter!" Nigel stand auf und streckte die Hand aus. „Her mit dem Mistding!"

„Was? Nein!" Vor Überraschung blieb Max stehen.

„Du brauchst sie nicht. Wenn sie da ist, ist sie da. Außerdem wette ich, dass du keine Ahnung hast wie spät es ist!"

„So ein Quatsch! Ich habe doch eben drauf geschaut!", entgegnete Max.

„Und? Wie spät ist es?", fragte Nigel interessiert. „So ganz genau?"

Max sah ihn einen Moment an, doch dann gab er zu: „Ich habe keine Ahnung." Sie lachten und nun war es Max, der sich auf die Bank fallen ließ.

„Was ist los? Hast du nicht noch auf deinem Junggesellenabschied getönt, du wärst nicht aufgeregt?!" Nigel sah ihn aufmerksam an. „Ihr habt doch nicht schon wieder gestritten, oder?"

„Nein, haben wir nicht. Du musst gar nicht so alarmiert klingen!", antwortete Max und fuhr sich zum wiederholten Mal durch die Haare.

„Warum bist du dann so nervös? Es ist ja nicht so, dass du das zum ersten Mal tust. Du weißt doch, wie es geht!"

„Du hast ja recht." Er seufzte. „Aber eben weil es nicht das erste Mal ist, weiß ich auch, was alles schief gehen kann. Und... und diesmal ist es Liz, verstehst du? Diana zu verlieren, war das Schlimmste, was mir jemals passiert ist. Ich weiß nicht, ob ich das noch einmal überleben würde", schloss er leise. Jetzt war es endlich raus, das was ihn schon seit Tagen fertig machte.

„Jetzt hör mir mal gut zu!", sagte Nigel bestimmt und zwang Max ihn anzusehen. „Das ist vergangen und es wird sich NICHT wiederholen! Du musst Vertrauen haben, das sagt Liz doch immer, nicht wahr?!" Max nickte und Nigel fuhr fort: „Wenn du kein Vertrauen in eure Zukunft hast, dann kannst du dich auch gleich einmauern lassen. Wir finden da auf Gracewood bestimmt eine schöne Ecke für dich!"

Max prustete los. „Na danke auch!"

„Du weißt doch, du bist uns immer willkommen!", spann Nigel den Witz weiter, froh seinen Freund lachen zu sehen. „Es ist alles gut und es wird alles großartig! Du wirst sehen!" Er klopfte ihm aufmunternd auf die Schulter.

„Danke", sagte Max schlicht und drückte ihn. „Für alles." Er sah sich um. „Die Kirche sieht toll aus!"

„Warte bis du den Saal siehst", antwortete Nigel.

„Sorry, Bruderherz", warf Nick ein, der entspannt näher kam, die Kamera lässig in der Hand. „Aber sobald unser guter alter Max seine Braut gesehen hat, wird er nichts anderes mehr wahrnehmen."

Und so war es dann auch. Als Liz am Arm ihrer Eltern auf ihn zukam, brachen sich seine ganzen Emotionen Bahn. Er war so erleichtert und glücklich, dass ihm die Tränen über die Wangen liefen. Plötzlich stand seine süße Lilly neben ihm und reichte ihm ein Taschentuch. Sie blieb bei ihm und hielt seine Hand, bis er sich wieder beruhigt hatte. Dann legte sie seine Hand in die von Liz und setzte sich zu ihren Großeltern.

Die Zeremonie war wundervoll. Der Pfarrer plauderte gut gelaunt aus Max und Liz Nähkästchen, es wurde gelacht und geseufzt und spätestens als sie verkündeten, dass Liz Lilly offiziell adoptierte, blieb kein Auge mehr trocken.

„Endlich allein!" Max seufzte und streckte genüsslich die langen Beine in der großzügigen Limousine aus. Nach der Trauung hatten nicht nur die offiziellen Gäste ihnen gratuliert, sondern auch noch ein paar der alteingesessenen Dorfbewohner. Außerdem hatte Nick beinahe nicht aufgehört Fotos zu machen. Max war kurz davor gewesen, ihm Prügel anzudrohen oder sich seine Braut über die Schulter zu werfen, um sie eigenhändig zurück zum Herrenhaus zu tragen. Er wandte sich zu Liz um. „Wie geht es dir, meine wunderschöne Ehefrau?"

Liebevoll legte sie die Hand auf seine Wange und küsste ihn. „Uns geht es sehr gut, mein großartiger Ehemann!", flüsterte sie an seinen Lippen.

„Hast du etwas gegessen?", fragte er besorgt, aber sie lachte nur.

„Wenn du so weitermachst, bin ich bald dick und rund!"

„Ich möchte nur, dass es dir gut geht", antwortete er. „Wenn der Magen zu leer wird, geht es mit der Übelkeit los. Glaub mir!"

„Ich glaube dir ja und ich werde mich später auch ordentlich satt essen! Aber jetzt möchte ich einfach nur hier sitzen und den Moment genießen!", antwortete Liz und küsste ihn wieder.

„Ich liebe dich!", sagte er und sah sie an, als würde er sich ihren Anblick für immer ins Gedächtnis einbrennen.

Sie lächelte und es war als würde die Liebe, die sie empfand, aus ihr heraus strahlen. „Und ich liebe dich!", erwiderte sie.

***

„Schatz, ich denke, jetzt ist der richtige Augenblick", flüsterte Nora in Tims Ohr. Er sah sich prüfend um und nickte. Das Büffet war nahezu leergefegt und alle saßen satt und zufrieden an den Tischen und unterhielten sich. Liz saß bei ihrer Schwester und Lena, Max sprach angeregt mit seinem neuen Schwiegervater. Nora suchte Nigels Blick und gab ihm zu verstehen, dass es soweit wäre. Der stieß Arthur an und gemeinsam liefen zu Timothy hinüber, der die großen Schiebetüren zum Salon öffnete. Am Vormittag hatten sie den Flügel mit vereinten Kräften direkt hinter die Schiebetüren geschoben, so dass er nun gut zu sehen war. Nora griff sich den Mikrofonständer und platzierte ihn so, dass sie zwar noch nah am Flügel stand und dennoch mehr im großen Raum. Arthur überprüfte noch einmal die Technik, während Nigel sanft das Licht dimmte. In diesem Moment sahen auch diejenigen auf, die noch nichts bemerkt hatten. Max suchte Liz und ging zu ihr hinüber. Er legte den Arm um seine wunderschöne Frau und fragte leise: „Hast du davon gewusst?"

Sie lehnte sich an ihn und schüttelte vorsichtig den Kopf. „Nein, ich habe keine Ahnung, was jetzt kommt."

Mit einem breiten Lächeln stellte sich Nora hinter das Mikrofon. „Liebe Liz, lieber Max, liebe Gäste, ich werde jetzt keine große Rede halten, das hatten wir heute ja schon." Einige Gäste lachten erleichtert auf, denn Max Vater hatte bei seiner Ansprache einfach kein Ende gefunden. „Wir wollten euch nur sagen, wie sehr wir uns für euch freuen! Wir wünschen euch alles Glück der Welt! Und weil du mir erzählt hast, dass ihr kein eigenes Lied habt, schenken wir euch dieses!" Nach einem kleinen Applaus, sah sie zu Tim hinüber und nickte.

Die ersten Akkorde erklangen und Liz seufzte. Sie liebte es bereits jetzt. Und dann fing Tim an zu singen und sie holte überrascht Luft. Er hatte eine wundervolle Stimme! „Tim kann singen?"

Max nickte nur und gab ihr einen Kuss auf die Schläfe. Als Nora einsetzte, zog er sie auf die Tanzfläche. Er wollte ihr jetzt in die Augen sehen und sie dabei in den Armen halten. Der Song sagte so perfekt all das, was er für sie empfand. Er würde die Welt für sie aus den Angeln heben, er würde immer und immer zu ihr eilen, weil er nur mit ihr leben wollte. An ihrer Seite. Für immer. Mit ihr und ihren Kindern.

ENDE

Danksagung

Liebe Leserin, lieber Leser,

ich danke dir, liebe Leserin, lieber Leser, für deine Geduld! Ohne Corona und homeschooling wäre „Herbstversprechen auf Gracewood Hall" schon deutlich früher erschienen.

Auch sonst war das letzte Jahr für mich herausfordernd. Wie aus dem Nichts heraus ist meine großartige Oma todkrank geworden und hat im Februar, nach langen Monaten des Kämpfens, ihre Augen für immer geschlossen. Sie war eine der ersten Leserinnen von „Gracewood Hall" und ein echter Fan. Ihr ist dieses Buch gewidmet.

Wie du dir bestimmt vorstellen kannst, arbeite ich nie allein an meinen Büchern. Es sind immer die folgenden Menschen beteiligt. Ihnen gebürt ein großer Applaus!

Clara, ich danke dir so für deinen Fleiß, dein unermüdliches Interesse an der Geschichte und deine vielen aufbauenden Worte. Du bist eine großartige Lektorin! Was würde ich nur ohne dich tun?

Christin, du bist die Beste! Ich glaub, ich werde dein Arbeitszimmer streichen, damit du weißt, wie groß meine Dankbarkeit ist.

Schatz, ich liebe dich so sehr und unser gemeinsames Leben! Es ist so ein großes Geschenk, dass ich mich, auch wenn sich die ganze Welt ändert, immer auf dich verlassen kann. So wie du dich auf mich verlassen kannst. Lass uns gemeinsam noch ganz viel feiern, küssen, Wäsche waschen, Bücher schreiben, Filme sehen... Auf die nächsten Jahre.

Und ich danke meinen Kindern, für eure Geduld und Liebe. Auch ihr tragt auf eure Art zu jedem neuen Buch bei. Ihr wisst es noch nicht, aber an manchen Tagen lerne ich mehr von euch, als ihr von mir. Ich danke euch von Herzen!

Eure Sandra und Mama

Du willst wissen, wie es mit dem Leben und Lieben auf „Gracewood Hall" weitergeht?

Dann trage dich jetzt auf meiner Homepage

unter http://www.sandrarehle.de/kontakt

für meinen Newsletter ein.

Hier erfährst du alle Neuigkeiten und noch viel

mehr als Allererste!

Winterzauber auf Gracewood Hall

Die aufgeweckte Lifestylebloggerin Liz Sommer hat von der Männerwelt genug. Da kommt die Einladung, Weihnachten auf Gracewood Hall verbringen zu können, genau richtig! Kaum angekommen, lernt sie den attraktiven, aber verschlossenen Maxwell Thomson kennen. Auch Max will von Liebe und Romantik nach einem schweren Schicksalsschlag nichts mehr wissen.

Wird es ihnen gelingen, die Vergangenheit hinter sich zu lassen?
Band1, ISBN: 375282133

Frühlingserwachen auf Gracewood Hall

Die junge Annie Taylor hat sich gut in ihrem Leben als alleinerziehende Mama eingerichtet. Doch mit den ersten warmen Sonnenstrahlen zieht der Frühling auf Gracewood Hall ein und wirbelt alles gehörig durcheinander. Plötzlich sieht Annie ihren alten Freund Matt mit ganz anderen Augen.Und dann steht auch noch ihr Ex mit großen Plänen vor der Tür und bittet um eine zweite Chance.

Band 2, ISBN: 3748190182

Sommerfrische auf Gracewood Hall

Nicholas Bedford lebt seinen Traum. Als Fotograf reist er an die schönsten Plätze der Erde. Als er in der Millionenmetropole Kalkutta die schöne Yogalehrerin Milla Sjögren trifft, ist er von ihrem Wesen sofort fasziniert. Doch bevor er sie richtig kennenlernen kann, verlieren sie sich auch schon wieder aus den Augen. Monate später sieht er sie ausgerechnet auf dem traditionellen Sommerfest von Gracewood Hall wieder, und auf einmal steht seine ganze Welt Kopf.

Band 3, ISBN: 3749448647

Hochzeitsglück auf Gracewood Hall

Monatelang hat Mindy Miller ihre Hochzeit mit dem attraktiven und reichen Andrew Crawfield bis ins letzte Detail geplant. Doch ein Aufenthalt in den Schweizer Bergen stellt alles auf den Kopf. Dort stellt sich für Mindy die Frage, nach welchen Vorstellungen möchte sie ihr Leben gestalten? Was ist für sie wirklich wichtig? Und was wird Andrew zu all diesen Fragen sagen? Wird es ihnen gelingen, ihre Traumhochzeit zu retten?

Band 4, ISBN: 3749448647